아, 최재형
님이시여

아, 최재형 님이시여

1판 1쇄 발행 | 2023년 4월 7일

지은이 | 김창송
발행인 | 이선우
펴낸곳 | 도서출판 선우미디어
　　　　등록 | 1997. 8. 7 제305-2014-000020
　　　　02643 서울시 동대문구 장한로 12길 40, 101동 203호.
　　　　☎ 2272-3351, 3352 팩스: 2272-5540
　　　　sunwoome@daum.net
　　　　Printed in Korea ⓒ 2023. 김창송

값 18,000원

ISBN 978-89-5658-728-8 03810

안중근 의사 하얼빈 의거의 배후 연해주 독립운동가
한인 후손 교육을 위해 학교 30여 개를 세운 교육자
시베리아 고려인의 영원한 페치카

아, 최재형
님이시여

김창송 에세이

선우미디어

오매불망 기다렸던 기쁜 소식이 드디어 들려왔다

<독립운동가 최재형 선생 묘 복원 길 열리다>
국가보훈처 2023. 01. 17
　유골 시신이 없어도 배우자와 함께 국립묘지에 합장하는 경우 앞으로 유족의 희망에 따라 순국선열의 영정이나 위패를 배우자의 유골과 함께 묘에 안장할 수 있게 된다.

　10여 년 전 어느 경제 단체와 함께 연해주 지역 산업시찰과 문화탐방을 목적으로 다녀온 바 있다. 우수리스크에 있는 고려 문화센터에서 고려인들의 생활 현황과 지하실에 있는 항일 독립투사들의 영정 사진을 보았다. 20여 명은 족히 되는 듯했는데 오른쪽 벽면 제일 앞쪽에 후덕한 품격에 어딘지 지도자다운 모습에 마음이 쏠렸다. '최재형'이라고 쓰여 있었다
　귀국한 후 나는 국적도 없고 내 나라말도 모르는 그곳의 자식 같은 젊은이들이 눈에 밟혀 일이 손에 잡히지 않았다. 지난날 나도 한때 그 나이에 장학금을 받아 가며 학업을 이어가지 않았던가.
　그러던 어느 날 그곳에 함께 다녀온 사장님들과 오찬을 함께 하는

자리에서 불쑥 장학회를 만들자고 제안했다. 그 장학회 명칭을 '최재형 독립투사 선생'의 이름으로 하면 좋겠다고 부언했다. 이런 사업이 쉽지 않을 것이라 반신반의라면서도 노련한 경영자들은 힘을 모아 보자고 이의 없이 뜻을 같이하기로 했다.

어느덧 10여 년 세월이 흘렀다. 이제 장학사업은 뿌리를 내렸다고 본다. 그러나 선생의 유해 봉환은 너무도 험난한 난제였는데 이 아침에 감격스러운 소식에 그야말로 지성이면 감천이란 이런 때를 두고 하는 말인가 보다.

가을이면 아내는 어느덧 미수이기에 그 기념으로 자녀손들만의 글모음집을 준비하고 있던 참이었다. 이 아침에 이런 놀라운 낭보를 접하고 최재형 선생 기념집 위주로 서둘러 재편집하기로 했다.

따라서 다소 미비한 점이 있어도 독자 여러분의 이해를 구하고자 합니다. 따라서 선우미디어 이선우 대표가 밤을 새워 도와주었다. 나라의 기쁜 일에 시민의 한 사람으로 보람 있다고 하면서….

사단법인 독립운동가 최재형 기념사업회 공동대표 김창송

차례

제2부 정직으로 일군 옥토밭

제3부 어떤 사람으로 기억되고 싶은가

제4부 따뜻한 숨결
−시집 《새벽달이 밝았네》 출판기념회

제1부

독립투사 최재형

광복 69주년기념 보신각 타종하는 최재형기념사업회 김창송 회장(2014. 12. 31)

삶의 모델, 최재형 선생

몇 해 전 어느 가을 인간개발연구원 동료들과 함께 러시아 극동지역 블라디보스토크를 찾았다. 2시간 19분의 비행으로 예상보다 가까운 이웃이었다.

그곳에서 버스로 북녘으로 2시간 정도 달리면 우수리스크란 아담한 도시에 고려인 문화센터가 있었다. '한·러 수교 20주년 기념 및 연해주 고려인 문화센터 개관 1주년 기념' 행사에 참석하고 또 조선인 독립운동가들의 발자취를 추적해 보기로 했다.

"저기 보이는 저 건물이 독립투사 최재형 선생이 생전에 항일 투쟁에 쓰시던 고택입니다."

아담한 벽돌집에 검은 지붕, 이국땅 디아스포라의 주택은 지난날 자수성가한 재산가였음을 한눈에도 알 수가 있었다. 그는 소문난 큰 부자였다. 이 저택은 당시 안중근 의사를 비롯한 애국 투사들의 아지트였으며, 여기서 왜군 습격 모의 훈련과 이토 히로부미 저격 연습과 비밀모의를 한 역사적인 곳이다. 한마디로 고려인들의 마음의 고향이었다. 선생은 어려운 동포들에게 삶의 터전을 만들어 주었고, 조선인

학교도 세워 존경받는 정신적 대부이
기도 했다.

최재형은 함경도 경원에서 태어났
는데 아버지는 어느 진사댁의 노비였
고 어머니는 그 댁에서 허드렛일하는
여종이었다. 7살인가 되던 무렵에 어
머니는 주인댁 부엌에서 전을 부치다
가 말고 재형의 입에 고기와 떡을 주
인 몰래 넣어주면서 "배 터지도록 먹
어라."며 굶은 어린 자식을 불쌍히 여
겼다고 기록되어 있다. 이렇게 가난

최재형장학회 창립3주년 기념문집

에 쫓기며 살던 그는 어느 날 밤 아버지의 손을 잡고 할아버지를 따라
야반도주하듯 두만강을 건너 연해주 땅으로 넘어갔다.

낯선 이국땅에서 울며 방황하던 그는 그날도 거지꼴로 마을을 헤매
고 다니다가 제 또래들에게 몰매를 맞고 쓰러져 있을 때, 우연히도 러
시아 선장 부부를 만나 배를 타게 되었다. 그때부터 배 안에서 온갖
심부름과 허드렛일을 하여 그나마 매달 얼마씩 받게 되면 모아 놓곤
했다. 배는 상하이, 오사카는 물론 세계 여기저기를 다니는 무역선이
었다. 그는 낯선 나라에 갈 때마다 보고 듣고 배웠고, 각별히 선장의
부인으로부터 러시아어를 익히며 신용을 얻게 된다.

그는 러시아에 귀화하게 되고 일본과 중국을 돌며 청년 시기를 보
내며 세상공부도 하게 된다. 일찍이 어린 시절부터 왜놈들의 만행에
분노하던 그는 자금이 조금씩 모이자 고려인 단체를 지원하면서 '한인

회'의 대표가 된다. 한편 러시아 당국으로부터도 두터운 신망을 얻어 드디어 러시아 정부로부터 훈장까지도 받는다.

그는 고국을 위해 적극적으로 항일 투쟁에 나서며 자금뿐만 아니라 몸소 지휘관으로 일선에서 싸우기 시작한다. 동지들이 독립군 후원 자금만으로도 족한데 왜놈 소탕 전투에는 참여하지 말도록 적극 만류했으나, 그는 끝내 목숨을 걸고 왜놈 경찰서를 직접 습격하는 등 장군다운 용맹성과 놀라운 인화력으로 문무를 겸한 지도자가 되어갔다. 그는 전설적인 영웅의 이름으로 드디어 러시아 전역의 가장 대표적인 의병조직인 '동의회'의 총재로, 그리고 민족 언론인 대동공보와 대양보의 사장이 된다.

최재형 선생이 안중근 의사와 함께 1908년 7월 7일 군사부 운영장을 맡아 두만강 연안 신아산 부근의 홍의동 일본군 주재소를 공격한 일화는 널리 알려진 사건이다. 단지회를 결성하고 안중근으로 하여금 이토 히로부미를 저격하는 하얼빈 의거를 결행하여 일본을 충격에 빠뜨리고, 전 세계를 경악케 했다. 윤봉길 의사 의거의 든든한 후원자가 백범 김구 선생이었다면, 안중근 의사 의거의 중심인물은 바로 최재형 선생이다. 안중근 의거 이후 배후세력 토벌에 혈안이 된 일본군에게 선생은 1920년 4월 4일 우수리스크에서 동지들과 함께 체포된다. 안중근의 배후자로 지목되어 재판도 없이 다음날 총살당해 순국한다.

간악한 일제에 의해 동포들과 끈끈하게 동고동락했던 최재형 독립 투사는 속절없이 떠난다. (한국민족 운동사학회 회장. 수원대 사회학과 박환 교수 글 참조)

≪대륙의 영혼 최재형≫의 작가 이수광은 러시아 한인들의 대부였

던 최재형은 그들의 정신적 지주뿐만 아니라 상해 임시정부의 초대 재무총장(장관)으로 지명되었다고 한다. 최재형이 총살되었다는 소식이 전해지자 러시아 전 한인들이 비통하여 상점을 일시 철시했고 동아일보는 그의 죽음을 대서특필하며 애도했다.

"우리네 인생은 먼지와 같은 것. 흙에서 나왔으니 흙으로 돌아가라. 나는 어떤 후회도 하지 않는다."는 한 마디를 남기고 이승을 뜨셨다.
"당신의 딸을 잊지 마세요. 당신의 열녀는 이제 아버지의 원수를 갚습니다. 잊지 마소서."

최재형에게 건국훈장 독립장이 추서되었다.(1962)
그의 숨결이 넘치는 하얀 사진 한 장은 오늘도 말이 없다. 그는 용맹스러운 애국 투사였다. 그는 불의에 항거한 정의로운 사나이였다. 그는 입지전적인 기업가였다. 그는 자아를 죽이고 이웃을 위한 진정한 노블레스 오블리주(Nnoblesse Oblige)를 실천한 고려인들의 정신적 지주였다. 그리고 그 무엇보다 일찍이 외국 간의 교역을 개척한 최초의 무역인이었고 그 이윤을 사회에 환원한 최초의 사회적 기업가임을 잊을 수가 없다.
역사 속에 잊혀진 고려인 무역왕 최재형 선생을 이 세상에 다시 살아 숨 쉬는 21세기형 새로운 경영인 롤모델로 부각시켜야 하지 않을까. 이제 우리는 모든 것을 갖췄다. 다만 나라의 지난날 큰어른들의 유훈을 살펴보는 일만 남았다.

편히 잠드소서

최재형장학회 김창송

2015. 5. 13

철쭉 꽃향 은은한 겨레의 얼 한마당
구름다리 너울너울 참새 두 마리

봉안관 가는 길 따라 재재귀는 저 소리
검정돌 함지박 아롱이 새긴 저 천상문패

대한민국 국립서울 현충원
부부(5) 위패 제149호
애국지사 최재형 배위 최엘레나

청명하늘 우러러 머리 조아리니
조국의 흙 향이 목 놓아 부르네.

낯선 땅 갈대밭 저 시베리아 벌에서
상해 임정의 벼슬도 마다하신 노비의 자식

디아스포라의 설움을 딛고 힘겹게 쌓은 재화
독립군에 바치신 고려인 대부 페치카 선생

아…
이제야 궂은 빗속에 맺힌 한이 숨 쉬는 위패
태극기 손짓하는 저 남산 아래
보신각 종소리도 메아리치는 이 아침

아내 최엘레나 님의 품에 살듯이 잠들어
못다한 애통의 지난 한 세월을
한 땀 한 땀 접으며 편히 영면하시옵소서

김창송 회장 헌화

불멸의 영혼, 독립투사 최재형 선생의 회중시계를 받고서

뒷면의 뚜껑도 없는 오래된 회중시계, 그런데도 초침만은 규칙적인 소리를 내며 시간을 재고 있다.

"똑딱똑딱 똑딱똑딱~"

시계포의 젊은 주인은 검침용 검은 안경을 쓰고 마치 의사가 진찰하듯 조심스럽게 시계를 이리저리 살피다가 고개를 기웃거리며 말했다.

"이 시계는 너무도 오래된 거라서 지금은 거의 보기 드문 시계입니다."

그리고 서랍을 열더니 맨 밑바닥에서 골동품 같은 옛날 시계 카다로그를 꺼내 뒤적이다가 그래도 뭔가 미심쩍은 듯 인터넷 검색을 시작했다.

옆에서 지켜보던 그의 아내도 뚜껑이 없는 시계를 마치 신생아 보듬듯 시계의 길이를 재어보니 7센티라고 하며 그 옛날에는 평균 4~5센티가 보통이었는데 특별히 주문 제작된 시계인 것 같다."라고 말했다.

점포주인 내외분은 제법 시계 전문가답게 부드러운 솔로 시계의 앞뒷면을 살살 털며 꼼꼼히 살펴본다.

"시계 뒷면에 글씨가 몇 자 적혀있는 흔적으로 보아 아마도 프랑스 제품이 아닌가 추정됩니다."

최재형 선생의 손자 최 발렌틴에 의하면 이 시계의 뒷면에 '1905년 러시아 얀치혜' 지역 대표 도헌(都憲) 군수였던 최재형 선생이 퇴임하면서 기념으로 받은 선물로서 이 회중시계는 금도장이 되어 있으며 뚜껑 안쪽에는 고마워하는 시민들이 드린다는 뜻의 문구가 새겨져 있었다고 전했다. 최 발렌틴은 특별히 이 시계를 나에게 전하면서 "이 시계는 최재형 장학회에서 할아버지 최재형의 이름을 부활시킨 것에 대한 감사의 뜻으로 김창송 이사장님께 드리며 추후 우수리스크 박물관에 전시해 주시면 감사하겠습니다. 최재형의 손자 최 발렌틴 드림." 이라는 짤막한 편지를 보내왔다.

나는 2017년도 최재형기념사업회 1/4분기 이사회 자리에서 채양묵 위원장으로부터 모스크바에 사는 최 발렌틴으로부터 받았다는 이 시계를 전달받았다.

나는 이 회중시계를 받는 순간 어릴 적 내가 자라던 아주 옛날에 큰 부자나 고관들이 차고 다니던 시계라는 걸 알 수 있었다. 그때는 이와 같은 회중시계를 기다란 금색 줄에 매달아 안조끼 목에 걸고 시간을 볼 때면 안주머니 조끼 속에서 조심조심 꺼내 보면서 때로는 은근히 위엄도 떨던 어른들의 모습이 기억났다.

이 시계는 무려 112년 전에 러시아 연해주 '안치혜' 도헌으로 일만여 명의 고려인의 대표적인 도헌을 무사히 마치고 떠날 때 동포들이 고마움의 뜻을 모아 최재형 선생에게 준 참으로 귀한 회중시계이다.

최재형 선생은 9살에 가족과 함께 아버지를 따라 두만강을 건너 낯선 러시아 땅으로 이주했다. 어린 최재형은 온갖 시련 끝에 러시아 소학교를 마치고 노비의 아들에서 글로벌 청년으로 환골탈태시킨 선한 선장을 만나 그 시절 조선인으로서는 최초로 세계 일주를 두 번이나 하게 되었다. 청년 최재형은 선원 생활을 할 때 허드렛일까지도 마다하지 않으면서 세계시장을 직접 돌아보며 견문을 넓히며 글로벌 청년이 되어갔다.

그 후 유능한 통역사가 되어 동포사회의 아픔을 함께 느끼며 동포들에게 일자리를 알선해 주고 그들의 처우를 개선해 주셨다. 자작나무를 벌목하여 운반하는 일이나, 길을 내고 길을 넓히는 일, 집을 짓는 일, 고기를 잡는 일, 마을을 가꾸는 일까지 동포들을 어루만져주셨다. 최재형은 러시아의 동방정책에 발을 맞추어 소고기를 부대에 납품하는 등 군납인으로 사업의 기반을 닦고 차곡차곡 돈도 모아 저축했다. 도헌이 된 후에는 월급을 은행에 넣고 그 이자로 고려인 자녀들을 공부시키며 한인 마을마다 많은 학교를 세웠다.

드디어 훗날 최재형 선생은 안중근 의사와 함께 항일 독립투쟁에 앞장섰으며 이토 히로부미 처단을 위한 안중근의 권총은 물론 독립군 총기들을 매입하는데 자신의 재산을 모두 바쳤다. 때로는 두만강 국경지대에 주둔한 일본 병사들의 막사를 손수 총을 들고 습격하여 큰 성과를 올리기도 했다. 나라 잃은 설움을 삼키며 항일 투쟁의 민족정신을 고취하고자 하는 선생의 열정이 대단했다고 한다.

특별히 불우한 조선 동포들을 돕고 보살펴서 따뜻하신 분이라 페치카라는 별명을 얻기도 했다. 동포들은 선생의 사진을 집에 걸어놓고 선생을 일러 따뜻한 페치가라고 불렀으니 선생이 도헌에서 물러날 때 이처럼 귀중한 회중시계를 마음을 모아 드렸던 것이다.

선생은 대동공보와 권업신문을 발행하여 일본의 만행을 이웃 나라에 알리기도 했다. 마침내 안중근 거사의 배후자로 지목되어 수배 중 가족의 안위를 생각하고 자진하여 체포되었다. 그날이 바로 1920년 4월 5일이었다.

아! 슬프도다/ 우리 동포여/ 우리 조국의 형편이/ 어떤 지경이 되었으며/ … / 어떤 도탄에 빠졌는가 / 아는가 모르는가 ….

이것이 당신이 남기신 나라 사랑의 마지막 시어였다.

1920년 5월 7일 자 동아일보는 '崔在亨 銃殺(최재형 총살) 일본군에 총살당해'라는 제하의 기사에서 '일본군이 조선 사람의 근거지를 습격하고 상해 사령부 재무총장(元 上海 司令部 財務總長, 지금의 재무부 장관)으로 작년 시월에 니코리스크에 와 있는 최재형 이하 칠십 명을 체포하여 취조한 결과 다른 사람은 다 방송시키고 두목되는 최재형 등 네 명은 총살하였다.'라고 보도했다.

선생은 달 밝은 밤이면 외로이 조국 하늘을 그리며 이렇게 울분을 토하셨다.

무릇 한 줌 흙을 모으면/ 능히 태산을 이루고/ 무릇 한 홉 물을 합하면/ 능히 창해를 이룬다 하나니/ 무릇 작은 것이라도 쌓으고 쌓이면 / 큰것을 이룬다 하나니 아 - 슬프도다/ 우리 동포여

우수리스크 테이프 커팅하던 날

'아진 뜨바 뜨리…' 이렇게 카운트다운을 한다. 그 순간 일곱 개의 번쩍이는 가위는 하나같이 오색 테이프를 자른다. 앞자리에 둘러선 하객들의 박수 소리와 함께 카메라 셔터가 터지는 소리는 약속이나 하듯 일제히 요란하다. 이렇게 최재형기념관 개관식은 절정에 이르렀다.

이곳 연해주 땅 우수리스크의 하늘은 이 날 따라 푸르고 드높아 마치 가을 하늘같이 맑았다. 시베리아의 영하의 추위는 서울의 이른 봄날같이 따스했다. 이 역사적 순간을 축하하기 위해 한·러 두 나라에서 찾아온 많은 하객의 박수 소리가 훈풍으로 승화되어 가는 듯했다.

오늘의 이 순간이 오기까지 묻힌 애환의 지난 세월이 그 얼마였던가. 나는 왼손에는 테이프를 오른손에 잡은 가위로 사회자의 마지막 뜨바 하는 소리에 따라 다섯 겹의 오색 테이프를 착각착각 잘랐다. 그 순간 감격에 겨워 손에 전율이 일고 있는 듯했다. 마치 꿈만 같았다. 하얀 장갑을 끼고 이 역사적인 행사에 우리 최재형 기념사업회의 한 사람으로 참여하게 됨은 분명 우리 단체의 위상이 공인되는 순간이었기 때문이다.

오늘의 주인공 최재형의 손자 최 발렌틴을 비롯해 러시아 우수리스크 시장, 전 고려인연합회 회장, 그리고 한국측에서는 피우진 보훈처장을 비롯해, 블라디보스토크 총영사, 해외동포재단 이사장이 자리했다. 무려 90년 전에 순국하신 고인을 기리며 하나같이 숙연한 분위기에 잠겨 있었다.

테이프커팅을 마치고 우리 일행은 통역을 앞세우고 기념관에 들어섰다. 젊은 통역사는 재빠르게 앞서거니 뒤서거니 하면서 진열된 선생의 생전에 활동 기록물을 두 나라말로 번갈아가며 설명하기 시작한다. 우리 내빈들 모두는 하나같이 처음 보는 선생의 역사적 유물을 호기심과 숙연한 심정으로 들으며 묻기도 하였다.

기념관 오른쪽 중간쯤에는 선생이 생전 몸소 지니고 다니시던 회중시계가 유리관 속에 고즈넉이 놓여있었다. 이 시계를 보는 순간 나는 너무도 반가웠다. 이 시계에 한해서만은 누구보다도 내가 그 시계의 사연을 잘 알고 있기 때문이다. 나는 무의식중에 시계 앞에 다가갔다.

보훈처장님, 이 시계는, 지난날 조선인 동포들이 두만강을 건너 이곳 러시아 땅 하산이란 곳에 움막치고 모여 살게 되었답니다. 그때 그곳은 무려 일만여 명이나 되는 대집단이었는데 선생은 이곳에서 도헌(都憲)을 지냈다고 합니다. 지금의 군수 같은 지도자격이라 합니다. 무려 13년이란 긴 세월을 헌신 봉사하고 퇴임할 때 그 한인촌에서 감사의 징표로 이 시계를 드렸다고 합니다. 이 비싼 회중시계는 그 머나먼 파리에까지 가서 맞춰 왔답니다. 그만큼 동포들의 대부로 희생 헌신하셨다는 뜻이겠지요.

선생은 9살 어린 나이 때 아버지 따라 두만강을 건너서 이렇게 맨주먹손으로 이곳 갈대밭 허허벌판에 건너왔습니다. 11살 되던 어느 날 굶주림 속에 방황하다가 부둣가에 쓰러져 있는 것을 어느 러시아인 상선선장 부부가 자기 배로 데려갔답니다. 그 부부는 그 어린아이를 마치 자기 자식처럼 돌보며 러시아어도 가르쳐 주었습니다. 선생은 선장 내외의 도움으로 세계적 안목도 넓히는 기회를 얻게 됩니다. 18세 나이가 되었을 때는 이미 일제의 잔악한 침략과 세계정세의 흐름도 분별할 줄 아는 지식 청년으로 성장해 갔습니다.

국제 무역항 블라디보스토크로 다시 돌아온 최재형은 정규 학교에서 공부하여 연해주 지역에서 가장 유창한 언어와 인격자로 사업하며 동포들의 통역으로 크게 봉사하게 됩니다. 도로건설, 철도시설, 항만창고, 건축 등 여러 분야에 조선인 동포들의 일터도 마련해 주었습니다. 이때 독립군에 재정적 지원과 선생 자신도 직접 왜군 부대를 습격하는 전투에 가담합니다.

보훈처장은 처음 듣는 이야기라며 나의 설명에 귀 기울이고 있었다.

"이리하여 그곳 고려인 동포들은 선생의 따뜻한 보살핌으로 페치카(따뜻한 난로라는 러시아어)라는 애칭도 받았다고 합니다."

내 옆에서 시계를 내려다보고 있던 우수리스크 시장도 나의 장황한 말이 무슨 뜻이냐고 묻기에 역시 약간의 설명을 하니 머리를 끄떡이며 감탄하는 듯했다.

이어서 그 시계 전시함 바로 옆자리에는 검정 권총 한 자루가 놓여

있었다. 역시 이 섬뜩한 권총 얽힌 선생이 항일투쟁에 발자취를 보훈처장에게 설명했다.

"아울러 오늘의 이 고택은 선생이 생전에 사실 때 안중근 의사를 비롯해 많은 독립운동가들이 찾아왔던 곳입니다. 조국 땅에서 항일 독립투쟁을 하던 우국 청년들이 나라 걱정하며 이곳에 모여들었고 이토 히로부미가 하얼빈으로 간다는 비밀정보를 입수하고 그를 저격하려고 당시 선생은 권총을 손수 마련하며 저격 연습까지도 시켰습니다. 가족도 모르게 이 집 창고에서 했답니다. 이렇게 이 집은 항일투쟁의 본거지며 왜병들을 습격할 비밀 아지트였답니다.

선생은 안중근 권총뿐만이 아니라 안 의사의 의거 후 그 유가족도 내 혈연처럼 이 집에서 함께 몰래 돌보았고 끝내 선생은 안중근의 배후자로 지목되어 잡혀가기 전날 밤까지도 함께 지냈답니다."

그런 아픈 사연 있는 권총을 보훈처장은 놀라운 표정으로 듣고 계셨다. 선생의 생애가 비참하고 나라를 위해 목숨과 재화까지 모두 바치신 위대하신 분이라며 감동하였다.

짧은 순간이지만 그동안 그야말로 100여 년의 역사의 뒤안길에 가려 있던 선생의 죽음을 이 나라의 애국투사를 총괄 관장하는 보훈처장께 직접 곁에서 전하고 보니 너무나도 내 마음이 후련했다.

독립투사 최재형기념관은 오늘 이제 새로 활짝 단장했으니 그 혼백이나마 다시 환생하여 이곳 우수리스크 옛집 하늘 아래 영원히 살아 숨 쉴 것을 기원한다. 오늘의 오색 테이프 커팅은 나의 가슴속에 오래도록 자리할 것이다.

[문학공간 통권 358호. 2019. 9.]

최재형 선생 영전에 올리는 글

-최재형 순국 94주기 기념세미나 '최재형 선생과 미래 50년'

오늘 우리는 선생의 서거 94주기를 애도하며 이곳에 모였습니다. 우리 민족의 입법 전당에서 선생의 그 크신 애국 애족의 영혼을 다시금 되새기며 그 때 그날의 4월 항쟁을 보듬어 헤아림은 큰 의미가 있다고 하겠습니다.

94년 전 당신께서는 "나는 이제 벌써 늙었으니/ 내가 체포되면 너희들은 살아남을 수 있으리라."라고 하신 마지막 한마디를 남기시고 1920년 4월 5일 미명에 재판도 없이 총살당하시고 이렇게 순국하셨습니다. 낯선 이국땅에서 대한민국 만세를 외치시고 마지막 남은 피한 방울마저 바치신 위대한 조국의 영웅이셨습니다.

이 날 이 비보를 접한 고려인 집집마다에는 조기가 걸리고 애도하며 열흘이 지나도록 두문불출하며 지도자를 잃은 설움의 통곡 소리는 울림으로 돌아와 산천초목도 비애의 만감에 잠기셨을 것입니다.

무릇 한 줌 흙을 모으면/ 능히 태산을 이루고/ 한 홉 물을 합하면/ 능히 창해를 이룬다 하나니/ 작은 것이라도 쌓으면/ 큰물을 이룬다./

아- 슬프다. 우리 동포여.

이렇게 슬피 외치신 당신의 그 넋은 지금도 저 시베리아 허허벌판 갈대밭을 누비며 정처 없이 구천을 떠돌고 있습니다. 선생은 일찍이 젊은 나이에 오대양 육대주를 다니시며 많은 문물을 보고 익히셨습니다. 그때 그 열린 대륙의 안목을 이토록 애절하게 울부짖었습니다.

'한 홉의 물을 합하면 능히 창해를 이룬다.' 하신 그 놀라운 사유함과 세계관이야말로 남다른 선구자다움이 시어(詩語)의 행간 속에서 알알이 묻어나며 무언의 큰 가르침으로 다가옵니다.

선생님! 세상 사람들은 누구나 부귀영화로 안위를 구하려는데 선생님만은 일찍이 피땀으로 가꾼 그 많은 재화를 이 나라의 내일을 위해 아낌없이 모두 바치셨습니다. 어디 그뿐입니까. 헐벗고 의지할 곳 없는 내 동포 자녀들을 낯선 영하의 시베리아 땅에서 의식주를 마련해 주시고 집단촌을 만들어 이리저리 유랑하는 동포 가정들의 주거를 마련해 주시니 마치 따뜻한 난로와 같다 하여 '페치카'라는 애칭도 받으셨으니 진정 우리 고려인의 크신 정신적인 울타리요, 대부이셨습니다.

일본 경찰들의 만행에 누구보다도 울분했던 당신께서는 지난날 1908년 드디어 그들의 막사와 주재소를 습격하는 전투에도 직접 안중근 동지 등과 함께 총을 들고 싸워서 혁혁한 전과를 남기신 용감한 애국정신은 길이길이 민족의 귀감으로 빛날 것입니다. 더욱이 항일투쟁에 소요된 모든 무기류와 전투에 소요된 막대한 자금을 선생께서 후원하셨을 뿐만 아니라, 안중근 의사가 이토오 히로부미 저격을 위한 권총까지도 마련하는 등 숨은 일화는 당신의 유가족들의 증언에서도 능히 헤아려 볼 수가 있습니다.

대륙의 영혼 최재형 선생님. 우리 후손들이 당신의 그 숭고하신 뜻과 넋을 길이길이 되새기고자 이렇게 미약하나마 '최재형 장학회'를 발족했습니다. 감히 선생의 그 크신 위대한 뜻에는 미칠 수는 없는 일이지만 지난 3년 동안 선생의 눈물의 발자취를 따라 우리도 이른 새벽부터 동분서주하며 오늘에 이르렀습니다.

선생님, 올해는 우리 고려인 동포들이 두만강을 건너 낯선 땅 시베리아로 삶을 찾아 건너간 지 어언 150주년이 되는 해가 되었습니다.

선생님께서 한인 이주 50주년 되던 해에 그날을 기념하기 위해 그 준비위원장 직책까지 맡아 일했다고 기록되어 있습니다.

이처럼 투철하신 역사의식과 선견지명이 있으신 훌륭하신 민족의 지도자이셨습니다. 이제 그로부터 한 세기가 지난 오늘 150주년을 맞는 이 해야말로 이 조국에서는 '노블레스 오블리주'의 당신의 그 뜻을 이어받아 새로운 정신적 각성을 다짐하고자 합니다. 앞으로 선생님을 비롯한 지난날의 고려인 동포들의 애환의 역사가 서서히 새롭게 싹트며 사회적 기업의 CEO 모델로 높이 추앙될 것입니다.

선생이 그토록 그리던 이 나라는 이제 당신의 높은 유지를 받들어 그날의 호국정신으로 다시금 회귀하고자 합니다. 어느덧 조국은 글로벌 시대 속에서 세계 10위권의 위상과 G20의 의장국이 되어 드디어 남을 돕는 나라로 우뚝 섰습니다.

선생님, 올해야말로 이제 이 나라는 남북통일이라는 대명제 속에 온 국민이 하나가 되어 그 길을 모색하고자 합니다. 당신의 장학생들도 선생의 그 유훈을 가슴에 깊이 새기며 이 나라의 통일 대업에 작은 초석이나마 되도록 노력하고자 합니다. 선생께서 일찍이 몸 바쳐 남기신 애국정신이 투철한 젊은 그들이 양국 간의 유대에 크게 기여하며 통일한국의 역군이 될 뿐만 아니라 유라시아 연결 정책의 초석이 되도록 키워나갈 것입니다. 마치 지난날 새마을 정신이 이 나라의 산업발전의 견인차가 되었다면 내일의 민족의 화합의 통일대로는 대륙의 영혼 최재형 선생의 '나눔의 혼백(魂魄)'이 그 디딤돌이 될 것입니다.

역사적 지도자 최재형 선생님, '나라를 변화시키는 것은 사람이며 그 사람을 변화시키는 것은 교육뿐'이라고 했습니다. 우리 장학회는 미약하나마 그들에게 기회 있을 때마다 선생님의 역사의식과 당신의 그 장학이념을 가르치며 무엇보다도 '나라 사랑의 넋'을 심어주고자 합니다.

오늘 현재 수혜학생은 현지의 극동대학 재학생을 비롯하여 국내 여러 대학에서 열심히 공부하고 있습니다.

아울러 물심양면으로 후원해주는 기업들과 독지가들도 속속 늘어나고 있습니다. 또한 올해는 장학회 홍보대사도 임명하여 선생의 그 뜻을 국내뿐만 아니라 나라 밖에도 널리 알리고 있습니다. 우리들은 오늘을 기점으로 더 멀리 더 많은 힘을 모으고자 합니다.

오늘 홍보대사 문영숙 작가의 최재형 선생의 일대기 '시베리아의 난로 - 최재형' 출판을 시작으로, 먼 훗날에는 선생의 영혼을 담아낼 가칭 '최재형 정신문화 CEO아카데미 교육원'도 만들어서 이 나라는 물론 세계의 일꾼을 키워나가는 대륙의 지도자들도 키워 보려는 꿈도 가져봅니다. 오늘 역사적 150주년을 기점으로 우리 장학회는 미력하나마 700만 디아스포라 차세대에게까지 대륙의 영혼은 널리 널리 퍼져나갈 것입니다.

선생님. 어느덧 꽃샘추위도 서서히 물러가고 남녘 하늘에는 유채꽃도 화사하게 피어오르고 있답니다.

우리 장학회원 모두는 따스한 개나리의 황금빛처럼 올해도 선생의 영혼을 기리며 희망에 넘쳐 당신의 순고한 정신을 이 땅에 뿌리내리기를 다시금 다짐해 봅니다. 아무쪼록 천상에서 오래오래 안식을 누리시옵소서.

현충관의 봄

벗꽃이 만발한 현충원 정문에 들어선다.

해마다 이맘때가 되면 이곳을 찾아오곤 한다. 맑은 하늘 아래 까치들도 이리저리 객을 맞는 듯 분주히 오간다. 기다렸다는 듯 봄 향이 반갑게 가슴에 안긴다.

"항일 독립투사 최재형 순국 제102주기 추모기념식" 현수막이 현충관 정면에 놓여있다. 지난날 '최재형 선생 장학회'를 만들기로 하고 당시 국회의장 김형오 명예 고문의 격려사를 들은 지도 어언 11년이 되었다.

예년과 같이 식순에 따라 푸른 군복의 의병이 하얀 장미꽃 한 송이를 내 앞에 건네주면 나는 정중히 받아 단상으로 올라가 고인의 영정 앞에 살며시 헌화 한다. 그리고 머리 숙여 예를 올린다. 곁에 놓인 화로에서 피어오르는 은은한 연기는 선생의 혼백인 것만 같다. 10여 년 전에 인간개발원이라는 경제단체에서 주최한 연해주 지역 산업시찰단의 일원으로 블라디보스토크와 우수리스크 지역으로 갔을 때였다. 때마침 고려인 문화센터가 주관한 추석맞이 명절 잔치가 운동장 한복판에서 진행되고 있었다. 우리나라 말과 러시아어를 동시에 구사하는 젊은 고려인 남녀 두 사람의 사회자가 "———이어서 다음은 고향이 그리워도" 노래를 부르는 순서입니다. 하고 소개한다. 이윽고 무대 뒤편에서 검은 얼굴에 이마에 주름살이 파인 할아버지 할머니들이 느린 걸음으로 앞으로 걸어 나와 두 줄로 서서 노래를 부르기 시작한다. "고향이 그리워도 못 가는 신세" 첫 소절부터가 화음이 맞지 않는다. 그러나 치마저고리를 곱게 차려입은 어른들의 노래는 나라 잃은 통한의 울부짖음이었다. 무심히 듣고만 있던 우리들은 언제부터인가 자기도 모르게 걷잡을 수 없는 눈물을 훔치고 있었다. 그들이야말로 내 나라와 내 조국의 모국어마저 잃은 지구촌의 미아들이었다. 나는 귀국하자 지체 없이 고려인 젊은이들을 위한 장학회를 만들기로 했다.

선생은 9살 어린 나이에 부모 따라 시베리아 연해주로 건너간다. 영하 40도는 날씨도 아니라는 동토의 땅 허허벌판에서 움막 생활하면서 온갖 고생을 한다. 우연한 기회에 러시아 선장 부부를 만나게 된다. 그 후 무역선을 타고 다니며 온갖 고된 허드렛일을 하게 된다. 무려 6년이란 세월 동안 이 나라 저 나라를 돌며 세계인들을 만나며 국제 감각을 익혀 갔다. 이렇게 시야를 넓히며 밤에는 선장 부부로부터 글을 익히기도 했다. 청년 최재형은 그 후 일제의 만행에 눈을 뜨게 된다. 드디어 우수리스크에서 정규의 학교를 마치고 고려인 동포들의 일자리를 마련하는 통역관으로 일하게 된다.

도로공사나 가축 구납업 등을 하면서 저축한 재화로 무기류를 남몰래 구입하여 두만강 변에 있는 일본 헌병 파출소를 야간 습격하여 큰 성과를 올리기도 했다. 드디어 최재형은 동포들의 대부가 되어있었다. 항일 독립투쟁에 앞장서게 된다. 안중근의 하얼빈 이토 히로부미 암살 의거에도 필요한 권총도 직접 매입하고 사격 연습도 마당 뒷담 벽에서 하였다고 가족들이 증언하고 있다.

장학회를 만들어 후원회원 한 사람이 일만 원씩 십시일반 정신으로 모금 운동을 하게 되면 반듯이 이루어지리라 확신했다. 경영자들의 조찬 모임이나 세미나 만찬장 각종 집회는 물론 심지어 해외 CEO 모임에서도 호소하면 동정을 받으리라 생각했다. 아시아지역 기독실업 인회 총회 자리에서 한 시간 강의 끝에 무려 1만5천 달러를 모금하기도 했다. 필리핀 대만 심지어 일본 최고경영자 세 나라 사람들까지 동참했다. 저들은 이토 히로부미 저격된 사실을 알고 있었다.

우리 사업회는 지난 10여 년간 100여 명의 고려인 대학생들을 매달 30만 원씩 학비를 주며 키웠다. 그보다 더욱 값진 사업은 안중근 의사 등과 함께 항일 독립 투쟁을 목숨마저 바치면서 나라 사랑의 노블레스 오블리주 정신의 대부라는 사실을 젊은이들에게 알렸다는 사실이다. 그러나 가슴 아픈 이야기는 한 세기가 지나도록 당신의 유해를 아직까지도 찾지 못했다는 사실이다. 우리 국내외 많은 동포 회원들은 지금 발 벗고 이 일을 위해 동분서주하고 있다.

독자 여러분께서도 힘이 되어 주시면 고맙겠다.

나는 몇 해 전에 선생의 유가족을 대표하여 8·15 광복절에 보신각 타종행사 11명 중 한 사람으로 참여했다. 타종 소리가 붕붕붕 울릴 때마다 고인의 혼백이 조국 하늘 아래로 돌아오기를 간절히 기원했다.

주인 없는 분향소

'도착하니 돌아가셨네요.'

위독하다는 전갈에 모스크바로 떠난 우리 사업회 이사장의 문자였다. 아침에 혹시나 하고 무심히 보았던 문자에 있는 짧은 비보였다. 하룻밤 새 최 발렌틴은 이미 이승을 떠난 고인이 되었다. 무엇이 그렇게 급하다고 몇 시간도 참지 못한 것일까. '인명은 재천이요. 잠시 떴다 사라지는 안개와 같다.'라고 한 선지자들의 가르침이 틀린 말이 아니었다.

고인은 독립투사 최재형 선생의 유일한 손자인 최 발렌틴이다. 올해 82세로 1남 1녀의 아버지로 그동안 모스크바에 사셨는데 독일에 사는 딸과 손녀를 보러 갔다가 불의의 사고로 돌아가셨다.

지난 10년 동안 우리 사업회는 100년 전에 일제에 총살당한 최재형 선생을 대신해 손자인 최 발렌틴 님을 극진히 사랑해왔다. 서로 혈육 못지않게 가고 오며 깊은 정이 쌓여가고 있었다. 우리 사업회가 조직되어 처음으로 고려인 장학생들을 돕는 일을 할 때였다. 고 최재형 선생의 유해는 찾을 길 없고 그나마 위패만이라도 현충원에 모시고 해마다 4월 7일이면 현충원 기념관에서 추모제를 지내왔다. 이때마다 손자 최 발렌틴이 유가족을 대신해 찾아주셔서 고맙다고 흐느끼며 인사도 하였다.

언젠가 고인 최 발렌틴이 서울에 처음 왔을 때였다. 광화문 어느 호텔에서 처음 만났다. 훤칠한 키에 좋은 인상이었다. 나는 너무도 감격스러워서 서로 부둥켜안았다. 그러나 그것도 잠시 그는 벙어리모양 말을 못 했다. 나는 섬뜩했다. 분명 한 나라 한민족인데도 그가 하는 말을 알아들을 수 없었다. 그는 시베리아 땅에서 자라온 별천지의 사람으로 이른바 한국인이 아니라 고려인이었다. 할아버지는 물론 아버지도 두만강 건너 연해주 시베리아 벌에서 살아오며 어린 날 손자로서 그 나라 말을 하며 자란 러시아인이었다.

우리는 그 후 모스크바에 사는 그의 아파트를 찾아간 일이 있다. 좁은 두 칸 방에 들어서니 아무도 없는 방은 설렁하였다. 다만 딸인 듯 발레 하는 모습의 사진 한 장이 우리를 반길 뿐이었다. 벽장에는 책들로 가득 차 있었는데 할아버지의 항일투쟁사와 아버지가 러시아어로 쓴 책들이었다. 한마디로 너무도 빈약한 가정이었다.

우리 최재형사업회를 창립한 지 어느덧 10년이란 세월이 흘렀다. 지난 세월 동분서주하며 모금 운동을 하여 장학생 하나둘씩 늘려갔다. 올해로 겨우 100명이 되는 것 같다. 발족 초기의 예상과 달리 모금 운동이 쉽지 않았다. 나는 국내 친구들, CBMC, 한국수입협회, 아시아지역, 교회, 사회단체들 모임에 찾아가 도움을 호소도 하였다. 방송국 등 매스컴에도 찾아다녔다. 드디어 교과서에서도 최재형 선생을 알리기도 했다. 지난해는 고인의 고택을 개조하여 기념관 개관에도 정성을 모았다. 이렇게 우리 사업회의 물심양면의 노고는 남달랐다.

사업회의 문영숙 이사장이 그의 위급사항을 연락받고 현지에 달려간 것이다. 이런 뜻하지 않은 비보를 접하고 나는 마치 한국에는 일가친척이 없고 우리 사업회가 정신적 유대가 깊은 유일한 곳이라 생각했다. 즉시 모스크바에 가 있는 이사장에게 전화했다. 현지에서의 사후 수속은 그곳 유가족이 있어서 하겠으나 서울의 우리 사업회는 그래도 어떤 조의는 표해야 할 것이 아닌가. 용산사무소 안에 서울분향소라도 마련해 놓아야 할 것 같아 문의를 했다. 그러나 그녀의 대답은 그럴 필요까지는 없을 것 같다는 것이었다. 그러나 최재형 독립투사의 유일한 후손인데 할아버지를 생각해서라도 어떤 조의를 표하는 것이 인간의 도리가 아닐까. 전례가 없는 일이지만 할아버지 독립투사를 우리는 얼마나 애석하게 생각하며 모금 운동을 해왔는가. 이제 그의 손자의 죽음에 대해서도 그냥 무심히 앉아 있기에는 내 마음에 무거운 짐을 지고 있는 것만 같았다. 다시 이사장에게 전화를 했더니 당신도 '분향소를 만드는 것이 좋겠다.'고 하며 집에서 병풍과 향로를 갖다 놓겠다며 서울에서도 여기저기 비보를 띄웠다.

이런 우여곡절 후에 분향소가 차려졌다. J일보의 논설위원, 기타 여기저기 매스컴에서 인터뷰 요구도 있었다. 심지어 청와대를 비롯해 보훈처, 국회의원, 전 독립기념 관장도 문상을 왔다. 심지어 여기저기 방송을 듣고 3천 원, 1만 원의 조의금을 하는가 하면 어느 대기업은 1천만 원의 조의금을 보내왔다. 심지어 유가족을 돕겠다며 취직을 시켜 주겠다는 어느 회장의 고마운 전화도 있었다. 신문기사를 보고 무명의 조문객들도 이어졌다.

뜻밖에도 우리 사업회에서도 공동대표들을 비롯해 이사들, 후원회원들이 달려와 고인의 가는 길을 추모했다. 생로병사로 한번은 저승으로 가는 길이지만 그의 갑작스러운 죽음이 안타까웠다. 더욱이 독립투사 할아버지 밑에서 너무나 눈물겨운 한 생을 보낸 것이 가슴을 저미게 했다. 부디부디 하늘나라에서나마 많이 오래 평안을 누리시옵소서.

분향소에서는 가느다란 향이 조용히 피어오르고 있다.

현충일 아침

아침에 조기를 달았다. 하늘은 흐리고 어두웠다. 방금이라도 비가 내릴 것만 같다. 오늘이 현충일인 것을 하늘도 아는 듯하다. 해마다 이맘때면 맞이하는 현충일이지만 어쩐지 올해 아침은 새삼스럽기만 하다. 그것은 내가 관여하고 있는 독립투사 최재형 선생 순국 99주년 행사를 두 달 전에 현충원에서 거행했다.

지난 3월 말에는 선생의 생전의 고택을 기념관으로 리모델링 하여 개관식을 우수리스크 현지에서 거행했다. 이때는 보훈처장, 블라디보스토크 총영사, 재외동포 이사장 등이 참여했다. 러시아 정부 측에서도 우수리스크 시장을 비롯해 여러 인사가 동참하여 참으로 뜻깊은 행사였다.

지난 100여 년 동안 역사의 뒤안길에서 잊혔던 선생을 우리가 최재형기념사업회라는 이름으로 장학회를 발족함으로 생소했던 '최재형' 선생이 비로소 세상에 부상되었다. 그때까지만 해도 사람들이 모두가 최재형이 누구냐고 물어왔다.

그 후 우리의 사업회에서는 선생을 알리기에 바빴다. 연해주 지역에서 안중근 의사와 함께 항일독립투쟁을 하면서 선생은 힘들게 모아 놓은 재산을 다 팔아서 그 돈으로 독립군 의병들의 무기를 샀다. 안중근 의사가 이토 히로부미를 저격한 배후 인물로 총살당하신 분이시다. 이 거사는 당시 동아일보 특별기사로 그 비운의 역사적 물증으로 증명된다. 그 후 1962년 대한민국 독립장을 수여 받았는가 하면, 상해임시정부 수립 당시에 일찍이 초대 재무총장(장관)으로 추대된 바도 있었다.

이렇게 국내외에서 세 번씩이나 행사를 하고 보니 나로서는 이 날은 각별할 수밖에 없다. 아침 10시 TV를 통한 현충일 기념행사를 지켜보았으나 아무래도 방안에서 텔레비전을 본 것만으로는 어딘지 고인을 기리는 마음이 편치 않았다. 주섬주섬 검정 옷으로 갈아입고 현충원으로 혼자 찾아 나섰다.

평일에는 쓸쓸하도록 고요하던 이곳이 오늘은 오고 가는 조문객들로 붐비고 차량들로 주차장이 되어 있었다. 교통경찰들의 호각 소리가 여기저기서 들리는가 하면 꽃 파는 아낙네들이 길을 막고 있다. 남녀노소 할 것 없이 손에 손에 국화 한 묶음씩을 들고 밀리는 사람들 틈에 끼어드나 들고 있다. 넓은 현충원 입구에는 들어오는 조문객보다 벌써 예를 올리고 나가는 사람들이 더 많았다. 단체객들, 무리 지은 학생 조문들은 저 멀리 지방에서 찾아온 듯했다. 한편 가족 단위로 온 듯한 사람들로 인산인해다. 하긴 국립묘지 이 현충원에 묻힌 사람이 그 얼마이며 대한민국의 어느 누구인들 이 날 제사를 지내지 않는 사람이 있을까. 나의 사촌 형도 평양신학 대학재학생일 때 국군이 평양에 입성했을 때 현지에서 신병으로 입대하여 젊은 꽃다운 나이에 인민군과 싸우다 수류탄에 맞아 중상을 입었다. 부산 영도의 육군병원에서 간신히 살아나 상이군인으로 제대했다. 그 후 3년 만에 후유증으로 끝내 어린 두 딸을 남기고 돌아가셨다.

이 나라의 지난 비운의 역사 속에 한 많은 항일투쟁하다 순국한 우리의 애국지사들, 6·25의 동족상쟁으로 희생하신 국군 용사들, 월남전 참전용사들 그 외 많은 해외 디아스포라, 애국지사들 일일이 헤아릴 수 없다. 우리 민족이 흘린 그 피눈물들, 오늘 이곳 내 자식, 내 부모, 내 전우, 내 애국 동포들을 찾아와 머리 숙여 추모함은 너무도 당연한 날이다. 그 눈물을 어찌 다 헤아릴 수가 있을 것인가. 나는 하얀 국화 한 다발을 최재형 선생님 영정 앞에 바치고 머리 숙였다.

"선생님, 이 나라의 역사는 이토록 비통합니다. 선생님은 아직도 그 유해를 찾지 못한 채 이국땅에 잠들어 있습니다. 그러나 우리들이 계속해 꼭 찾아서 내 조국 하늘 아래 고이 모시겠습니다. 짧은 인생마저 어느 하루 편히 쉬지 못하고 대한독립을 외쳤으니 그 숭고한 정신 길이길이 잃지 않을 것입니다. 편히 편히 영면하시옵소서."

나는 아무도 찾아주지 않는 선생님 앞에 머리 숙였다.

가랑비가 어느새 부슬부슬 조객들 머리 위에 떨어진다. 어찌 하늘인들 이 날을 슬퍼하지 않으리오. 현충원 뜰에는 이 나라의 사랑 가득한 문상객으로 꽃을 피우고 있었다.

무명용사 탑 속에는 형의 생전의 모습이 어른거린다. 부디부디 편히 잠드소서. 돌아오는 길 고향집이 그리워진다.

추천사

장만기
한러 친선협회 이사장, 한국인간개발원 회장

김창송 회장과는 어느덧 35년이란 긴 세월을 한 길로 걸어왔다. 새벽 조찬회가 없었던 시절 우리 인간개발 아침 세미나에서 처음 인연이 되었다. 배우는 일에는 누구보다도 열정을 보이는 삶의 모습이 좋았다. 수시로 해외출장을 다녀야 하는 무역업에 종사하면서도 우리 아침 조찬회에 늘 빠지지 않으며 항상 메모하기를 즐겨하면서 에세이집도 여러 권이나 상재했다. 5년 전에는 무역 50년과 결혼 50년 기념으로 '비바람이 불어도'를 출판했는데 이번에는 'CEO와 수필'이라는 낯선 주제로 또 다시 색다른 글을 내놓겠다고 한다.

우리 인간개발원이 40년이란 세월을 걸어오는 동안 회원 친목을 위한 소그룹으로 이종기업동우회, 골프친목회 등 그 외 다양한 서클이 있는데 그 중에서도 지난 7년간 계속 모여 공부하여 오고 있는 '에세이 클럽'이라고 있다. 바로 이곳이 글 쓰기, 책 쓰기를 위한 CEO들의 모임이다.

지난날 산업시찰을 두바이로 다녀온 일행을 중심으로 만들어진 최고 경영자 그룹이다. 여기에 김회장이 단장으로 다녀온 연장선상에서 에세이클럽이라 이름하고 공부하기 시작했다. 'CEO와 에세이'라는 주제는 마침 요즈음 화두가 되고 있는 영화 '국제시장' 후속편 같은 당대의 해외 시장 개척사의 숨은 이야기들이 흥미롭다.

저자 자신이 서두에서도 언급한 바대로 언제부터인가 서점가에는 경영 서적 코너에 인문학 관련 도서들이 더 많이 시선을 끌고 있다. 우리 인간개발 목요조찬이나 만찬회에서도 언제부터인가 저명한 작가나, 철학, 역사 그것도 삼국사기, 칭기즈칸 이야기 등 문사철(文·史·哲) 강좌가 슬그머니 굴러들어온 돌이 박힌 돌을 밀어내고 있는 추세이다. 이리하여 CEO들도 시대의 흐름에 따라 공부하게 되고 회사 내에는 늘 독서회나 글쓰기 공부를 시작하고 있다

경영자들이 지난 날 창업현장에서의 애환들을 더듬어 글로 세상에 내어 놓기도 하고 이렇게 에세이클럽을 만들었다. 미숙하나마 나만이 겪었던 스토리들을 추억에서 건져 올려 눈물겨운 당시의 숨은 이야기들을 세상에 알리는 일을 시도하기로 했다고 한다. 마치 서독광부들의 숨은 이야기처럼 우리 경영자들도 허리띠 조이며 누구보다 동분서주하며 쌓인 체험을 짬짬이 서로 모여 공부하며 글로 써보기로 했다는 것이다. 우리는 거칠고 숨 가빴던 개척정신을 이야기로 다듬어 보는 일은 큰 의미가 있다고 보겠다.

이런 현장 한마당에서 이 에세이클럽을 이끌어 온 수필가 김창송 회장께서 비즈니스맨들만의 에세이 세계를 개척해 볼 심산으로 이번에는 'CEO와 수필'이라는 도전적인 주제의 글을 세상에 내놓는 용단에 감탄해 마지 않는다. 수필 본가에서는 서정성이 없는 소재라고 외면할 수도 있겠으나 기업을 일으킨 경영자들의 노고도 너그럽게 보듬

어 주는 아량도 필요하다고 본다. 수필이란 1인칭 문학으로 자신이 직접 체험한 사건을 형상화하는 것이라 본다.

더욱이 김회장은 사회적 기업가 정신으로 불우이웃돕기 운동으로 장학회 사업도 하고 있으니 참으로 정도를 걸어가고 있다고 아니할 수 없다. 시베리아 고려인들의 비참한 젊은이들의 그 아픈 삶을 돌아보고 온 후 우리 회원들과 뜻을 같이하고 '최재형 장학회'를 만들어 사회에 기여함은 또 하나의 CEO들의 삶의 길을 조명해 주고 있다고 보겠다.

좋은 사람 좋은 세상(Better people Better world)이라는 구호로 시작된 우리 인간개발원도 이제 제2의 40주년을 지향해 가려는데 바로 이 나라 사랑, 역사 재조명과 더불어 지행합일(知行合一)이라 했듯이 배운 지식들을 지혜롭고 행동으로 옮길 때 진정한 나의 인간개발 창업정신과 미션을 같이하는 것이 아닐까 생각한다.

다시 한 번 'CEO와 수필' '보신각종을 울리며' 출판을 축하해 마지 않는다.

[《보신각종을 울리며》 2015.]

최재형 장학회와 김창송 회장

박춘봉

최재형장학회 공동대표, 부원광학(주) 회장

최재형 장학회가 착실히 성장해 가고 있는 모습이 자랑스럽다.

김창송 회장께서 처음 고려인 대학생을 위한 장학회를 만들자고 발의를 할 때에는 회의적으로 받아들이는 사람이 많이 있었던 것이 사실이다. 도대체 최재형 선생이 누군지도 잘 모르는 우리사회에 장학회가 되겠느냐는 생각에서이다. 선생의 명성은 연해주 지역 일대에서는 하나의 전설이 되어 왔었고, 지금도 그곳 고려인들의 선생에 대한 존경심은 한결같다. 그렇지만 이곳 대한민국에서는 몇 분 학자들의 연구 대상이 되어 있을 뿐 국민적인 공감대가 매우 희박하기 때문에 장학회를 관심을 갖고 도와줄 수 있는 회원을 확보하는 것에 대하여 회의 적일 수밖에 없었다.

그런 걱정 속에서도 지난 3년 동안 장학회는 50명에 육박하는 고려인 학생들에게 장학금을 지급하는 대단한 일을 해냈다.

자랑스러운 장학회가 만들어지고 성장해 온 경위를 정리해 본다.

2011년 가을에 인간개발연구원 회원 이십여 명이 부부동반으로 연해주 고려인들이 하는 추석잔치에 초청을 받아서 다녀온 일이 있었다.

잔치가 클라이맥스에 도달했을 무렵 60~70대로 보이는 주부들 15명이 나와서 하는 합창순서가 있었다. 이분들이 나와서 "고향이 그리워도 못가는 신세"라는 노래를 불렀는데 얼마나 구슬프게 부르던지 우리 일행을 비롯한 관중들 모두를 고향 생각을 하면서 울게 만들었다.

그 다음날 그곳 사람들의 삶터를 살펴보게 하느라고 고려인들의 가정을 안내받았다. 우리가 안내받은 그 집의 주부도 어제 축제에 나와서 노래를 함께 불렀다고 했다. 그래서 "아주머니는 고향이 어디예요?"라고 여쭈어 보았다. 아마 함경도나 평안도 어디일 것이라고 생각하면서 물었는데 놀랍게도 자기의 고향은 중앙아시아의 우즈베키스탄이라고 했다. 너무 의외의 답이어서 왜 거기가 고향이냐고 했더니 자기 연배사람들의 고향은 중앙아시아 이고 자기 부모의 고향은 연해주라고 하면서 함경도나 평안도는 자기 조부모의 고향이라고 했다.

어제 불렀던 노래 속에 있는 고향도 한반도가 아닌 우즈베키스탄이라는 말이다. 그래서 고향의 사전적인 의미가 무엇인지를 국어사전을 찾아보니까 "자기가 나고 자란 곳"이라고 정의하고 있었다. 고향! 그것은 깨 벗고 놀던 어릴 적 친구들이 있는 곳이고, 실개천에서 가재 잡던 추억이 있는 곳이다. 그리고 도란도란 정겨운 이야기를 들려주던 푸근한 이웃이 있는 그런 곳이다. 그러니까 지금 그곳 고려인들의 고향은 한반도가 아니라 러시아나 중앙 아시아 어디라는 말이다. 이번 여행에서 우리 일행 모두는 선열들의 연해주 정착에 얽힌 고향이 그리워지는 슬픈 이야기들을 들을 수가 있었다.

지금 연해주에 살고 있는 고려인들은 1900년을 전후한 시기에 조선 땅에 흉년이 들고 청일전쟁 노일전쟁 그리고 한일 합방 등 일본인에 의한 압제가 견디기 어려워서 고향을 등지고 연해주로 가신 분들의 후예들이다. 연해주 지역에서 그런대로 안정적인 삶을 꾸리던 고려인들은 1937년 스탈린의 폭거에 의해서 강제로 중앙아시아로 옮겨갔다. 그곳에서 첫해 겨울은 땅굴을 파고 견디면서 그곳에 적응하고 안정을 찾아 정착했다. 고려인의 굳센 근성이 그렇게 만들었다. 1992년 소비에트가 붕괴되면서 중앙아시아의 소수민족의 나라들이 갈망해 오던 독립이 된다. 고려인이 정착해 살던 독립이 된 소수민족의 나라가 이번에는 민족주의를 표방하면서 이민족인 고려인들을 핍박했다. 고려인들은 그 핍박을 피해서 또 유랑의 신세가 되어 연해주로 옮겨가게 된다. 그런데 고려인들이 고향으로 생각했던 연해주에서도 고려인들을 받아줄 이웃이 없었다. 고려인들은 정들고 살았던 그들의 고향인 중앙아시아가 그리워진다. 어쩌다 우리 민족은 이런 슬픈 유랑민의 신세로 살아야 하나 서글퍼진다.

독립투사 최재형 선생에 관한 이야기는 충격이었다.

노비의 자식으로 태어난(1860년) 최재형 선생은 어린 시절 홍수와 기아 때문에 부모를 따라 먹고 살기 위해서 연해주로 이주했다. 11세 되던 해에 너무 배가 고파서 가출했다가 러시아 상선의 선주 부부를 만나게 되고 그런 인연으로 러시아 상선 선원이 된다. 7년 동안 전 세계를 돌면서 외국어도 익히고 상술도 배우고, 국제적 감각에 눈을 뜬다. 세계시민으로서의 자질을 갖추게 된 것이다. 최재형 선생은 그런 자질을 인정받아서 러시아 행정기관의 책임자가 되고, 블라디보스토크 군부대에 식료품 납품하고, 무역업까지 하면서 거부가 되었다. 선생은 자신의 전 재산을 후진양성을 위한 교육사업과 장학사업을 하면서 못 배운 한을 푼다. 그리고 안중근, 홍범도, 이범윤 등 독립투사의 무장투쟁에도 앞장서서 헌신했다고 한다. 자신이 이룩한 모든 것을 후진양성과 나라를 되찾는 독립투쟁에 바친 것이다.

연해주 지역에서는 최재형 선생의 이야기가 신화처럼 알려져 있는데 이런 분이 국내에선 철저히 잊힌 인물이었다는 것이 놀랍고 안타까워 했다. 그때 나는 여행에서 듣게 되는 감동쯤으로 생각하고 3박4일의 여행을 마치고 일상으로 돌아왔다. 귀국 후 한 보름쯤 지나서 이번 여행에 가장 연장자이고 인간개발연구원 부회장인 김창송 회장께서 점심식사나 하자고 해서 별 생각 없이 시간에 맞춰서 나갔다.

그 자리에서 김창송 회장은 이런 말씀을 하신다. "우리는 이제 잊혀진 독립투사 최재형 선생을 감동으로만 기억할 일이 아니라 새롭게 재조명해야 하겠습니다. 그래서 오늘 우리는 그 첫걸음으로 최재형 장학회를 만들었으면 합니다. 장학회는 우수한 고려인 대학생들 중에서 가정 형편이 어려운 사람을 선발해 졸업할 때까지 학자금을 지원하자는 것입니다. 장학금을 지원받은 학생은 졸업 이후 고려인 동포사회의 발전에 기여하기로 약속하기만 하면 되도록 합시다. 이제 우리가 최재형 선생과 유족의 절규에 화답할 때입니다. 십시일반(十匙一飯)의 정신으로 최재형 선생의 유지를 발전적으로 계승하는 일에 모든 분이 함께 해주셨으면 합니다." 함께 했던 우리들은 그냥 수긍하면서 고개를 끄덕일 수밖에 없었다.

이제 장학회가 출범한 지 일천한데도 호응하는 분들이 여기저기서 많이 생겨서 제법 탄탄한 조직으로 착근되어가는 모습을 본다.

'김창송' 한 개인이 만들어낸 위대한 발상이, 그리고 그 실천의 과정이 역사를 바꿔 가는 것을 보면서 형언할 수 없는 감동에 젖는다.

나 같은 범인은 여행을 그냥 여가를 즐기는 놀이쯤으로 생각하고 다녀왔는데, 그분께서는 이런 훌륭한 발상을 하고 집념을 갖고 사업을 진행해서 오늘 같은 실적을 보면서 감동과 존경의 념 같은 것을 느끼지 않을 수 없다.

지난 연말에 보신각 타종행사에 최재형장학회 회장으로서 초청을 받아서 참여하셨다. 이분은 이제 서울시를 비롯한 정부 요로에서 장학회에 대한 인지도가 차츰 늘어나고 있다면서 얼마나 좋아하시던지 마치 어린 학생이 상급학교 입학시험 합격자 발표를 보고 즐거워하는 것 같았다. 지난 5월 13일에 국립 서울 현충원에 최재형 선생 양주분이 위패 봉안식이 있었다. 그 자리에서도 시베리아 벌판에 고혼처럼 버려졌던 선생을 고국의 품속에 편안히 잠들게 했다면서 좋아하시던 모습이 보는 이로 하여금 얼마나 감동하게 했는지 모른다.

이제 시베리아 벌판에 계시던 선생 양주분의 유해를 국립 서울 현충원에 안장해서 선생의 고혼을 고국의 품으로 편히 모시는 일도 해냈다. 장학회의 면모도 젊은 이사진으로 보완을 해서 정부에 사단법인 등록도 마치고 제법 착근이 되어가는 모습을 본다.

그동안 어려운 여건에서 장학회의 하루하루를 노심초사 해오신 김창송 회장께 커다란 위로와 찬사를 보낸다.

장학회는 착실히 착근을 했고 열악한 환경에 있는 고려인 자녀들에게 면학의 기회를 만들어 줄 수 있어서 참으로 보람된 일을 했다고 자위한다.

[《보신각종을 울리며》 2015.]

존경하는 김창송 회장님!

최발렌틴

독립투사 최재형 손자

저는 오래 전부터 회장님의 노고와 열정으로 최재형 선생의 이름이 드높여지는 것에 대한 감사와 마음을 전해드리고 싶었습니다.

행사를 통한 짧은 만남 속에서, 더욱이 통역을 거쳐야 하는 상황들은, 진실되고 여유로운 대화의 시간을 만들어 가기에는 사실 많은 어려움이 있었습니다. 이로 인해 감사의 마음을 전하지 못한다는 것이 늘 고민이 되었습니다. 제게 있어, 김창송 회장님을 만났다는 것, 자체가 바로 행복이었습니다. 회장님의 노고를 통해, 최재형 선생이 이름이 많은 이들에게 알려졌기 때문이지요. 최재형 선생의 후손들이 오랫동안 꿈꿔온 일들이 선생을 통해 실현되었기 때문입니다.

소련연방공화국 시절은, 역사적으로 잔인하고도 급격한 변화의 시기였습니다. 이데올로기는 변했고, 정부는 수백만의 사람들을 죽음으로 내몰았으며, 최재형의 이름과 그의 업적 역시 사라지고 말았습니다. 오랜 시간, 최재형에 대한 모든 것은 금지되었고, 그는 무리의 적이 되었습니다. 정치적 탄압은 – 무리의 적이었던 – 최재형의 자녀들에게까지도 영향을 미쳤습니다.

스탈린 시대가 끝나고 나서야, 학자들의 연구를 통해, 최재형에 대하여 조심스럽게 알려지기 시작했습니다.

나의 아버지(탄압에서 기적적으로 살아남은)께서는 삶의 마지막 길(1990년대)에서 자신의 회고록에 이렇게 기록하고 있습니다 : 최재형(뾰뜨르 세묘노비치-러시아이름)이 얼마나 많은 일들을 했었는지를, 한인들이 알 수 있도록, 3-4가지의 기사를 더 기록해야 한다.

그러나 아버지는 그것을 끝내 더 이루지 못하셨고, 그 과제는 제게 주어졌습니다. 러시아는, 시간이 흐르면서 다시 한 번 사회적 격변을 겪기 시작했습니다. - 그것은 뻬레스뜨로이카(개혁)와 기타 여러 가지 일들이었습니다.

그동안 많이 인내하는 삶을 살아온, 러시아 한인들은 자유민주주의의 출현과 함께 다시 한 번, 자신들의 삶을 재조정해야 했습니다. 이것이 끝이 아니었습니다. 저는 홀로, 최재형에 대한 자료들을 수집하기 시작했습니다. 다음 세대들은 자신들의 과거(역사)에 대하여 더 많이 생각하게 될 것이라고 저는 여겼습니다. 그렇다면, 내가 수집해놓은 자료들을 필요로 할 때가 있을 것이다. 그때 사람들은 내가 모아놓은 자료들을 통해, 민족의 영웅에 대해 알 수 있게 될 것이다.

지금 중요한 것은, 이러한 자료들이 사라지지 않고, 또한 잊혀지지 않도록 그것들을 수집하고, 보존하는 것이다. 그리고 여기, 김회장님과의 만남이 동화처럼 이뤄졌습니다.

회장님, 2011년도에 여러 사람들과 모스크바에 오셨던 일을 기억하시는지요? 회장님께서, 고려인대학생들을 위해 최재형의 이름을 따서 만들어진 장학회라고 이야기하셨을 때, 저는 전율을 느꼈습니다.

또한 많은 이들이 최재형을 알고 있다는 사실에 현기증을 느끼기까지 했습니다. 이것은 제게 있어서 전혀 기대하지 못한 일이었을 뿐 아니라, 기쁘기 그지없는 일이었습니다. 그리고 1년 후, 행사에 초대되어 서울을 방문했을 때, 큰 홀에 모인 많은 관중들이 박수로 최재형을 기념하는 것을 보고는 너무 감격하였습니다.

김창송 회장님의 수고로, 2015년 5월, 마침내 국립서울현충원에 최재형과 그의 아내 최엘레나의 위패가 모셔졌습니다.

최재형 선생의 딸 엘리자베따가 말하기를, 우리 아버지가 영웅으로 불린다면, 우리 엄마는 두 배 세 배 그보다 더한 영웅이다. 왜냐하면, 남편이 죽임 당한 일뿐만 아니라, 자녀들까지 처형으로 죽어가는 것을 보아야 했기 때문이다.

이제 여기, 부부위패판에 새겨졌듯, 최재형에 대한 기억은 영원한 것입니다.

1920년 당시, 일본 헌병들은 최재형을 총살시키고, 흔적을 찾을 수 없도록 철저하게 매장시켰습니다. 또 다른 적들은, 민족의 기억에서 최재형을 지워내고자 열심이었지만, 결국 그것은 이뤄지지 못했습니다. 한민족은 최재형을 기억했으며, 이제, 그를 추모하며 기릴 수 있는 장소가 생겼습니다.

친애하는 김창송 회장님, 최재형의 모든 후손들을 대표하여, 머리 숙여 감사를 드리며, 최재형의 이름이 영광스럽게 드러나도록, 오늘까지 감당해오신 모든 일에, 진심으로 감사를 드립니다.

위대한 우리의 선조인 최재형 선생과 함께 당신의 이름도 영원히 기억될 것입니다. (김소피아 번역)[《보신각종을 울리며》 2015.]

УВАЖАЕМЫЙ e–н КИМ ЧАНГ СОНГ!

Я давно хотел поговорить с Вами, высказать свои чувства, слова благодарности за Ваши старания по возрождению имени Чхве Джэхёна.

В короткие праздничные встречи с Вами трудно было заводить долгий искренний разговор, тем более через переводчика. Меня всё время мучает эта невысказанность.

Дело в том, что знакомство с Вами — это великое счастье! Потому что только благодаря Вашей деятельности имя Чхве Джэхёна действительно пошло в народ! Исполнилось, о чём мечтали и за что боролись почти 100 лет его дети и внуки!

В России, в СССР в эти годы происходили жесточайшие исторические перемены. Менялись идеалы, государственные устои, гибли миллионы людей... Имя и дело Чхве Джэхёна исчезало.

Долгие годы он был под запретом как "классовый враг".

Политическим репрессиям – "враги народа" – подве
ргались его дети.

Только после смерти Сталина он стал осторожно упо
минаться в работах учёных.

Мой отец (чудом выживший в репрессиях) в конце
жизни (1990–е годы) писал в своих воспоминаниях:
"Надо написать ещё 3–4 статьи, надо, чтобы корейцы
знали, как много сделал для них Пётр Семёнович (русс
кое имя–отчество)". Не успел. Этот долг перешёл ко
мне.

Российские корейцы (которые так много натерпелис
ь!) с появлением демократическими свобод занялись св
оим обустройством....

А в России, тем временем, опять начались социальны
е катаклизмы – "перестройка" и т.п. Тут уж не до исто
рии. И тогда я решил в одиночку собирать что сохрани
лось о Чхве Джэхёне.

"Потом, – посчитал я, – придёт следующее поколен
ие, там будут больше думать о своём прошлом. И тогда
мои материалы пригодятся, будут востребованы. И тог
да люди узнают о своём герое.

Сейчас важно найти и сохранить эти документы, что
бы не исчезли, не канули в лету."

И тут произошл
а сказочная встреч
а с Вами.

손자 최발렌틴과 모스크바 최재형장학생들

Вы помните, как
в 2011 г. приехал
и в Москву с боль
шой делегацией?

Когда Вы сказали, что назвали Стипендиальный фонд
для студентов именем Чхве Джэхёна, я вздрогнул.

Голова пошла кругом. Значит люди знают, народ пом
нит. Это было так неожиданно! Так радостно!

И потом, через год в Сеуле, куда Вы меня пригласил
и на торжества, я взволновано смотрел, как огромный
зал аплодировал его памяти.

Благодаря Вашим заботам на Центральном мемориаль
ном кладбище в мае этого года увековечены имена Чхв
е Джэхёна и его жены Елены Петровны.

Дочь Елизавета говорила: "Если нашего отца называю
т героем, то наша мама — дважды, трижды герой. Пото
му что ей довелось ещё пережить убийство мужа, расст
релы детей..."

...Ну вот, теперь память о Чхве Джэхёне будет жить
вечно, как этот мемориальный камень.

Тогда, в 1920 г. жандармы, расстреляв его, тщательн о затоптали место захоронения, чтобы не было и следа.

Другие враги усердно старались стереть его имя из памяти народной.

Не вышло!

Народ помнит. Теперь у нас есть на земле место, где можно склонить голову перед его светлой памятью.

Дорогой Чанг Сонг, низкий поклон Вам от всех пото мков Чхве Джэхёна, искренне благодарим за всё, что Вы сделали и делаете для возрождение его славного им ени.

Ваше имя теперь навсегда будет связано у нас с наши м великим предком.

Ваш
Цой Валентин,
внук Чхве Джэхёна

김창송 회장님

김형오
최항일투사 최재형 기념사업회 명예고문

한가위 명절 잘 보내셨습니까. 저 역시 모처럼 연휴를 즐기느라 고맙다는 인사도 이렇게 늦어졌습니다.

그날(9월 5일) 태풍을 앞두고 비가 오는 궂은 날씨였는데도 제 기증자료 전시회가 열린 국회도서관을 찾아주셔서 깊은 감사를 드립니다. 덕분에 자리가 빛나고 더욱 뜻깊은 시간이었습니다.

많은 것을 잊고 버리고 잃은 줄 알았는데 그래도 기증할 만한 게 이만큼이나 남아있어 무척 다행이었습니다. 그중엔 떠나보내는 데 결심이 필요한 애장품도 있었습니다.

국회 측의 배려로 ≪술탄과 황제≫ 집필 배경과 과정을 엿볼 수 있는 전시도 마련되어 감사한 마음입니다. 빈손으로 왔다 빈손으로 가는 인생이란 게 평소 생각이었습니다.

그래서 국회의장 마치자마자 재임 시절 받았던 선물 일체를 국회에 기증했는데 이번 특별전에 함께 선보여 볼거리가 한결 풍성해지고 또 이를 계기로 국민과 가까워지는 공직자의 자세에 시사점을 던진 것 같아 마음이 흐뭇합니다.

나이 들수록 뒷모습에 더 신경이 쓰이고, 비우고 내려놓고 보내야 할 일들이 많아지는 것 같습니다.

"좀 더 좋은 것은 앞날에 남았으리."

로버트 브라우닝의 시구 한 줄을 가슴에 새기며 나에게 주어진 길을 걸어가려 합니다.

변함없는 관심과 성원에 거듭 감사드리며 건강과 건승을 기원합니다.

고려인 동포사회에 봉사하는 '애국 인재' 양성

안중근 의사를 지원했던 기업가 최재형은 역사 속에서 애국정신이 투철한 최고경영자(CEO)로서 기억되며 오늘날까지 귀감이 되고 있다. 국내 최재형 선생의 정신을 잇기 위해 설립된 '최재형장학회'를 이끌고 있는 성원교역(주) 김창송 회장은 "최재형 선생의 뜻을 이해하고 그의 정신을 알리기 위해 최재형장학회를 만들었다"며 "이 시대 기업인들의 롤모델로서 더 많은 사람들에게 알려져야 한다"고 말했다.

안중근 의사 배후 지원… 독립운동에 뛰어든 '애국 CEO'

최재형 선생은 1860년대 후반 한반도 대기근이 닥칠 무렵 가족들과 함께 러시아 연해주로 이주했다. 12살 때 가출한 뒤 선원 신분으로 전 세계를 두루 돌아다니고 러시아 선장 부부의 배려로 근대 교육을 받아 지성인으로 성장했다. 러시아어와 한국어에 능통했던 그는 라지돌리노예~언추 간 군사도로 공사기간 중 통역 수행과 아울러 극동함대 사령부 식료품 납품권을 따내면서 당대의 거부로 변신했다. 이후 한인들이 집단으로 거주하는 우수리스크 지역에 초등학교를 설립하는 등 문화계몽운동을 벌이기 시작한 것이 최재형 선생의 장학사업의 시초다.

김 회장은 "최재형 선생은 자신의 도헌 봉급 전액을 은행에 예탁하고 이자로 매년 유학생을 후원할 만큼 장학사업에 몸을 바쳤다"며 "당시 한국어 민족지 '대동공보'를 발간해 교민들에게 항일의식을 고취하고 안중근 의사의 하얼빈 의거를 배후에서 지원할 만큼 독립운동에 뛰어든 애국지사이기도 했다"고 말했다.

최재형장학회는 최재형 선생의 희생과 봉사, 나눔 정신을 계승하기 위한 장학사업을 벌이고 있다. 연해주 고려인들 중 가정형편이 어려워 교육의 혜택을 받지 못하는 청소년들에게 민족교육을 하고 고려인 동포사회와 지역공동체에 봉사하는 인재로 키우는 것이 목표다.

고려인 2세 인재 양성 목표… 노블레스 오블리주 정신 가르쳐

김창송 회장은 2010년 가을 동료 기업인들과 함께 무역 시장조사차 동북아평화연대에서 주관한 러시아 블라디보스토크를 방문했을 당시, 연해주에 거주하는 고려인들의 생활상을 접하고 '고려인 2세 인재를 양성하겠다'는 뜻으로 김수필(SKC 고문), 전상백(한국종합건축사무소회장), 박춘봉(부원광학회장)들과 뜻을 같이하여 장학회를 만들었다.

2011년 6월 김형오 전 국회의장, 이인제, 이부영 의원 등의 후원 속에 국회헌정회관에서 공식 출범한 최재형장학회는 현재 400여 명의 회원들이 십시일반으로 후원하고 있는데, 2011년 9월 연해주에 있는 고려인 대학생들에게 첫 번째 장학금을 준 것을 시작으로 오늘 현재까지 20여명의 학생들에게 매달 35만원의 장학금을 지급하고 있다. "두뇌가 명석하고 성적이 좋은 학생들이 학비 때문에 학교에 진학하지 못하는 일이 없도록 물심양면으로 돕고 있습니다. 또한 한국에 유학 온 고려인 대학생 중에서도 장차 고려인 동포사회를 위해 봉사하는 인재로 성장하도록 장학금을 주며 희망과 용기를 심어주고 있습니다.

최재형장학회는 2011년 6월 창립총회와 함께 '최재형을 재조명하다'라는 세미나를 개최하고 2012년 4월에는 최재형 선생 순국 및 4월 참변92주기 추모식을 가졌고 6월29일에는 '최재형장학회' 창립 1주년을 기념하여 CTS 방송국에서 회원위로의 밤을 갖기도 했다. 장학회 창립 이후 다양한 행사를 통해 '최재형 정신'과 '노블레스 오블리주'를 알리는데 힘쓰고 있다.

가치있는 삶 위해 미래 인재양성에 몰두

장학회 사업은 김 회장의 제2의 전성기를 위한 삶의 의미에도 큰 부분을 차지한다. 단 한번뿐인 삶에서 진정 가치 있는 삶이 무엇인지를 고민하며 미래인재양성을 추구하게 된 것이다.

"국제기독실업인회 아시아 명예 이사장인 저는 대만 CBMC 창립 50주년 기념행사에 갔을 때였습니다. 아시아 대표들 380여 명이 왔어요. 저의 축사 내용 중에 "여러분 만약 죽음의 그날, 절대자 앞에 섰을 때, 그대는 지상에서 뭘 하다 왔느냐?"라고 물으면 무엇이라 대답할 것입니까? 나는 그 때를 위해 지금 '최재형장학회 사업'에 최선을 다하고 있습니다. 그날 밤, 일본과 필리핀 그리고 대만 회장 등 4명이 느낀바 크다면 각자가 4천 달러(한 학생 1년간 장학금 총액)씩 1만2천7백 달러를 약속했죠. 나의 진솔한 외침이 통한 것인가 봅니다."

최재형 선생은 힘겹게 모은 재화와 그리고 심지어 당신의 생명까지 희생하면서 나라의 미래를 위해서 젊은 학생들을 아꼈습니다. 고려인들이 우리의 한 핏줄이자 한민족이라는 정신 때문이라며 "먼 나라 아프리카 사람들이 아닌 2시간 거리에 있는 연해주 고려인들이야말로 우리가 도와야 할 내 민족과 내 형제"라고 김 회장은 전했다.

김 회장은 앞으로 최재형 장학회 1만원 후원 회원이 1천 명에서 2천 명으로 계속 늘어날 것을 확신하고 있었다. 기회가 된다면 연해주 장학생들을 한국에 초청해 우리나라 경제성자의 현실을 보여주고 싶다는 뜻도 품고 있었다. "앞으로 고려인들이 가난과 싸워 이기려면 교육밖에 답이 없다"며 향후 본 장학회는 연해주 지역은 물론 상태페르부르크와 모스크바 지역으로 확대해 나갈 계획이라고 말했다.

한편 지난 45년 무역업에만 전념해 온 김 회장은 일찍이 '무역의 날'에 국무총리상 그리고 대통령상을 수상하기도 했으며, 현재 반도체 IT 로봇사업이 주종인 성원교역(주)과 수처리 및 환경과 유관한 기업 성원엔비켐(주)의 회장으로 활발한 기업 활동도 겸하고 있다.

[《보신각종을 울리며》 2015.]

Fostering 'patriotic talents' who serve the Korean Korean community

Choi Jae Hyung, the entrepreneur who supported Ahn Joonggeun, the Korean patriot has been remembered as a patriotic CEO throughout the history and still gives us a good lesson.

Establishing 'Choi Jae Hyung Scholarship Committee' to honor his spirit, Kim Chang—song, a chairman of Seongwon Trade said the committee should play a role model for all entrepreneurs in this era.

'Patriotic CEO' who was engaged in the independence movement Choi moved to Russia with his family in the late 1860s when severe famine troubled the Korean peninsular. After leaving his home at 12, he went all over the world. Thanks to the favor of Russian captain couple, he could continue to study and grow to become an intellectual. Fluent in both Russian and Korean, he could become a rich man soon. Later, he established an elementary school in Ussurrisk where Korean community was located.

"Choi deposited all his wages in a bank and supported students every year with the interest earned from the bank, devoting his life to the scholarship program. He also tried to enhance the independence spirit among Russian Koreans by publishing 'Daedog Gongbo', a Korean newspaper in Russia and supported Ahn Joong Geun behind the scene." Kim said.

The committee has been engaged with various fellowship programs in order to maintain his spirit of sharing and volunteering.

The goal of it is to teach students in poor families who cannot reach the education and foster them to make a great contribution to Korean society and community.

Teach the sprit of Noblesse—Oblige Kim determined to organize the scholarship committee after seeing how Russian Korean are living in Vladivostok when visiting the region with other businessmen in the fall of 2010.

Thanks to sponsors from about 400 members after it was officially founded in 2011, it has been giving 20 students a scholarship of monthly 350,000 Won.

"We are trying to give our full support so that talented stu—dents can continue their study without regard to cost. We also encourage them to grow into a great person who would contribute to Russian Korean community in the future. The committee hold a general meeting and a seminar in June 2011."

In April 2012, they had a ceremony to commemorate Choi. Through various events, it has been making effort to put 'Choi Jae-hyung spirit' and 'Noblesse Oblige' into practice.

Devote to cultivating talent for a valuable life The scholarship program means a lot to Kim's personal life.

After deeply considering what would be the truly valuable life, he determined to seek to nurture future talent.

"As an honored chairman of the International Christian Businessman Club in Asia, I participated in the 50th anniversary ceremony of Taiwan CBMC."

380 representatives from Asian region also visited. I asked them "What would you say when you are asked by the absolute being what you have been doing in your whole life?"

For this, I'm putting my effort on 'Choi Jae-hyung scholarship committee'. At that night, 4 chairmen from Japan, the Philippines and Taiwan promised to donate 4,000 dollars respectively.

My sincerity seemed to move their hearts. Choi did not hesitate to donate money and materials he had earned hard and sacrificed even his own life for the future of the nation.

"Not Africans but Russian Koreans who have been living within just 2-hour distance from us are the ones who urgently need our help." said Kim. He was sure that the committee members would continuously increase from 1,000 to 2,000. He also has a wish of inviting the scholarship students and showing Korea's economic growth. It is planning to expand the sponsored region to Saint Petersburg and Moscow sooner or later.

Dedicated to trading business for the past 47 years, he was awarded with the prestigious President and Prime Minister.

Now, he is the chairman of Songwon Trading company (Semiconductor, Robot) and Songwon Envichem company (Water processing and environmental product).

(For inquiries on sponsor, call at 010-9063-5426, Kim Chang Song)

(Jan. 2013)

[일어]

INTERVIEW | 崔在亨奬學會 成元交易(株) 金昌松 會長

大陸の 靈魂 崔在亨 先生

安重根義士を支援した企業家崔在亨(1860-1920)は、 歴史の中で 愛國精神に徹した最高經營者(CEO)と記憶されていながら、今日まで 實に模範的な人物として評價されている。國內では、先生の崇高な　精神とその功を讚え、次の世代まで受け継ぐために設立された団体、崔在亨奬學會がある。

この会を導いている成元交易(株)金昌松(Kim Chang-song)會長は 崔在亨先生の意志を崇めて、彼の精神を国民の皆さまに知らせようと この奬學會を始めた」と話しながら「今の企業人たちのロールモデルとして、より多

くの方に紹介したい」と言った。

安重根義士を支援。。独立運動に参加した愛国CEO

先生は　1860年代後半、韓半島に饑饉が起った時、家族もろとも沿海州に移住した。その後　十二才の時、家を出て船員になった。全世界を廻りながら　ロシア人船長夫婦の配慮で近代教育を授けられ、知性人として成長した。ロシア語と韓國語に長けていた先生は、その地方の軍事道路工事の期間中、　通譯を担うと同時に極東艦隊司令部の食品納品權を得て、當代の巨富に　變身することができた。その後、朝鮮人の集團居住地になったウスリスク地域　に初等學校を設立するなど、文化の啓蒙運動を始めたのが崔先生の奬學事業であった。

金會長は語る。「崔先生は自身の都憲(郡守)月給全額を銀行に預けて　置き、毎年その金利で留學生を後援するなど、奬學事業に最善を尽くした。またその當時、朝鮮語の民族誌であった"大同公報"を發刊して僑民たちの抗日意識を鼓吹するかたわら、安重根義士のハルピン義擧を背後から支援した。それほど獨立運動に身を捧げた愛國志士でもあった」と。

崔在亨奬學會は、先生の犧牲と奉仕、および分かち合う精神と哲学を継承するための奬學事業である。高麗人同胞社會と　地域共同體に奉仕する人材を養うことを目的として、沿海州の高麗人家庭の中で、教育に惠まれぬ靑少年を選んで民族教育を施している。

高麗人二世人材養成目標....Noblesse Obligeの涵養

金昌松会長は2011年の秋、同僚である企業人と共に貿易市場調査の爲、東北亞平和連帯が主催したロシアの極東地域ブラジボスストクを訪問した。

その時、そこに住んでいる高麗人の狀態に接して、同行した三人のCEOと共に、高麗人二世の人材を養成する意を固め奬學會を起こした。

2012年 6月 前國會議長と國會議員 3人の後援の下、國會憲政會館で公式に發足した。現在、1000餘名の會員皆様のおかげで支援を續けている。2011年の9月に奬學金を与え始めてから、現在35人の學生に每月300$を支援しており、進學できない學生を探して物神兩面の協力に努めている。そして、國內に来ている高麗人大學生の中でも、將來高麗人同胞社會のために奉仕する人材に育てようと奬學金を与えている。

國際基督實業人會(CBMC)の行事で、亞細亞名譽理事長である私は、祝辭の中で崔在亨先生の獨立精神に對して話した。

崔在亨先生は、苦労して集めた財貨、果ては自分の生命まで捧げながら國の未來のために獨立運動、そして學生たちを慈しみ、かれらを後援した。飛行機で2時間距離にある沿海州、私たちも、同じ民族であり兄弟である高麗人たちを助けねばならぬと金會長は言う。

人材養成を重視するこの事業は、第二の全盛期を迎えた金會長において、最も価値ある生き方が社會奉仕であるとの信念に基づく結果物だと思う。

45年の間、貿易業に專念してきた金會長は「貿易の日」國務總理賞大統領賞を受賞した。現在 半導體T、ロボット産業が主種である成元交易(株)と環境企業の成元エンビケム(株)の会長として活潑な企業活動も兼ねている。

譯者 :ユヂっソェ(高貞愛): 日本の大阪で成長し、歸國後文學への夢を育み詩壇に入門したその後、詩の創作に專念幾多の詩と隨筆を日本語で飜譯し、韓國の文學をも紹介するのに力を注ぎ日韓文人交流に一助している。著書としては詩集「鉛筆削り」と「ゆるぎなき家」があり、翻譯詩集としては日本語對譯エンソロジ「韓國詩 35人選」を刊行した。 現在、日本季刊文藝誌「ゆすりか」の同人であり、また作品を日譯して發表しており、月刊「文學と創作」誌に色々な詩人の名詩二編ずつを日譯し連載中である。特に私の孫娘である(金 延娥)(成元交易(株) 金建秀 社長の長女)の母方の祖母である。

연해주에 한인 1만 명 정착해 만든 독립운동 중심기지죠

신한촌 건설과 이민
혼란했던 조선 후기부터 이주 시작 1911년 변두리에 새 한인촌 형성해
강제이주 전까지 한인사회대표했죠

최근, 러시아 연해주에서 전개된 항일독립운동을 기리기 위해 세운 '신한촌(新韓村) 기념탑' 관련 뉴스가 전해졌어요. 20년 넘게 현지 당국에 정식 등록되지 않은 시설물인 것으로 확인됐고, 그렇다 보니 관리 부실 우려가 크다는 내용이었죠. 이 기념탑은 1999년 사단법인 해외한민족연구소가 블라디보스토크 하바롭스카야 거리에 세운 것이에요. 기념탑 관리는 블라디보스토크 한 고려인 단체 회장이 임의로 맡았고, 2019년 그가 별세한 뒤로는 아내가 대신 관리하고 있었어요. 하지만 소유 주체가 불명확해 기념탑이 제대로 보존되지 않는다는 지적이 끊이지 않았어요. 블라디보스토크 주재 한국총영사관은 이 문제를 해결하기 위해 작년 말부터 블라디보스토크시와 논의를 벌이는 등 여러 방면으로 노력 중이라고 해요. 우리가 이 기념탑을 유지·보존해야 하는 이유는 이곳이 국외 항일독립운동의 중심적인 역할을 했기 때문입니다. 실제로 기념탑을 제작할 때 모든 석재(石材)를 한국에서 가져가기도 했고요. 과연 우리 선조들은 이곳에서 어떠한 생활을 했을까요?

환대받던 조선인, 불청객으로 전락
러시아는 크게 8개 연방 관구(Federal District)로 구성돼 있어요. 그중 가장 동쪽에 있는 극동 지역이 하나의 연방 관구를 이루고 있죠. 이 지역은 러시아 전체 면적의 40.6%를 차지할 정도로 매우 커요. 이 극동 연방 관구 안에는 연해

주·하바롭스크·사할린 등 11개 행정구역이 있습니다. 이 중 연해주는 한반도와 가장 근접해 있는 곳으로, 우리나라 사람들이 많이 이주해 정착한 곳입니다.

연해주에 우리나라 사람들이 적극 이주하기 시작한 건 조선 후기부터였어요. 세도정치로 혼란이 심화되고 부정부패와 농민 수탈이 만연하면서 많은 사람이 국외로 이주하기 시작했죠. 특히 1860년대 후반 연이은 대흉년으로 국경 지방의 농민 약 6000명이 북간도와 연해주에 정착하게 됩니다.

1861년 러시아가 이민 규칙을 제정하면서 이주 한인들은 영구적인 인두세(人頭稅·납세 능력의 차이를 고려하지 않고 머릿수에 따라 일률적으로 매기는 세금) 면제, 20년 간의 토지세 면제 혜택을 받았고 일정 기간 거주하면 러시아 국적도 취득할 수 있었어요. 또 러시아 농민과 마찬가지로 한 가구당 일정량의 토지를 부여받았어요. 러시아 정교를 믿어야 하는 조건이 있긴 했죠. 그래도 러시아 당국은 한인 이주자를 매우 호의적으로 받아들였어요. 그 이유는 경제적인 목적 때문이었어요. 개발돼 있지 않고 인구밀도도 매우 낮았던 연해주는 노동력 공급이 절실한 상황이었거든요. 또 사람들이 많이 정착할수록 극동 지역이 안정될 거란 계산도 있었어요. 1882년 연해주 지역의 한인 수는 1만137명으로 연해주 지역 전체 인구의 10.9%를 차지하며 러시아인 수를 넘어섰습니다. 그렇게 연해주는 한인들 덕에 경제적 발전을 거듭할 수 있었어요.

그러나 이 무렵, 당국은 '러시아인을 위한 러시아'라는 구호를 내세웁니다. 적극적인 러시아인 이주 장려책으로 1882년 연해주 전체 인구의 9%에 불과하던 러시아인 수는 1908년 70%(38만명)를 넘어서게 되죠. 그러면서 한인들의 이주에 대해서는 정식으로 규제가 가해지기 시작했어요. 일제의 침탈이 가속되면서 연해주로 이주하는 한인들은 늘어났지만, 타지에서 외롭게 고생하며 살아야 했습니다.

5가구 한인 마을, 항일운동 전진기지로

하지만 한인들 수가 늘어나면서 그들만의 끈끈한 공동체도 생겨났어요. 연해주에서도 한인들의 중심지가 된 곳은 바로 현재 연해주의 행정 중심지이기도 한 블라디보스토크였어요. 블라디보스토크는 러시아어로 '동방을 점령하라'는 뜻을

연해주에 한인 1만명 정착해 만든 독립운동 중심기지죠

**혼란했던 조선 후기부터 이주 시작
1911년 변두리에 새 한인촌 형성해
강제이주 전까지 한인사회 대표했죠**

최근, 러시아 연해주에서 전개된 항일독립운동을 기리기 위해 세운 '신한촌(新韓村) 기념탑' 관련 뉴스가 전해졌어요. 20년 넘게 현지 당국에 정식 등록되지 않은 시설물인 것으로 확인됐고, 그렇다 보니 관리 부실 우려가 크다는 내용이었죠. 이 기념탑은 1999년 사단법인 해외한민족연구소가 블라디보스토크 하바롭스카야 거리에 세운 것이에요. 기념탑 관리는 블라디보스토크 한 고려인 단체 회장이 임의로 맡았고, 2019년 그가 별세한 뒤로는 아내가 대신 관리하고 있었어요. 하지만 소유 주체가 불명확해 기념탑이 제대로 보존되지 않는다는 지적이 나오지 않았어요. 블라디보스토크 주재 한국총영사관은 이 문제를 해결하기 위해 작년 말부터 블라디보스토크시와 논의를 벌이는 등 여러 방면으로 노력 중이라고 해요. 우리가 이 기념탑을 유지·보존해야 하는 이유는 이곳서 국외 항일독립운동의 중심적인 역할을 했기 때문입니다. 실제로 기념탑을 제작할 때 모든 석재(石材)를 한국에서 가져가기도 했고요. 과연 우리 선조들은 이곳에서 어떠한 생활을 했을까요?

환대받던 조선인, 불청객으로 전락

러시아는 크게 8개 연방 관구(Federal District)로 구성돼 있어요. 그중 가장 동쪽에 있는 극동 지역이 하나의 연방 관구를 이루고 있죠. 이 지역은 러시아 전체 면적의 40.6%를 차지할 정도로 매우 커요. 이 극동 연방 관구 안에는 연해주·하바롭스크·사할린 등 11개 행정구역이 있습니다. 이 중 연해주는 한반도와 가장 근접해 있는 곳으로, 우리나라 사람들이 많이 이주해 정착한 곳이에요.

연해주에 우리나라 사람들이 적극 이주하기 시작한 건 조선 후기부터예요. 세도 정치로 혼란이 심화되고 부정부패와 농민 수탈이 만연하면서 많은 사람이 국외로 이주하기 시작했어요. 특히 1860년대 후반 연이은 대흉년으로 국경 지방의 농민 약 6000명이 북간도와 연해주에 정착하게 됩니다.

1861년 러시아가 이민 규칙을 제정하면서 이주 한인들은 영구적인 인두세(人頭稅·납세 능력의 차이를 고려하지 않고 머릿수에 따라 일률적으로 매기는 세금) 면제, 20년 간의 토지세 면제 혜택을 받았고 일정 기간 거주하면 러시아 국적도 취득할 수 있었어요. 또 러시아 농민과 마찬가지로 한 가구당 일정량의 토지를 부여받았어요. 러시아 정교를 믿어야 하는 조건이 있긴 했죠. 그래도 러시아 당국은 한인 이주자를 매우 호의적으로 받아들였어요. 그 이유는 경제적인 목적 때문이었어요. 개발되어 있지 않고 인구밀도도 매우 낮았던 연해주는 노동력 공급이 절실한 상황이어졌거든요. 또 사람들이 많이 정착할수록 극동 지역이 안정될 거란 계산도 있었어요. 1882년 연해주 지역의 한인 수는 1만1137명으로 연해주 지역 전체 인구의 10.9%를 차지하며 러시아인 수를 넘어섰습니다. 그렇게 연해주는 한인들 덕에 경제적 발전을 거듭할 수 있었어요.

그러나 이 무렵, 당국은 '러시아인을 위한 러시아'라는 구호를 내세웠어요. 적극적인 러시아인 이주 장려책으로 1882년 연해주 전체 인구의 9%에 불과하던 러시아인 수는 1908년 70%(38만명)를 넘어서게 되죠. 그러면서 한인들의 이주에 대해서는 정식으로 규제가 가해지기 시작했어요. 일제의 침략이 가속되면서 연해주로 이주하는 한인들은 늘어났지만, 타지에서 외롭게 고생하며 살아야 했습니다.

5가구 한인 마을, 항일독립 전진기지로

하지만 한인 수가 늘어나면서 그들만의 끈끈한 공동체도 생겨났어요. 연해주에서 한인들의 중심지가 된 곳은 바로 현재의 연해주 행정 중심지이기도 한 블라디보스토크였어요. 블라디보스토크는 러시아어로 '동방을 점령하라'는 뜻을 지닌 곳으로 하바롭스크 다음으로 큰 항구도시예요. 그 이름의 뜻에서 알 수 있듯이 군사적 목적으로 중요성이 커진 곳이었죠. 물론 이곳은 군사 요충지뿐만 아니라 어업 전진기지, 극동 지역 문화 중심지 역할도 하면서 그 위상이 크게 올라갔습니다.

블라디보스토크는 해삼이 많이나 한인들 사이에서 '해삼위(海蔘威)'라고도 불렸어요. 블라디보스토크에 이주한 초기 한인들은 대부분 노동자로, 1860년대 시작된 블라디보스토크 항만과 도시 건설, 벌목 사업 등의 일자리를 찾아왔어요. 1874년 처음 이주한 한인들은 5가구에 불과했으나 차츰 일거리가 늘어나면서 인구도 증가했고 1891년에는 840여 명에 이르렀죠. 1893년 러시아는 한인들의 집단 거주지를 하나의 구역으로 설정했고, 이곳에서 점차 요식업·숙박업이 발달하기 시작했어요. 그들만의 거리도 생겨났지요.

그런데 1911년 러시아 당국은 '콜레라 근절'이라는 위생상 이유를 들어 블라디보스토크 중심지에 살고 있던 한인들을 강제로 이주시키고 한인 마을을 철거해버립니다. 결국 한인들은 변두리로 쫓겨나 새로운 한인촌을 형성할 수밖에 없었어요. 이곳이 바로 훗날 '신한촌'이라 불린 항일독립운동 중심 기지가 됐습니다. 1915년 신한촌의 한인 수는 약 1만명에 달했고, 1937년 중앙아시아로 강제 이주되기 전까지 러시아 한인 사회를 대표했습니다.

서민영 함현고 역사 교사

권업회(勸業會)

신한촌에서 전개된 항일독립운동의 중심에는 1911년 세워진 권업회(勸業會)가 있어요. 이름만 보면 순수 경제활동 단체인 것처럼 보이지만, 이는 일제와 러시아의 감시를 피하기 위함이었고 실제로는 독립운동에 적극 앞장섰습니다. 회장에 최재형, 부회장에 홍범도가 선출됐고 '권업신문' 발간, 한인학교의 설립과 강좌 개설, 러시아 국적 취득 알선 등을 추진했어요.

한때 회원이 8000명이 넘었지만 1914년 1차 대전이 발발하며 일본과의 관계 악화를 우려한 러시아에 의해 강제로 해산됐죠. 이외에도 이 지역에는 한인들을 위한 학교인 한민학교, 독립 전쟁 준비를 위한 대한광복군정부 등이 만들어지기도 했답니다.

❶ 신한촌 기념탑 모습.
❷ 블라디보스토크 항구 현재 모습.
❸ 신한촌에서 전개된 항일독립운동의 중심에 있었던 '권업회(勸業會)'를 설립한 최재형.
❹ 권업회에서 발간한 권업신문.

조선 DB·국가문화·독립기념관

러시아
중국   연해주
한국

지닌 곳으로 하바롭스크 다음으로 큰 항구도시예요. 그 이름의 뜻에서도 알 수 있듯이 군사적 목적으로 중요성이 커진 곳이었죠. 물론 이곳은 군사 요충지뿐만이 아니라 어업 전진기지, 극동 지역 문화 중심지 역할도 하면서 그 위상이 크게 올라갔습니다.

블라디보스토크는 해삼이 많이 나 한인들 사이에서는 '해삼위(海蔘威)'라고도 불렸어요. 블라디보스토크에 이주한 초기 한인들은 대부분 노동자로, 1860년대 시작된 블라디보스토크 항만과 도시 건설, 벌목 사업 등의 일자리를 찾아왔어요. 1874년 처음 이주한 한인들은 5가구에 불과했으나 차츰 일거리가 늘어나면서 인구도 증가했고 1891년에는 840여 명에 이르렀죠. 1893년 러시아는 한인들의 집단 거주지를 하나의 구역으로 설정했고, 이곳에서 점차 요식업·숙박업이 발달하기 시작했어요. 그들만의 거리도 생겨났지요.

그런데 1911년 러시아 당국은 '콜레라 근절'이라는 위생상 이유를 들어 블라디보스토크 중심지에 살고 있던 한인들을 강제로 이주시키고 한인 마을을 철거해버립니다. 결국 한인들은 변두리로 쫓겨나 새로운 한인촌을 형성할 수밖에 없었어요. 이곳이 바로 후일 '신한촌'이라 불린 항일독립운동 중심 기지가 됐습니다. 1915년 신한촌의 한인 수는 약 1만명에 달했고, 1937년 중앙아시아로 강제 이주되기 전까지 러시아 한인 사회를 대표했습니다.

[권업회(勸業會)]

신한촌에서 전개된 항일독립운동의 중심에는 1911년 세워진 권업회(勸業會)가 있어요. 이름만 보면 순수 경제활동 단체인 것처럼 보이지만, 이는 일제와 러시아의 감시를 피하기 위함이었고 실제로는 독립운동에 적극 앞장섰습니다. 회장에 최재형, 부회장에 홍범도가 선임됐고 '권업신문' 발간, 한인학교의 설립과 강좌 개설, 러시아 국적 취득 알선 등을 추진했어요.

한때 회원이 8000명이 넘었지만 1914년 1차 대전이 발발하고 일본과의 관계 악화를 우려한 러시아에 의해 강제로 해산됐죠. 이외에도 이 지역에는 한인들을 위한 학교인 한민학교, 독립 전쟁 준비를 위한 대한광복군정부 등이 만들어지기도 했답니다.

[후원약정서]

후 원 약 정 서

사단법인 독립운동가최재형기념사업회는 연해주 독립운동의 대부이며 교육자였던
최재형 선생님의 위대한 정신을 잇기 위해 노력하며,
고려인 학생들에게 최재형장학금을 주어 미래를 후원하고 있습니다.
후원해 주신 분께는 기부금영수증을 발급해 드립니다.

회원성명		주 민 번 호 (사업자번호)	
주 소			
휴대전화		이 메 일	

아래와 같이 후원을 약정합니다 (□칸에 표시해 주세요)				
후원약정	□ 정기후원		□ 일시후원	
약정금액	□ 1만원 □ 3만원	□ 5만원	□ 10만원	□ 기타 (원)
□ CMS 자동이체	출금은행		출금계좌	
	예금주명		주민번호	
□ 계좌 이체	기업은행 551-031652-04-012			사단법인 독립운동가최재형기념사업회
	국민은행 924501-01-333851			

(사)독립운동가최재형기념사업회의 취지에 공감하고 활동을 응원하며
위와 같이 후원 약정을 신청합니다.

년   월   일   신청인   (인)

개인정보 수집 및 이용 동의

신청인은 신청 정보, 금융거래정보 등 개인 정보의 수집·이용 및 제3자 제공, 자동납부에 동의합니다.

□ 동의함   □ 동의 안 함

■ 약정서를 작성하시어 팩스/ 이메일 / 우편 가운데 선택하여 보내주세요. 성원과 격려에 감사드립니다.

• 전화 02-541-9075   • 팩스 02-541-9076   • 이메일 choijaihyung@naver.com

• (04316)서울시 용산구 백범로329, 꿈나무종합타운 1별관 B1층   • http://choijaihyung.or.kr

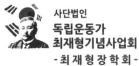

사단법인
독립운동가
최재형기념사업회
- 최 재 형 장 학 회 -

제2부

정직으로 일군
옥토밭

스트라이크를 하던 날

해방되던 날 아침이었다. 1945년 8월 15일 일본은 망하고 우리는 독립하던 날이다. 그때 내 나이는 13살이었고 국민학교 5학년에 다니고 있었다.

광복되기 며칠 전 우리 집 식솔들은 마을 뒷산 골짜기에 작은아버지네와 함께 피난 가서 대피하고 있었다. 광복되던 날 8월 15일 아침 우리는 보따리를 들고 솥이며 이불 그리고 그릇 등을 형이랑 함께 나누어 짊어지고 그 산에서 내려오고 있었다. 그때 큰형이 내 곁에 오더니 "동네에 내려가면 앞으로는 일본어를 절대로 쓰면 안 된다."라고 하면서 내 가슴에 붙어있던 파란색 뺏지를 떼어내는 것이 아닌가. 이 네모난 작은 마-크는 나에게는 자랑스러운 훈장 같은 것이었다. 그야말로 이것은 우등상장보다도 더 귀한 벼슬이었다.

어느 날 우리 학교에서 일 년에 한 번 열리는 교내 책 읽기대회가 열렸다. 2학년 국어 교과서 첫 장에 있는 "4월은 어느덧 여름의 중반기이다."라는 책 읽기 독본대회(讀本大會)로 일본어 수필을 암송하여 소리 내어 전교생과 교장선생을 비롯한 심사위원들 앞에서 또박또박

읽어야 한다. 정확한 발음으로 암송하는 시합이다. 우리 반 80여 명 중에서 내가 다행히 1등으로 선발되었다.

무려 70여 년 전의 오래된 일이라 기억이 희미하다. 다른 반에서도 나같이 선발된 아이들까지 경쟁자는 10여 명은 족히 된 듯하다. 이 속에서 우승했으니 이렇듯 힘들게 쟁취한 최고의 상은 어린 마음에 내 생애 처음으로 받은 금메달 같은 것이었다. 이런 뜻깊은 배지를 떼어내어 길섶에 던지니 눈물이 핑 돌았다. 철없던 그 옛날 만화 같은 이야기다. 그 후 가장 일본어를 잘하는 모범 학생으로 우쭐거렸다. 철이 들어 생각하니 일본인 선생들이 한국어보다 일본어를 더 잘 쓰도록 꾸민 교육이었다.

광복되자 우리 마을에는 초등학교 분교가 처음 생겼다. 그때 나이 많은 늦은 학생들도 많이 모여들었다. 학교 운동장 여기저기서 웅성거리며 우리나라 말을 하던 기억이 낡은 사진인 양 희미하다. 그때야말로 세상이 바뀐 것이 실감 났다.

새 학년 전교생 소집일이었다. 입학하자마자 어떤 사연에서인지 5학년 반장이 되었고 이어서 전교 총학생회장으로까지 뽑혔다.

전교생들은 모두가 500여 명이 된 듯했다. 우리는 매주 월요일 아침마다 운동장에 모여 애국가를 부르고 교장 선생님의 훈시를 들어야 했다. 그때마다 내가 앞으로 나가 "차렷, 경례!" 하고 호령을 붙였다. 시골 동네라 이것도 구경거리라고 이 집 저 집 어머니들이 담 너머에서 구경했다. 조회가 끝나면 라디오에서 나오는 행진곡을 따라 부르며 발을 맞춰 각각 자기 교실로 들어간다. 그 순간 대열 속에서 자신의 아들, 딸 찾아보는 것이 큰 낙이었다. 우리 어머니도 예외는 아니었다. "오늘 네가 대장이 되어 제일 앞에서 호령하며 걸어가는 모습이 너무나 자랑스러웠다. 그런데 네 바지 무릎이 낡아서 너펄거리는 것이 가슴 아팠다."고 하셨다. 그날 밤 어머니는 호롱불 밑에서 밤늦게까지 내 바지를 깁고 계셨다.

그러던 어느 날 작은아버지가 찾아오셨다. 당신께서는 그때 우리학교 학부형 회장직을 맡고 계셨는데 나에게 할 이야기가 있다며 뜻밖의 부탁하는 것이 아닌가.

"너의 학교 교장선생이 밤늦게까지 술만 마시며 학교도 잘 나오지 않는다고 들었다. 국어도 맡아 가르친다고 들었다. 중학 입학시험이 내일 모래인데 이래 가지고야 어떻게 힘든 시험을 치르겠느냐. 너희들 학생들이 스트라이크 일으켜 교장선생을 내쫓아라."

작은아버지는 축구선수로 성격도 다혈질이었다. 나는 겁나고 너무도 당황했다. 그러나 작은아버지 말씀은 모두 옳았다. 입학시험이 코앞에 다가오는데 매번 결근하고 자습뿐이니 나도 걱정하던 참이었다. 당신은 그 구체적인 스트라이크 추진 방법을 가르쳐 주고 가셨다. 그후 친한 동무들 몇 사람과 손을 잡고 비밀약속을 하고 준비했다.

드디어 그날 아침이었다. 교장선생이 교실에 들어서자 나는 '차려, 경례! 착석.'이라고 구령해야 하는데 하지 않고 선생님 앞으로 뚜벅뚜벅 걸어 나갔다.

"선생님, 우리는 어떡하란 말입니까."

선생님 앞에 서서 울부짖었다. 떨리는 목소리로 삼촌이 가르쳐준대로 높은 소리로 항의했다. 이어서 "중학 입학시험이 내일 모래인데 선생님은 매일같이 결근하며 우리는 자습뿐이니 너무도 큰 걱정입니다. 우리는 어떡하란 말입니까." 나는 반복해서 밤새 외운 대로 높은 소리로 대본대로 울부짖었다.

　바로 이 순간에 우리 반 동무들이 일제히 일어나서 손을 들고 "옳소 옳소"라고 함성을 지르기로 되어 있었다. 그런데 교장선생의 노기 띤 얼굴을 보는 순간 반 동무들이 쥐 죽은 듯 머리 숙이고 아무도 소리 내는 사람이 없었다. 순간 나는 당황했다. 뒤돌아서며 아이들에게 고함을 왜 안 지르느냐며 소리쳤다. 극도로 흥분한 교장선생은 교실 밖으로 황급히 빠져나가며 나를 증오의 눈초리로 노려보면서 "너, 교장실로 지금 당장 따라와라." 내뱉으며 나가버렸다.

　나는 그토록 철석같이 믿었던 동무들에 대해 너무도 부아가 났다. 너희들은 배신자라고 외쳤던 것 같다. 난생처음으로 그처럼 모진 매를 맞았다. 아직도 그날을 잊을 수가 없다. 그것도 그럴 것이 내가 교장 선생님의 가장 두터운 신임을 받고 있었던 전교회장이었기 때문이다.

　1946년도 해방되던 다음 해였으니 그때 이북에서는 지금의 데모를 스트라이크라고 했다. 아마도 지금의 학교에서의 민주화 데모의 원조가 아니었을까. 철없던 시절 아스라한 꿈같은 이야기이다.

[월간 문화공간. 2020. 5.]

당신의 생신

꽃샘추위가 슬그머니 꼬리를 내린다. 이어서 석가탄신의 오색 연등이 기다렸다는 듯 한낮 길을 밝힌다. 해마다 이 날은 나에게만은 또 다른 실향의 추억을 되새긴다. 북녘땅에 묻히신 우리 어머니의 생신날이기 때문이다.

"어머님은 부처님이 태어나신 날에 이 땅에 왔으니 복도 많이 받았느니라."라며 우리 어린 자식들에게 우스갯소리를 하곤 하셨다. 과연 이 농 섞인 말씀이 아니었던들 지난날 험한 모진 삶 속에서 아마도 나는 그 생신날을 까맣게 잊고 지냈을지도 모를 일이다. 그때 당신의 이야기대로 부처님의 인자하심을 입고 이 땅에 오신 것과 같이 한 남자의 지어미로서 또 어머니로서 봉사와 희생으로 일생을 사셨다.

한겨울에도 생굴을 까내는 갯벌 건너 이웃 동네에서 당신은 태어나셨다. 그리고 가난한 촌부의 셋째 며느리로 시집오셨다. 초가삼간 좁은 집에서 무려 6남 2녀의 대가족을 낳아 키우셨으니 그 살아가는 일이 이만저만 힘든 일이 아니었을 것이다. 그 가난 속에서도 내 형과 동생 둘을 일찍이 어린 나이에 어머님 가슴에 묻었다고 들었다.

두만강변의 척박한 촌락에서 감자나 옥수수로 끼니를 때우는 일마저도 결코 쉽지 않으셨다. 한겨울이면 시베리아 강바람 속에 눈이 허리까지 쌓이곤 했다. 어린 자식들은 하나같이 허약하여 밤이면 앓는 소리가 이 방 저 방에서 들렸다고 했다. 커다란 키에 유순하게만 생긴 맏형은 유행하던 폐결핵으로 늘 기침하며 마스크를 쓰고 다녔고, 둘째 형은 아버지를 닮아서 몸은 탄탄했으나 어찌 된 일인지 역시 결핵성 연주창으로 목에 붕대를 두르고 방안에만 있었다. 셋째인 나는 초등학교에 다니던 때 피부병으로 다리 허벅지가 헐어서 약이 없던 시절이라 명태내장을 밤이면 다리에 싸매주시곤 했다. 이렇게 살아야 했으니 당신의 그 마음고생이야 뭐라 말할 수가 없었을 것이다.

어머니는 동네 우물가에 나가 물동이를 이고 걸어 올 때면 늘 밝은 모습으로 가냘픈 몸매에 미인 소리를 들었다며 누나가 자랑스럽게 이야기하였다. 어머니의 친정은 아침에 떠나면 저녁때쯤에 닿는 건넛마을이었다. 하루는 머리에 무엇인가 이고 어린 나의 손을 잡고 겨울날 친정집으로 길을 나섰다. 집으로 돌아오는 날 아침은 눈보라가 휘날렸다. 빨리 돌아오려고 서두르다 얼음판 지름길에서 넘어지셔서 허리를 다치셨다. 그날 밤부터 밤마다 신음하시던 당신의 애잔한 소리는 지금도 잊을 수가 없다. 검은 몸뻬(일본어)와 때 묻은 하얀 저고리는 갈아입는 법이 없었다. 이렇게 당신을 비롯해 온 가족이 하나같이 연약했으니 당신의 마음이야 오죽했을까.

소학교에 막 입학했을 때다. 둘째 형의 목병을 고치려고 기차 타고 어느 도회지 한의원에 어머니를 따라 갔다. 어머니의 이야기를 다 들은 한의사는 기다란 수염을 한번 쓰다듬고는 둘째 형의 목에 감긴 누런 붕대를 둘둘 풀어 젖혔다. 그리고는 목둘레에 콩알같이 튀어나온 생살을 뾰족한 인두로 사정없이 지져댔다. 어머니와 나는 황급히 형의 손과 발을 붙잡고 눈을 감았다. 그때 지르던 형의 비명은 뭐라 말할 수 없이 끔찍했다. 마치 일제시대 독립투사를 고문하는 형사 같았다. 찌릿찌릿 생살이 타는 소리가 의사가 아닌 마치 사람 잡는 도살장이 같았다. 돌아오는 밤길에 세 모자는 아무 말도 없었다.

일제하의 농촌의 하루하루는 너무도 힘겨웠다. 메마른 땅에 농사라고 겨우 지어 놓으면 공출(供出)이라는 이름으로 왜놈들에게 다 빼앗기고 우리는 늘 풀죽을 먹어야만 했다. 그런 혹독한 가난 속에서도 당신께서는 늘 우스갯소리로, 손으로 흉내도 내며 명랑한 말솜씨로 집 안을 화목케 하려고 애쓰셨다. 나는 형들이 입다 남은 헌 옷을 줄여서 입었고, 신발도 물려받아 뒤창에 헌 고무신 바닥을 붙여 신었다. 새 옷이란 애당초 바라지도 않았다.

공부만은 다른 집 애들 못지않게 잘한 것만 같다. 전교생들 속에서 늘 전체 급장을 한 기억이 난다. 아침 조회가 끝나고 행진곡에 맞춰 운동장을 한 바퀴 돌려면 내가 앞에 나가 "앞으로 가!" 하고 구령을 붙이곤 했다. 그때마다 어머니들은 아침 체조하는 모습이 무슨 구경거리라도 되는 듯 몰려왔다. 간혹 우리 어머니도 그 속에 함께 끼어 있었다. 그날도 마침 전교생 앞에서 내가 소리 높여 구호를 외치며 앞에서 걸어가는 나의 모습을 어머니가 보셨다. 그날 저녁이었다. "아침에 네가 너무도 멋있었다."라면서 느닷없이 눈물을 훔치셨다. "앞에서 걸어가는 너의 옷이 무릎이 다 헐어 맨살이 허옇게 드러났다."라며 호롱불에 아래에서 내 옷을 기웠다.

일제 패전 직전에는 어머니들도 강제로 공사판에 끌려 나가곤 했다. 아픈 허리는 핑계가 되지 못했다. 큰 돌을 망치로 잘게 쪼개 기찻길에 깔아놓는 공사였다. 그날 하루 일정량을 쪼개서 검사를 받아야 하는데 어머니는 힘이 부쳐 내가 학교를 파하는 대로 책보를 멘 채로 어머니 일을 도와야 했다. 날마다 당신의 얼굴에는 돌가루가 눈에 뿌옇게 끼어서 붉게 충혈이 되곤 했다. 집으로 돌아오면서 "너만은 꼭 사각모를 씌워야 이런 고생을 면하는데"라고 말씀했다. 윗동네 안 씨네 집의 벽에 걸린 검은 사각모가 그렇게도 부럽더라고 하셨다. 그럴 때마다 나는 어린 마음에도 꼭 엄마의 소원을 이루어 드리겠다고 다짐하곤 했다.

"… 우리 형제 이제라도 다시 만나/ 못다 한 정 나누는데/ 어머님 아버님 그 어디 계십니까/ 목메어 불러봅니다."(어느 실향민의 시어)

당신이 눈 감으신 날, 어느 양지바른 곳에 묻히기나 했을까. 그날 그 많던 자식들은 임종마저 지키지 못한 것은 아닐까. 어머니 오신 봄날은 차라리 잔인한 달이라고 불러 봅니다. 어쩔 수 없는 우리 숙명이라 해야 할까요. 부디 훗날 뵙기를 바라며 꿈에라도 꼭 한번 보고 싶은 우리 어머니. 저 연등 행렬은 어머니의 미소 같기만 합니다. 어머니의 일생은 아픈 역사입니다. 어머니의 일생은 나의 삶의 등댓불 같기만 합니다.

[2017. 5. 3]

정화수 떠 놓고

　나의 조부께서는 자식을 낳기도 전에 이름부터 지어 놓으셨다.

　'원형이정(元亨利貞)' 네 글자를 장차 사내아이의 이름 항렬로 써놓으셨다.

　원호(元浩), 형호(亨浩), 이호(利浩), 정호(貞浩) 오매불망 간절히 빌고 소원했으면 이렇게 지성이면 감천으로 하늘을 움직였을까. 내가 자라던 그때 나의 어머니도 이른 새벽 뒤주간 뒤 항아리 위에 하얀 대접에 정한수를 떠놓고 비셨다. 둘째 형님의 가슴 병이 낫기를 두 손이 닳도록 비비며 간절히 허리 굽혀 하늘에 절규하던 그 애절함이 지금도 아스라하다.

　예나 지금이나 귀한 자식의 이름 석 자는 한 세상 살아가는 동안 그림자처럼 따라다니는 꼬리표와 같은 것이다. 그리하여 집집마다 애기가 태어나면 좋은 이름 짓기에 정성을 다한다. 나도 지난날 다섯 손주들을 비롯해 여섯 조카들의 이름까지 짓느라 한자 자전이 너덜너덜 닳았다. 듣기 좋고 부르기 쉽고 쓰기가 편해야 한다. 특히 손녀인 경우는 사랑의 향이 은은히 풍겨야 한다. 그러나 유념할 점은, 교육부가

정한 한문 교육용 기초한자와 대법원 규칙에서 정한 인명용 한자 중에서 선택해야 한다.

그 옛날 조선시대 주역(周易)에서 나오는 사자성어의 원형이정(元亨利貞)의 으뜸 원(元) 자는 사람이 태동하여 성장하는 봄을, 형통할 형(亨)은 무성하여 왕성한 여름을, 이로울 이(利)는 무르익은 성숙한 가을을, 곧을 정(貞)은 저장하는 겨울을 의미하는 것으로 춘하추동(春夏秋冬)을 일컫는다. 이리하여 사계절은 '원형이정'의 뜻과 일맥상통한다.

나의 조부께서는 그 옛날 고향마을에서 풍헌(風憲)을 지내셨다. "풍헌은 조선시대 지방의 향약(鄕藥)에 따라 덕망 있는 사람을 뽑아 맡게 한 직임(職任)의 하나로 풍기(風紀)를 바로잡고 관리의 정사청탁(正身淸濁)을 감찰 규탄하는 직임(職任)으로 조선시대 면(面)이나 이(里)의 한직이다." 따라서 마을을 다스리는 사법권도 자연히 지니고 있었는데, 향리에서 위법한 사람이 있으면 직접 불러놓고 곤장 몇 대 때리도록 판결하거나, 혹은 나쁜 행실을 하는 사람에게는 며칠씩 광에 가둬 벌을 주는 그런 마을의 질서를 유지하는 수장(首長)이었다고 했다.

선천적으로 풍채도 좋으시고 누가 봐도 지도자다운 덕망을 갖추신 분이라고 했다. 일만 만(萬) 소리 성(聲) 만성(萬聲) 조부께서는 그 한자의 뜻대로 음성 소리가 멀리 떨쳐 아랫마을까지 닿아 젊은 날 장정 다웠다고도 했다. 육 척 장신에 달변으로 마을 사람들의 추앙을 한 몸에 받기도 했다고 전해온다.

이 아침 이제 그 조부님의 혼백이 담기신 '원형이정' 현판이 내 방에 돌아왔다. 사촌 형이 지난해 이승을 뜨면서 남기신 가문의 유훈 같은 것이다. 우리 집안 대대로 내려온 법계(法戒) 같은 것으로 영혼이 깃든 유물이라 하겠다. 현판 속의 네 글자의 뜻을 헤아리며 읽고 또 음미해 본다. 조부님께서 하늘을 찌를 듯한 기풍과 나라 사랑의 선비정신이 새삼 우러러 보인다. 그 옛날 우리 가문에 이어 내려온 유훈을 미루어 짐작이 간다. 가훈이란 이름 그대로 집안의 어른이 자손에게 주는 한 집안의 교훈을 이르는 말이다.

아이들이 어릴 때 학교에서 가훈을 적어 오라고 했던 기억이 난다. 그때 처음으로 가훈이라고 지은 것이 '바르고, 부지런하고, 시간을 아끼자'였다. 그 후 회사를 만들게 되면서도 역시 남들처럼 사훈이라는 것을 만들어야 했는데 이때도 이 가훈을 그대로 쓰기로 했다. 수십 년의 세월이 흘러가면서 어쩐지 문장이 메마르고 신선함이 느껴지지 않았다. 그래서 어느 날 새 사옥에 입주함을 계기로 좀 참신하고 미래지향적인 맞춤형 글월이 없을까 고심한 끝에 짧은 시어 같은 형식으로 '우리의 다짐'이라고 지어보았다.

임직원들이 아침 한자리에 모여서 이따금 회의에 임할 때면 누군가의 선창으로 다 함께 오른손을 높이 들어 소리 내어 복창한다. 그때마다 외치는 우렁찬 함성이 자신에게 무언가를 각인시키는 것이라 믿기 때문이다. 이른 아침 살아있는 팀의 다짐이며 자기 계발의 선언이라 믿기 때문이다.

[한국현대문학작가 동화 / 수필. 2018. 10.]

때 늦은 결혼반지

옷이 날개라는 말을 실감했다.

아껴 두며 입지 않았던 검정색 투피스를 입은 아내가 식장에 들어선다. 미장원에 들러 머리까지 손을 봤으니 금상첨화, 갑자기 멋진 여인이 된 아내가 달리 보였다.

오늘은 아내의 산수연(80회) 생신날이다. 두 집의 애비 에미들은 어머니 친구들까지 초대하여 성대하게 준비하려고 했지만 아내가 극구 사양하여 이렇게 단조롭게 친척들만 모여서 기념하기로 했다. 라운드테이블에 둘러앉으니 안성맞춤이다.

장남인 아범이 '오늘은 어머니 여든 번째 생신'이라고 이야기한다. 그리고는 '아버지의 인사말이 있겠다.'라며 마이크를 건네준다. 나는 모처럼 한자리에 모인 손주들을 보며 그들의 추억이 될 옛이야기를 했다.

"너희들이 보는 바대로 할머니는 하얀 머리에 얼굴은 주름지고 손등도 쭈글쭈글하다. 사람이 이 땅에 태어나서 오랜 세월 살다 보면 이렇게 비바람에 변해가는 것이란다." 어느덧 철이 들어가는 다섯 손주들은 진지하게 듣고 있었다.

"53년 전에 할아버지와 만나 결혼하여 너희들의 아버지를 낳았고 너희 아버지와 엄마가 결혼하여 너희들을 이렇게 낳았단다. 지난 세월 나는 사업한다고 해외에 나가 다니고 너희들을 키우는 일은 할머니 혼자서 해냈단다. 오늘날 이만큼 사는 것도 할머니의 한 방울의 물도 아껴 쓰는 절약 정신 때문이다. 어느덧 너희들이 성큼 커서 대학생이 되었으니 이미 잘 알고 있을 것이다."

드디어 순서에 따라 다섯 손주가 할머니 앞에 나가 다 함께 큰절을 하였다. 그 모습을 보는 순간 가슴이 뭉클해 왔다. 너무도 대견했다. "할머니, 건강하게 오래오래 사세요." 하면서 할머니의 손을 잡는 손주들의 해맑은 모습은 하늘의 천사들만 같았다.

보스턴에서 미술을 전공한 맏손녀 정아가 오늘을 위해 그려놓은 민화 한 폭이 밝은 불을 밝히듯 장내를 환하게 한다. 이어서 미국 백악관 행정부에서 공무원으로 동북아개발부에서 일하는 둘째 손녀 정미의 클라리넷의 독주가 이어졌다. 짬짬이 여가를 이용하여 수련한 은은한 음률은 하객들의 가슴에 조용히 파고들었다.

이어서 두 아들이 어머니에게 장수하시라며 마련한 황금 거북이를 드렸다. 두 형제는 유치원이며 초등학교를 마치 쌍둥이같이 손잡고 다정히 다녔다. 어느덧 지천명의 고개에 들어선 둘째 아들 김 박사가 지난 세월 어머니의 노고를 회상하는 영상을 띄웠다.

어린 시절 10평짜리 국민주택에서 자라던 때부터 60평 잔디 마당에서 강아지와 함께 그네 타는 모습, 한겨울에는 마당에 물을 뿌려 스케이트장을 만들어 밤을 새며 놀았던 추억들을 담아 알알이 되돌아

보여주었다.

오찬이 끝나자 나는 깜짝 쇼를 연출했다. 지난날 결혼식 때 결혼반지를 마련 못했다. 그때 못해 주었던 반지를 반세기 지난 오늘에야 부끄럽지만 참회의 뜻을 담아 오늘 드리기로 한 것이다. 그때 나와 아내는 약혼반지를 결혼식 날 대체하여 결혼반지로 쓰기로 약속했다.

손주들은 "와" 환성을 지르며 일어선다. 나는 주머니에서 순금 쌍가락지를 조심스럽게 꺼내 주름진 그녀의 손가락에 끼어 드렸다. 그리고 결혼 전 총각 때 띄운 편지 한 장의 일부를 소개했다.

'홍순 씨'로 편지는 시작되었다.

"우리는 외부적인 모든 제약을 현실이라는 메스로서 요리하여 무에서 유를 창조하는 과감한 투지로서 현실을 직시합시다…"

아내의 생을 축복하며 인간의 삶은 길이로 평가할 것이 아니라 무게로 평가되어야 한다. 때늦은 결혼반지가 더욱 반짝거리는 것 같다.

[2014. 12. 25]

영시의 기원
− 아내에게 드리는 편지

국제시장 건너편 어느 다방에 들어섰을 때였지요. 나의 지인과 함께 앉아 있는 당신을 처음 보았습니다. 단정하고 지적이며 미모를 겸비한, 내가 꿈에 그리던 여인상이었습니다. 검은 장갑을 만지작거리며 미소 짓는 하얀 손은 너무도 아름다웠습니다. 당신은 모 회사의 타이피스트로 원산에서 피난 내려온 삼남이녀의 맏딸이라고 했지요. 저도 난민이지만 독신으로 월남한, 낮에는 회사에 다니는 야간대학생 처지였습니다.

첫 만남에서 당신은 나에게 과분한 상대라고 느꼈습니다. 당신에게 나는 초라한 총각으로 비쳤을 것이라 생각되었고 게임은 이미 끝났다고 단정했지요. 그날 다하지 못한 나의 소개를 편지로 쓰기로 작심하고, 당신의 답장을 받기도 전에 쓰고 또 쓰고는 했습니다. 그러던 어느 날 당신이 서울로 올라온다는 답장을 보내왔습니다. 얼마나 기뻤는지요.

남산 아래 장충동, 나의 하숙집에 찾아와 저녁 밥상도 구경했지요. 그때 나의 생활이란 너무도 단조로워 교회에 나가 새벽기도를 드리고 남대문 시경 옆의 회사와 대학을 오가는 일뿐이었습니다.

그런데 당신을 향한 나의 기도는 하늘의 응답을 받았습니다. 1961년 2월 4일 입춘대길로 봄이 열리는 좋은 날에 약혼식을 하고 이어서 3월 9일에 명동 YWCA에서 결혼식을 올렸지요. 우리 회사의 회장님이 중매하고 결혼식 비용과 신혼여행 갈 곳까지도 주선해 주었습니다. 꽃샘추위가 기승을 부리던 그 날 아버지의 손을 잡고 웨딩마치 리듬에 발맞추어 입장하던 당신은 하늘에서 막 내려온 천사 같았습니다. 그때 순간 나는 또 고향집 어머니 생각으로 눈가가 뜨거워져 왔습니다. 신랑 쪽은 일가친척이 없었으나 신부 측과 회사의 고객들로 식장은 만석이었습니다. 신혼여행은 예약대로 유성온천으로 갔습니다.

저녁상이 들여왔을 때였습니다. 밥상을 앞에 놓고 갑자기 나는 "기도합시다."라고 했지요. "주님! 우리 두 사람이 만나 새 가정을 이루었습니다. 앞으로 영원토록 복된 가정이 되도록 지켜 주시옵소서." 서툴지만 간절한 기원이었습니다.

그날 밤 당신에게 세 가지를 당부드렸지요. 오늘같이 늘 이렇게 예쁜 아내로 내 곁에 있어 줄 것, 간혹 내가 곤고할 때 어머니 같은 따뜻한 사랑으로 보듬어 줄 것, 허물없는 단짝 친구가 되어 좋은 말벗이 되어 달라고 했습니다.

"아내를 얻는 자는 복을 얻고 여호와께 은총을 받는 자니라."(잠언 18:22)고 말씀하셨습니다. 안암동에서 셋방살이로 신혼을 시작하여 두 번째 장충동 어느 순경 집 문간방 셋방에서 큰애가 태어났지요. 내가 산모를 찾았을 때 명동 성모병원 분만실 복도에서 아무도 돌보는 이 없이 당신은 침대에 홀로 누워 있었지요. 회사에 나갔다가 뒤늦게 찾아온 나를 보는 순간 눈물 흘리던 당신 모습은 오랜 세월이 흐른 지금도 너무도 생생합니다. 그때 어떻게 당신에게 위로와 기쁨을 표현할 바를 몰랐는데 아기를 보는 순간 나도 아비가 된 기쁨을 뭐라 형언할 수가 없었습니다.

세 번째 이사 간 셋방은 교회 가까운 신당동 언덕집인데 한 겨울밤이었습니다. 난로에서 연탄가스가 새어 나와 아기가 울음을 터트렸고 아기를 달래던 내가 쓰러지고, 당신이 아기를 넘겨받으면서 당신도 쿵 하고 쓰러졌지요. 이때 주인집에서 한밤중에 쿵 하는 소리에 놀라 달려 나왔고, 우리에게 김칫국도 먹이며 한바탕 소동이 벌어졌지요. "새댁의 아기가 연탄가스에 쓰러진 제 부모를 살렸다고…."라며 일찍이 아들이 효도했다며 동네에 소문이 자자했지요.

결혼하고 3년 되던 해 10평짜리 내 집을 마련했는데 '인생지사 새옹지마'라고 회사가 수출이 부진하며 부도가 났고 나는 실업자가 되었습니다. 앞날이 너무도 막막했습니다. 이미 둘째가 유치원에 다닐 때였습니다. 나는 아무것도 가진 것이 없었으나 고심 끝에 나의 회사를 세울 작심을 했지요. 남대문시장 건너편에 세 평짜리 사무실에 간판을 달았습니다. 그때 당신은 노란색 커튼을 손수 만들어 창가에 달아 주면서 앞으로 황금색 같은 돈을 많이 벌어 달라고 격려해 주어 힘을 냈습니다. 나는 회사 일에 전심전력을 다할 것이니 당신은 아이들의 교육과 집안 살림을 감당해 달라며 비장한 각오로 우리는 새로운 인생 설계를 세웠습니다.

여보! 우리는 해마다 묵은해를 보내고 새해를 맞이하는 영시가 되는 순간이면 두 손을 마주 잡고 매해 빠짐없이 감사기도를 드려왔지요. "아내를 취하여 자녀를 생산하며 너희 아들로 아내를 취하며 너희 딸로 남편을 맞아 그들로 자녀를 생산케 하여"(예레미야 29:6)라고 주님께서 망망대해에 등대 빛으로 길을 열어 주시곤 했습니다.

이제 우리는 내일모레면 미수(米壽)의 언덕을 넘어 회혼식을 앞두고 있습니다. 새해도 우리만의 '영시의 기원'은 변함없이 이어져 왔습니다. 그날 이후 이어온 우리만의 '영시 기원'은 이렇게 차고도 넘치도록 이루어졌습니다. 저 벽에 걸려있는 열한 사람의 가족사진은 바로 당신과 내가 함께 드린 '영시의 기원'의 응답이라 하겠습니다. 천하에 범사에 기한이 있다고 했습니다. 우리 그날까지 이 생명 다할 때까지 두 손을 놓지 맙시다.

[주부편지 2019.]

아내의 손

요즈음 아내는 매우 바쁘다. 한 달 후에 이사하기 때문이다. 9년 7 개월을 살았던 강남의 대치동 집에서 용인에 있는 S 노블카운티로 거처를 옮기게 되어 있어 짐들을 꾸리기에 바쁘다.

지난 세월을 더듬어 보면 무려 이사를 열 번은 한 것 같다. 어쩌면 이번이 마지막이 이사가 될지도 모른다.

용인에 있는 노블카운티는 20여 년 전에 고령화 시대를 예견하고 지은 시니어 휴양홈이다. 3개의 작은 방에 우리 내외 두 사람이 살기에는 안성맞춤이지만 이삿짐은 거의 없이 빈손으로 떠나야 한다. 그래서 미련을 버리고 그저 빈 몸으로 입주하려고 한다.

아내는 지난날 20여 개의 무거운 앨범에서 기념사진만 하나하나 뜯어서 짐을 줄인다. 빛바랜 사진들은 뜯어서 가위로 작게 잘라 부피를 줄여서 쓰레기를 가급적 적게 만들려고 자르고 또 자른다.

나는 그것을 옆에서 바라보노라니 젊은 시절 일본 거래처 신년하례 인사를 갔을 때 일이 생각났다. 그 회사 부장이 자기들이 속한 일본화공협회 신년 하례식에 같이 가자는 것이었다. 오사카 대형호텔 로비에는 수많은 경영자들로 입추의 여지가 없었다. 강사는 좀처럼 만나 보기 힘든 미쯔비시 그룹의 명예회장이었다.

"여러분 새해 복 많이 받으세요. 올해도 일본경제는 예년에 없는 불경기가 예상됩니다."라고 시작한 그는 그 이유를 차근차근 설명한다. 끝머리 인사말에 힘을 실었다. "그러나 나는 올해도 희망은 있다고 봅니다. 얼마 전에 오사카 외곽에 있는 골프장에 갔을 때입니다. 내가 친 공이 그만 OB가 나서 공을 언덕 밑에 있는 작은 오막살이 집 쪽에서 공을 찾으려고 헤매고 있었지요. 그 집 난간에서 웬 할머니가 혼자 앉아 허리를 꾸부리고 낡은 신발을 바늘로 꿰매고 있었습니다.

"할머니 뭘 하고 계십니까."

"보시다시피 신발을 깁고 있습니다."

"보아하니 낡아서 기워도 못 신을 것 같은데요?"

"그러기 때문에 기워서 버릴 것입니다. 버리더라도 깨끗이 기워서 버리렵니다."

신년사는 소리 높여 하객을 보며 인사말을 이어갔다. "시골의 가난한 노파가 환경을 아름답게 가꾸기 위해 버리는 것에 이렇게 애쓰고 있습니다. 저는 이런 아름다운 우리 국민이 있다는 사실만으로 올해도 분명히 새해 희망이 있다고 봅니다."

수십 년이 흘러간 그때 그의 이야기는 지금도 잊을 수가 없다. 새해가 될 때마다 그때의 이 예화가 떠오른다. 우리 아내도 결코 그 할머니에 뒤지지 않은 알뜰 살림꾼이다. 이삿짐 싸는 일은 당신의 몫이라며 나는 회사 일에나 신경을 쓰란다. 한평생 아끼고 모아왔던 묵은 짐을 버리고 이웃에 주며 미련 없이 줄여서 부피가 단출하게 작아졌다. 특히 두 아이가 어릴 때 받았던 각종 상장, 성적표들 등이 너무도 깔끔이 모았다. 그때 입던 앞치마도 기념품같이 깨끗이 다려 놓았다.

나는 평소 손자들에게 학교에서나 교과서에서만 배울 것이 아니라 우리 집에 와서 할머니에게서 삶의 지혜를 배우라고 한다. 손녀들이 안 신는 신발을 신고 다닌다. 한평생을 같이 살아오는 나조차 아내의 절약이 지나쳐서 손을 들 때가 종종 있다. 물을 아끼는 일이며 전기를 아끼는 일은 더 말할 필요도 없다.

언젠가 독일 뉘른베르크에서 개최된 완구 박람회에 갔을 때였다. 우리는 일주일 동안 민박을 했다. 어느 철도 회사 공무원으로 은퇴한 노부부의 집이었다. 연립주택에 일주일 동안 머물렀다. 샤워장은 없고 세숫대야에는 비누 하나가 덩그러니 놓여있었다. 그 비누도 은박지로 꼼꼼히 싸고 가운데 동전만 한 구멍을 하나 뚫어 놓았다. 아무리 비벼도 거품은 나오지 않았다. 저녁이 되면 지하철역에서 하숙집을 찾아가야 하는데 그 동네 집집마다 외등조차 켜지 않고 있을 뿐만 아니라 방안에도 불빛이 없었다. 더듬거리며 겨우 찾아 문을 열고 들어서니 노부부가 바둑을 두고 있었다. 그런데 전깃불은 바둑판 위에만 달려있고 그 전등에는 검은 천으로 둘러씌워 불빛이 밖으로 새지 않도록 감싸있었다. 바둑판만 보이면 된다고 대수롭지 않게 말했다. 나는 할 말을 잊었다. 마당에는 3평짜리 텃밭이 있어서 반찬거리는 사지 않고, 사위가 집에 와 있는데 밥값을 낸다고도 한다. 이런 삶의 철학이 게르만 민족의 정신이었다.

우리 회사에서 거래하는 대만 출신 일본거래처 사장을 찾았을 때다. 나에게 직원들과 저녁 회식자리를 마련했는데 식사 후 남은 음식을 모두 싸갔다. 집에 강아지를 주기 위함이 아닌 사장인 자기가 내일 아침 먹을 것이라고 했다. 그는 정원에 고급 벤츠 차가 2대나 있고, 자기 빌딩도 몇 채나 있다. 도쿄 긴자에는 중국요리점도 여러 개 내고 있다. 주말 밤에는 자기 소유의 주차장에서 경비 직원을 귀가시키고 슬리핑백을 덮고 밤을 새우며 야간 경비를 직접 선다고 한다.

나는 사업을 하면서 부자 나라나 부잣집의 생활철학을 이렇듯 현장에서 오래전부터 보고 배웠다. 어느 날 아침에 돈이 하늘에서 뚝떨어지는 것이 아니다. 온갖 수난을 겪은 이 나라가 오늘 잘 사는 나라가 된 것은 이런 절약 정신이 아닌가 생각한다.

나의 아내도 어릴 때 부모 따라 피난 왔다. 아버지 어머니의 근검절약 정신을 일찍이 보고 자라며 한평생을 살아왔다. 이제 인생 말로에 모든 것을 내려놓고 가야 할 때다. 다 내려놓고 가야 한다. 그러나 한 가지 남겨놓고 갈 것이 있다. 나의 손주들에게 유언 같은 말 한마디,

"부자는 그냥 얻어지는 것은 아니다. 바르고 부지런하고 성실성과 절약하는 정신만은 꼭 잊지 말라. 손주들아, 할머니는 택시는 절대 거절이며 오늘도 지하철을 타고 다닌다. 손주들아, 삶의 멘토는 두꺼운 책에서만이 아니라 허리 굽은 할머니의 그늘에서 찾아보라."

누가 그랬던가. 답은 삶의 현장에 있다고. 젊은 날 아끼고 아낀 귀한 것들, 아낌없이 남겨놓고 갈 것이다. 왔다 가는 인생은 이 땅에서 허리 굽도록 아끼고 모은 모든 것을 내려놓고 가는 길임을 늦게나마 터득했다. 후세들이 더 잘 살아야지, 아내의 손은 오늘도 쉼 없이 분주히 움직이고 있다.

시니어 타운

시계는 새벽 4시 40분, 아내는 가벼운 옷차림으로 아래층에 있는 체력 단련실로 내려간다. 나도 운동복으로 갈아입고 부지런히 뒤쫓아 나선다. 새벽을 여는 조간신문도 보이지 않는 이른 시간, 모두가 깊은 잠에 빠져 있는 기다란 복도는 적막감이 가득 차 있다.

국제 규모라고 홍보하는 스포츠 센터는 10여 분 걸어가야 있고 우리가 생활하는 동에서 가까운 곳에 있는 미니 훈련장에는 싸이클 로링 등 간단한 운동 기구가 있다. 우리 부부는 가깝기도 하거니와 복잡하지 않은 그곳을 사용한다.

우리 내외는 지난해에 'S노블 카운티'라고 부르는 시니어 타운으로 이사를 왔다. 입주 조건이 여간 복잡한 게 아니었다. 건강검진이 우선이었는데 그중에서도 인지 능력 테스트가 내게는 제일 걱정이었다. 새해 들어서 나이 탓일까, 약속 시간은 물론이고 사람 이름이나 지명 등 고유명사가 생각나지 않아 낭패를 본 적이 비일비재(非一非再)하다. 걱정했던 바와는 달리 종합검진과 인터뷰 끝에 가까스로 통과가 되었다.

A동과 B동으로 나누어져 있는데 우리 부부는 A동에 입주하게 되었다. 식당은 중간층인 7층에 있다. 아침은 지정석에 앉아서 먹고 저녁은 자유로이 앉도록 규정되어 있다. 아침 식사 때의 우리 자리는 동녘 창가에 배정되어 있는데 아침 햇살이 마치 식탁 위에 황금색 식탁보를 씌워놓은 듯 아름다움을 넘어 찬란하게 느껴질 때도 많다. 입주하고 아직 이웃을 사귀지 못했던 어느 날 오후, 이곳의 관리 책임자가 새로 입주한 가정을 소개하고 환영하는 자리를 마련하였다. 몸에 밴 예의와 유머, 배려가 넘치는 언행이 현대판 고려장을 당한 듯 서글프던 마음을 충분히 어루만져 주었다.

마치 새로 전학 온 학생처럼 단체 생활에 익숙하지 않아 쭈뼛쭈뼛하던 어느 날 아침, 식당에서 노신사 두 분과 눈인사를 하게 되었다. 며칠 후 아침 식사 후 그 두 분이 우리 자리로 오셨다. 한 분은 더부룩하게 턱수염을 기르셨는데 마치 수도원의 도사 같은 이미지였다. 우리를 지그시 바라보시면서 "두 분 참 행복해 보입니다."라는 덕담과 함께 "나는 91세입니다."라고 본인 소개를 하더니 일본어를 섞어가면서 교훈적인 이야기를 들려주고는 자기 자리로 돌아가셨다.

그 후 매일 아침마다 식당에서 만나 서로의 얘기를 하면서 교분을 쌓았는데 어느 날부터인가 보이지 않아 궁금한 마음에 그분과 동석하던 사람에게 안부를 물어보니 갑자기 건강이 안 좋아서 병원에 입원을 하였단다. 경상도의 어느 대학 학장을 지내신 분인데 박학다식(博學多識)하시고 성품도 아주 좋은 분이셨다고 한다. 모쪼록 속히 회복되어 돌아오시기를 기도한다.

우리 부부가 이곳에 오게 된 것은 자부들의 권유 때문이었다.

산다는 건 생각지도 못했던 일들을 겪는 일의 연속인 것 같다. 건강만큼은 자신 있던 내가 산책길에서 뇌경색으로 쓰러져서 오랜 병원생활 끝에 지팡이에 의존하는 신세가 되고 말았다. 아내도 오래전부터 골다공증으로 언제 무슨 일을 당할지 조마조마한 상황이다. 무엇보다도 미수(米壽)의 나이에 조석으로 밥을 짓는 일을 여간 힘들어하는 게 아니었다. 연로한데다 건강마저 염려스러운 부모를 둔 자식들로서는 어지간히 신경이 쓰이는지 저희들끼리 여기저기 알아본 결과 시설이나 프로그램이 좋다고 이곳을 적극 권유하여 자식들의 마음을 편하게 해주는 것도 부모의 도리라는 생각이 들어 결단을 내린 것이다.

수만 평을 차지하고 있는 이곳에서 가장 매력 있는 곳은 넓은 산책로다. '힐링 가든'이라는 입간판에는 그림 같은 안내문이 자세하게 나와 있는데 지나는 사람들의 눈길을 끈다. 힐링 가든 2만 6천 평의 녹지공간은 생태공원, 플라워정원, 햇살정원, 치유의 숲길로 나누어져 있으며 120여 종의 수목과 계절 따라 각종 꽃들이 피고 진다. 이곳 회원들은 누구나 이 산책길을 걸으며 만나는 사람들에게 누가 먼저랄 것 없이 인사를 건네고 안부를 묻는 친구가 된다. 또한 어머니 품처럼 아늑하고 아담한 연못도 그냥 지나칠 수가 없다. 자작나무, 느티나무 아래 유유자적 노닐고 있는 금붕어들을 보노라면 녹슬고 지친 몸과 마음이 저절로 맑아지는 것 같다. 한여름 녹색 그늘 속에서 서쪽에 붉게 물드는 석양을 바라보노라면 자연의 신비에 취해 몸이 불편한 것도 잠시 잊게 된다.

배산임수(背山臨水)라 했던가. 뒤에는 넓고 깊은 청명산 숲으로 둘러싸여 있고 앞으로는 한반도 모양의 기흥호수를 감싸 안고 있으니 얼마나 아늑하고 포근한지 이곳이야말로 늙고 병든 몸이 쉬기에는 안성맞춤이라고 하겠다. 게다가 여러 분야의 전문가들이 포진되어 있어 유사시에도 자식들을 부르지 않아도 되니 서로에게 이 얼마나 편안한가.

시간이 지날수록 이곳을 추천해준 자식들에게 고맙고 자식들의 말을 따라 결단을 내린 우리 부부 스스로에게도 잘했다고 박수를 쳐주고 싶다.

그녀의 알바

등단한 지도 어언 20여 년이 된다.

그 후부터 잡지사로부터 원고청탁이 이따금 날아온다. '앞으로 어디서든지 글을 써 보내달라고 하면 거절을 절대 하지 말라.'던 그때 선생의 교훈을 생각하고 유비무환으로 그럴 때를 대비하여 좋은 글감이 있을 때마다 늘 미리 써놓곤 했다.

특히 지난해는 3·1절 100주년 기념과 최재형기념관 오픈의 해로 공·사간의 여러 행사가 겹쳐 있었다. 그런 기억이 생생할 때 차곡차곡 써놓고 있는 것이다. 언제부터인가 미수 고개를 넘기면서 생각이 오락가락 흐려간다. 거기에다 해외시장 개척에 나는 지난날 사업에 전념하면서 글쓰기와는 멀어져가고 있었다.

이날까지도 나는 게으름 탓인지 컴퓨터로 손수 수필 한 편을 워드로 찍어내지 못한다. 하지만 200자 원고지 붉은 네모 칸에 한 자 한 자 손글씨로 채워 넣고 있노라면 나만의 즐거움에 몰입된다. 그렇게 오늘까지 왔다. 그동안 원고지 10장 정도에 글을 다 채워 넣으면 회사의 여사원이 워드로 찍어 잡지사에 보내곤 했다.

그러나 지난해부터 해외시장 확대로 여사원도 시간에 쫓기고 있었다. 그럴 때마다 그녀에게 재촉하기가 미안해졌다. 우리 회사의 관리부 소속의 그녀의 본래 직무는 현금출납 담당자여서 틈새 없이 은행 출입 등 바쁜 자리다. 그래서 어느 날은 내가 손수 워드로 찍으려고 컴퓨터 앞에 앉았다. 막상 무딘 손으로 찍으려니 하루 한 장도 찍을 수가 없었다. 며칠 동안 고민 끝에 우리 집사람의 손을 빌리면 어떨까 하는 생각이 퍼뜩 떠오르는 것이 아닌가.

아내는 처녀 시절 모 무역회사에서 타이피스트로 오랫동안 근무하면서 다양한 수출입 영문서류작성에 노련한 현장경험을 가지고 있었다. 이리하여 그날 밤에 그녀와 협의하여 즉석 내일부터 재택근무로 나의 일을 돕기로 했다. 물론 알바 대금은 지불하기로 했다. 공과 사는 구별해야 했기 때문이다. 그녀도 다섯 손주에게 줄 용돈이 필요하다. 예나 지금이나 노후의 세대들도 적절한 정신운동과 비상금이 필요하다.

내가 이른 새벽에 써놓은 초안을 식탁 위에 올려놓고 출근하면, 당일 삽시간에 찍어서 내 책상 위에 놓아두니 나는 퇴근하자마자 집에서 바로 교정을 볼 수 있으니 너무도 편리했다. 바로 내 곁에 컴퓨터 전문가가 있다는 사실을 잊고 보낸 지난 세월이 오히려 후회스러울 지경이었다. 이래서 등잔 밑이 어둡다고 했던가.

간혹 수필 한 편을 출판사에 급히 보낼 때가 있다. 초고를 그녀에게 건네주면 건넌방에서 어느새 찍어온다. 그러면 나는 또 이어서 퇴고를 하여 이른바 붉은 딸기밭을 만들어 다시 건넨다. 이렇게 서너 번 주거니 받거니 하면서 글은 다듬어진다. 그러나 어떤 때는 대여섯 번이나 교정을 반복하게 될 때쯤부터는 서서히 짜증을 내기 시작한다. 그야말로 글이란 일필휘지(一筆揮之)로 단번에 완성품이 나오기란 힘든 일인 것을 그녀가 모르는 바가 아니다. 그럼에도 어떤 날은 주객이 전도되어 아내의 목소리가 더 높아진다. 처음부터 기승전결의 기법으로 좀 더 꼼꼼하게 쓰면 퇴고가 줄어들 것이라고 교훈하기도 한다.

지난 3월에는 러시아 블라디보스토크 최재형 독립투사 기념행사에 다녀와서 〈테이프 커팅을 하면서〉 외 글을 세 편이나 쓰던 때였다. 글 속에서 시베리아의 자작나무를 써야 하는데 '자' 자와 '짜' 자를 놓고 서로 자기 발음이 옳다고 옥신각신했다. 나는 어디까지나 세상 사람들이 흔히 쓰는 통속적인 발음으로 '짜'작나무가 옳다고 고집했다. 그녀는 국어사전 표준어대로 자기 마음대로 자작나무로 찍어 넣었다. 앞으로는 자기 생각대로 쓰겠다고 반기를 드는 것이다. 멀쑥이 내가 지고 말았다.

또 한 번은 최재형 선생이 생전에 쓰시던 회중시계를 그의 손자 최 발렌틴으로부터 나에게 보내왔을 때였다. 그때 그 시계의 초침 소리는 여태까지 살아 움직이고 있다. 〈불멸의 영혼〉이란 나의 글 속에서 '재깍재깍' 소리 내며 움직이고 있다고 썼다. 그때도 아내는 시계 소리가 '똑딱똑딱'으로 들린다며 자기 생각대로 퇴고했다. 8·15행사 때 나는 보신각종 타종행사에서 서울시장과 함께 참여하고 그때의 감회를 〈보신각종을 울리며〉 글을 쓸 때였다. 나의 귀에는 보신각 종소리가 '쿵 쿵'으로 들렸으나. 그녀는 '붕 붕'이라 써야 맞는다고 고집했다. 워드 도우미는 저자의 원고를 묵묵부답으로 바르게 찍어만 주면 되는 것인데 그때마다 자꾸만 토를 다니 어느 쪽이 주인인지 도무지 알 수가 없다.

행사가 있을 때마다 국내외 어디서나 아내와 늘 동행한다. 나는 길눈이 어둡고 기억력도 그녀보다 늘 못하다. 그리하여 같이 다니면 아내가 소상히 기억해두었다가 나의 글을 보완해 주곤 한다. 그러기에 나도 그녀의 목소리 높은 주장에 일리가 있으며 묵묵히 따를 수밖에 없다. 주인공 인명이나 주제를 나보다 더 똑똑히 기억하고 있기 때문이다.

세월의 무게에 우리 내외는 고희의 언덕을 넘어 산수의 후반 외길에 들어선 지도 한참이나 된다. 퇴고를 하며 수필을 쓰는 일이야말로 여간 흥미로운 일이 아니다. 이렇게 미운 정 고운 정 청실홍실 엮어서 한 편의 집들을 짓다 보면 언젠가는 주객이 뒤바뀔지도 모르겠다. 등단한 지도 적지 않은 시간이 흘러도 늘 내 글은 마음에 들지 않는다.

언제부터인가 손녀의 회사일 도우미로도 아내는 분주하다. 집사람은 두 손이 모자랄 정도로 이리저리 뛰고 있다. 그래도 손녀의 지시에는 무조건 복종하는데 정작 주인인 나의 말은 들으려 하지 않는다. 요즈음은 할머니들의 알바도 구하기 힘들 때가 된 것 같다. 시니어가 에세이를 쓰는 것은 장수의 지름길이라고 했던가.

당신의 운전

　지난 어느 날 저녁 무렵이었다. TV 연속 드라마를 무심히 보다가 고부간의 다툼이 벌어지고 있었다. 머리가 희끗한 시어머니가 며느리를 앞에 놓고 한마디 한다.

　"지금 그 나이에 하필이면 운전 교습이라니 말도 안 돼. 그 대신 붓글씨나 글공부나 자전거를 배우도록 해."라면서 시어머니가 주방에 앉아 고희가 넘은 며느리에게 타이르는 장면이었다. "제 나이가 어때서 이제 자식들을 시집 장가 다 보내고 좀 내 시간을 가져 보려는데 어머니 너무 하십니다." 두 사람은 양보할 기색이 보이지 않았다. 이때 어린 손자며느리가 갑자기 나타나서 이 모습을 보고 끼어든다. "어머니, 어머니 저도 시집오기 전에 집에서 반대하는 운전면허를 땄어요. 할머니 몰래 하세요."라며 가세하지만 손자며느리 혼자만 찬성으로 결국 운전대를 잡을 수 없게 되었다. 이 장면은 지난 세월 우리 집 이야기 같다.

　아내는 그때까지만 해도 43년이나 무사고 운전을 해왔다. 그러나 오래전부터 나와 자식들까지 "어머니 이제 신수(傘壽)의 고개 넘어 머리가 하얗게 된 노인이 운전은 위험해요." "어머니, 요즈음 우버택시라는 것이 있어 부르면 5, 6분이면 문 앞까지 오니 앞으로 주일날 교회 갈 때면 그 택시 타고 다니세요."라며 낯을 붉히며 만류했다. 그런데 오래 전부터 끈질기게 모두가 반대해도 아내는 운전을 고집했다.

아내의 운전을 오래 전부터 찬반양론으로 좀처럼 답이 나지 않는다. 매일 운전하는 것도 아니고 일주일에 한두 번뿐이니 운전을 계속하겠다는 아내의 말도 일리는 있었다.

그런데 어느 주일날 오후였다. 집으로 돌아가는 길에 갑작스럽게 소낙비가 내리며 눈앞이 보이질 않았다. 옆 좌석에 앉은 나는 약간 불안했으나 내색은 하지 않았다. 금호터널을 지나가는데 옆 차가 지나가면서 노면이 낮은 곳의 빗물이 튕겨 우리 차 유리창을 갑자기 덮쳤다. 그때 자동 윈도우 브러시가 정신없이 좌우로 움직이니 놀라지 않을 수가 없었다.

또 폭설이 내리는 어느 날이었다. 고층 건물 앞 어느 언덕길을 오르는데 앞차들이 거북이걸음을 하고 있었다. 우리 앞차도 거북이걸음으로 우회전을 하더니 인도 가까운 노면에 차를 세워놓더니 부부가 내려서 걸어가고 있었다. 나도 아내에게 우리도 앞 차처럼 올라가다 미끄러지면 위험하니 옆으로 빠지자고 했다. 그러나 아내는 대답 대신에 액셀러레이터를 갑자기 밟으며 지그재그로 겁 없이 언덕을 오르는 것이 아닌가. 차바퀴에서는 찍찍 소리가 난다. 몇 번인가 공회전하고서야 아찔한 순간을 거쳐 무사히 언덕길에 올라 집으로 가까스로 왔다. 아내는 운전할 줄 모르는 나를 겁쟁이라는 것이었다. 그래서였을까. 나는 아내 옆에 앉을 때마다 갑자기 작게 느껴졌다.

언젠가 무더운 주일날이었다. 32도의 땡볕 아래 주차장에 무려 4시간이나 넘게 세워 두었더니 차 안이 완전히 한증막이었다. 에어컨을 켰으나 소용이 없었다. 핸들을 만져 보라고 아내가 한마디 했다. 마치 불덩이같이 뜨거워서 만질 수가 없었다. 그러나 어차피 차를 몰고 집으로 가야 하는데 운전할 아내가 걱정이었다. 차 윈도우 넷을 다 열었다. 그러자 지나가는 차 소리에 뜨거운 바람마저 끼어들어 열을 더하니 머리가 뜨겁고 무거워 왔다. 그러나 아내는 내색 없이 액셀러레이터를 밟으며 두 개의 터널을 무사히 지났다. 동호대교를 지날 때는 석양 땡볕이 사정없이 내리꽂힌다. 그래도 그 강한 빛살을 뚫고 무사히 집으로 돌아왔다.

TV 속 드라마가 다시 떠오른다. TV 속 시어머니의 주장대로 며느리는 운전을 포기했다. 근간에 고령의 운전자들의 사고가 계속 늘고 있다고 한다. 우리 집도 아내가 그토록 운전을 계속하겠다고 고집을 부리니 자식들이 더는 말릴 수가 없는 일이다. 문제는 언제까지 아내의 운전을 두고만 볼 것인가이다.

나는 운전자의 심정을 알 수가 없다. 운전대를 잡아 보지 못했기 때문이다. 아내는 운전대에 앉을 때마다 현역 정신을 자랑스럽게 생각하는 듯하다. 매사에 시작이 있으면 끝이 있는 법, 우리의 끝은 언제쯤일까. 그 대안이 쉽지 않다. 나는 항상 중립이었다. 당신이 사랑하는 손녀를 불러서 중재안을 제시해야 하겠다.

[문학공간 2022.]

빛바랜 사진

드디어 S 노블카운티로 이사 갈 날짜가 다가온다. 내달 11월 24일이다. 지금 사는 대치동 아파트에서 10년 7개월을 살았다.

뒤돌아보면 그 옛날 총각 시절은 야간 수위로 강아지집 같은 빌딩 계단 밑에서 쪼그리고 눈을 붙이기도 했다. 그러다가 쥐구멍도 해뜰 날이 있다는 노래 가사처럼 어느 날 무역회사 입사 시험에 뜻밖에도 합격했다. 직장에 나가려면 학교는 중퇴해야 했다. 어떻게 들어간 대학인데 밤새 고민 끝에 그래도 빵을 택했다. 남대문 시경 옆에 있는 회사에서 제시간에 출퇴근하려면 싸고 교통이 편한 하숙집을 구해야 했다. 을지로 6가 전차 정거장이 가까운 곳에 하숙집을 정했다. 힘겨운 피난살이를 마감하고 난생처음 다리 펴고 잘 수 있는 방이었다.

입사 3년 차가 되던 해 회사 회장님의 소개로 집사람을 만나 결혼하여 두 아들과 두 자부 그리고 어느덧 다섯 손주까지 모두 열한 명 식솔로 꿈같은 오늘에 이르렀다. 기적이 따로 없었다. 세월의 모진 비바람은 어느새 백발의 노부부로 미수의 고개 넘어 회혼식을 맞이하게 되었다.

가랑비 내리던 어제 오후 입주계약서에 최종날인을 했다. 드디어 새 보금자리를 틀게 된다. 이름 그대로 시니어들만을 위한 맞춤형으로 되어 있다. 하늘을 찌르듯이 높이 솟은 고층아파트 두 동 속에는 무려 5백여 가구가 살고 있다. 산책로에는 초콜릿 빛 벤치가 여기저기 다정히 놓여있다. 휠체어에 앉은 거동이 불편한 어르신네들도, 지팡이 짚고 느리게 걸어가는 흰머리의 어르신들도 있다. 사방팔방 어디를 둘러봐도 우리 같은 후반 인생의 천국이다. 무엇보다도 13층 창가에서 바라다보이는 자연 공간, 저 창 너머 멀리 잠자듯 누워있는 한반도 모양의 하얀 기흥호수는 말 없는 어머니 품속같이 고요하기만 하다. 그 너머 남녘 저편에는 병풍 같은 삼 형제 야산이 나란히 누워 있다.

'시니어의 새로운 라이프스타일을 선도하는 월드클래스 시니어타운'이라 자랑하는 이곳은 수려한 환경을 자랑하며 6만여 평의 숲속 산책로에 이어 수영장, 종합체육관 등 어느 곳보다도 깔끔하다. 도서관과 문화센터마저 있어서 마음에 들었다.

나는 오래전부터 지팡이를 벗 삼아 오후 한때 느린 걸음으로 2시간 정도 산책을 하는 것이 유일한 낙이었다. 비가 오는 날은 옛 벗을 만난 듯 산책길은 더욱 숙연하고 좋았다.

이번에 이렇게 갑자기 이사하게 된 데는 두 아들 내외의 공로가 크다. 어느 날 둘째네와 점심을 같이 하다가 갑자기 양로원 같은 곳에 들어가면 하루 세 끼 식사 준비도 하지 않으며 편할 것이라고 한다. 여러 가지로 좋겠다고 어멈이 말을 꺼낸다. 친정의 부모님도 지금 그런 곳에서 건강히 지내신다고 했다. 지금 신청해도 몇 달을 기다릴지 알 수가 없다고 했다. 더군다나 코로나 이후에 입주 경쟁이 심하다고 했다. 어멈 덕에 드디어 S 노블카운티에 입주하게 된 것이다. 입주 계약에 앞서 종합검진과 치매 검사, 자격시험을 보라는 통지가 왔다. 그리고 드디어 합격했다.

이제 이사 갈 일만 남았다. 한평생 열 번 이사하며 다녔던 이삿짐들을 정리해야 한다. 무엇보다도 해야 할 일은 이삿짐을 대폭 줄이는 일이다. 제일 먼저 크고 작은 2~30개의 낡은 앨범을 줄였다. 그 옛날 피난 시절부터 오늘날 미수를 지나오기까지의 흔적들, 찍어놓은 그림자 같은 빛바랜 사진들을 추려 버리고 버려도 끝이 없다. 내가 2살 때 어머니 무릎에 앉아 찍은 친척 일가의 가족사진은 이 나라 100년 사를 되돌아보는 것만 같다. 당연히 보물 제1호가 아닐 수 없다. 북녘 하늘 아래 57세를 일기로 일찍이 돌아가신 어머니의 우수 같은 주름진 얼굴에서 눈을 뗄 수가 없다. 당신께서는 눈을 감는 마지막 순간까지 내 사진을 손에 꼭 쥐고 돌아가셨다고 한다.

"내가 열 번 생각할 때 너희들은 한 번만이라도 생각할까." 빛바랜 사진 속의 나의 어머니의 살아생전 마지막 울림이 귓전에서 맴도는 것만 같다.

빛바랜 당신의 사진이라도, 꿈에서라도 꼭 한 번만이라도 보고 싶습니다. 당신은 나의 영원한 사랑입니다.

수술(手術)보다 시술(施術)

지난 5월 1일 근로자의 날 저녁 무렵이었다. 집사람과 함께 저녁을 마치고 식당을 나와 계단을 오르려는 순간에 갑자기 오른쪽 무릎에 힘이 빠져 후들거리면서 발을 가눌 수가 없었다. 내 다리가 아닌 듯했다. 흔히 말하는 지체장애인이 졸지에 되고 말았다. 계단 난간을 왼손으로 꼭 잡고 아무리 힘을 주어 다리를 옮겨 보려 했으나 헛수고였다. 돌연 허망한 생각이 들며 이러다가 영원히 불구자가 되는 게 아닌가 하는 생각이 들며 온몸에 식은땀이 돈다.

앞서 걸어가던 아내를 불러 그녀의 왼쪽 어깨를 붙잡고 한 발짝, 한 발짝 힘겹게 옮겨 길 건너편 한의원까지 겨우 찾아갔다. 등허리에서 무릎, 발등에 이르기까지 촘촘히 침을 놓았으나 별 효험이 없었다. 이튿날 S병원 응급실로 실려가 MRI, CT 등을 찍고 난 후 바로 입원하라는 것이었다.

혈액검사는 물론 각종 X-Ray 사진을 찍는가 하면 여러 가지 조사가 분주히 치러졌다. 인체 속에는 거미줄 같은 혈관이 놀랍도록 분포되어 있음을 재삼 확인했다. '좌측 귀밑을 지나는 혈류가 막혀있어 이

것을 소통시켜야 한다.'는 것이 결론이었다. 병명은 '뇌경색'이라고 했다. 이 부위에 스텐트라는 그물 금속망을 집어넣어 막힌 뇌혈관을 넓혀주는 시술을 해야 하는데 그 위치가 시술 가능한지가 중요했다. 아닌 경우에는 약물로 대신 치료할 수밖에 없다고 했다. 이 경우 앞으로 언제 또다시 불시에 여기저기서 혈전이 떨어져 이번처럼 다리나 다른 부위에 떨림 증상이 올 수도 있다는 것이었다. 그물 같은 뇌조직이야 말로 창조주의 고도의 작품이 아닐 수 없었다. 혈류가 갑자기 막혀버리면 파열되어 뇌출혈이라는 병인으로 사망에 이르게 되는 무서운 병임을 새삼 알게 되었다.

6·25한국전쟁을 겪은 우리 세대는 풍전등화 같은 나날을 하루하루를 이어갔는가 하면, 한때 부산의 피난살이는 그나마 몸뚱이나마 지니고 있었기에 굳은 땅도 파고 물지게도 지고 공사판 자갈도 나르면서 입에 풀칠하며 연명할 수가 있었다.

인간에게는 이런 유일한 삶의 밑천을 하늘로부터 받은 것만으로도 천만번 감사해야 할 일이다. 마치 황소 한 마리가 농사꾼의 유일한 재산인 양 그때 우리에게는 이 맨몸이 유일한 생활 도구였다. 고요한 한밤중에 병실 천정을 이리저리 두리번거리노라니 지난 세월이 아스라이 떠오른다. 허리 디스크로 갑자기 응급실에 실려 갔던 일, 요도 결석, 양어깨의 회전근개파열, 그리고 총각 시절에는 맹장 수술까지 크고 작은 칼 자리가 지금도 흉물스럽게 등허리에 그어져 있다.

이번에는 꿈에도 생각지 못했던 뇌경색이라는 새로운 낯선 병에 걸리고 보니 인생살이란 아픔의 연속인 것만 같았다. 시련이야말로 우리의 동반자요, 자기와의 대화의 공간이었다.

입원하고 사흘째 되는 날 오후에 2차 시술을 받기로 했다. 시술 부위가 다행히 안전한 곳이라고 했다. 늦은 봄비가 주룩주룩 내리는 저녁 무렵 천장을 바라보며 시술실로 실려 갔다. 창가 넘어 흐린 하늘을 바라보니 어쩐지 예전과 달리 두려움이란 별로 없었다. 지난날 몇 번이고 통과해 온 익숙한 길이기 때문이었을까. 아내가 힘내라고 외치는 마지막 소리가 귓전에서 맴돈다. 벌써 여러 번 들어본 소리였다.

푸른 수술복을 입은 젊은 여의사가 전신 마취에 동의하는 사인을 하라고 했다. 전과 달리 부드러운 마취를 할 것이니 염려하지 말라는 말을 들으며 나는 의식을 잃고 말았다.

회복실에 돌아온 것은 그로부터 4시간이 지난 저녁 7시 30분경이었다. 마취에서 풀릴 때면 마치 지옥에서 풀려나듯 비몽사몽 몽롱했다. 눈을 뜨니 사람의 검은 그림자가 희미하게 보이기 시작했다. 입술은 극도로 타들어가 젖은 가제를 입에 물었으나 아무리 깨물어도 도움이 되지 않았다. 한 모금의 물이 그리웠다. 무슨 말을 하려고 애썼으나 입술이 천정에 붙은 듯 어눌한 발음에 그들은 알아듣지 못했다. 몇 번이고 반복했으나 끝내 뜻을 이루지 못했다.

시술 후 4시간 동안은 죽은 듯 움직이지 말라고 했다. 중환자실이라 가족은 밖에 대기실에 있어야 했다. 이렇게 인간은 언제나 혼자서 고독을 벗해야 했다. 서서히 새벽이 밝아왔다.

다음 날 아침은 드디어 하얀 죽이 배식되었다. 세끼 금식 후의 첫 번째 에너지 공급이었다. 이 고마움을 다시금 음미해 보았다. 저녁때가 되어서야 겨우 일반병실로 올라갈 수가 있었다.

수술은 위험하나 시술은 그와 다르다는 것이었다. 나는 후자에 속했다. 이틀 후 오후에 퇴원을 간청했다. 입원할 때는 무엇이든 선생의 지시에 순종했으나 이제 병을 고치고 나니 내 보따리를 찾는 무지한 옹고집 노인이 되었다. 전문의 김석재 교수는 내주 초까지 안정을 요해야 하는데 어쩔 수가 없는 듯 빨리 회복하여 많은 일을 하라며 퇴원 승낙을 하셨다.

이리하여 열흘간의 투병 생활로 또 다른 혈관 시술이란 새로운 벼슬(?) 하나를 더 얻은 셈이다. 퇴원하는 날 가로수 길에는 하얀 꽃가루가 서설같이 휘날린다. 무성히 반짝이는 잎사귀들이 마치 나에게 기쁨의 손짓을 하는 것만 같다.

참으로 좋은 세월이다. 좋은 의술에, 좋은 의사와 간호사님들 그리고 이번에도 잠시도 곁을 떠나지 않고 지켜 준 아내와 가족들에게 그저 감사하다는 말밖에.

"나이듦은 죄가 아니다. 보람 있는 말년을 보내라."

마지막 황금기 노후를 값지게 보내라고 선배들은 주문한다.

장수의 시대가 바로 이렇게 이루어지는 것인가 보다. 옛날 같으면 꿈조차 꿀 수 없는 난치병을 다시 소생시켜 세상에 또 내보내고 있다. 다시 살아났으니 이 큰 고마움을 젊은이들에게 전할 것이다. 세상에 어떤 질병도 우리 인간들의 재능으로 치유될 수 있음을 보았노라고. 두려움 없이 내일을 향해 달려가라고.

[2013. 5. 11]

황금병아리

　오늘은 추수감사 주일이다. 올해야말로 코로나 확산으로 온 세상이 이렇게 죽음과의 싸움으로 한 해가 다 간다. 방구석에 갇혀 홀로 앉아 외롭게 찬송을 부르고 있다.

　올해 첫날 밤 나는 뜻하지 않은 꿈을 꾸었다. 함께 사는 아내는 아침이면 꿈 이야기를 잘하곤 한다. 간밤에 돌아가신 어머니를 만났다던가, 오랜 친구를 만났다던가. 심심치 않은 화제로 웃기도 한다. 그런 꿈을 꾼 날은 어쩐지 좋은 소식이 생기곤 했다고 자랑한다. 그러나 나는 그토록 소원하는 어머니를 꿈에서나마 꼭 한 번만이라도 보고 싶었으나 어찌 된 일인지 이날 이때까지 단 한 번도 돌아가신 가족을 꿈에서 본 일이 없다. 그런데 올해 새해 벽두에 어머니가 아닌 병아리 꿈을 꿨다.

　황금색 햇병아리가 작은 투명 플라스틱 통속에서 양 날개를 퍼덕거린다. 그때마다 누런 황금 가루가 분산되어 나오며 온 방안이 아침 햇빛 모양 눈을 뜰 수가 없었다. 마치 제비 새끼처럼 작은 입을 쨱쨱이며 두 날개를 퍼덕거리며 춤추듯 쉴 새 없이 날갯짓하는 것이 여간

신기하지 않았다.

마치도 꿈이 아닌 살아있는 진짜 현실 같았다. 나는 너무나 신기하여 팔을 조용히 펴서 손으로 잡아 보려는데 그만 눈을 뜨고 말았다. 이불속에서 한동안 멍하니 천정을 바라보았다. 이상스러운 꿈이었다. 이런 꿈은 난생처음이다. 올해도 어느덧 저물어 가려는데 그날 새벽의 꿈은 기억이 생생하며 은근히 올해는 길조의 꿈으로 마음이 즐거웠다.

나는 어린 나이에 일찍이 집을 떠난 후 어머니를 꿈에서나마 꼭 한번 보고 싶은 것이 평생 큰 소원이다. 그런데 어머니가 아니라 난데없이 병아리의 꿈이라니 이것은 무슨 징조일까, 황금빛은 좋은 상징으로 그것도 새해 첫날 아침이라 분명 올해도 길조가 있을 것이라 예단했다.

추수의 계절 이때쯤에는 우리뿐만 아니라 온 나라마다 하늘에 감사하는 행사를 한다. 우리나라에는 오늘이 추수감사절이다. 어느덧 이 해도 기울어가고 있다. 올해도 이른 새벽부터 늦은 밤까지 우리 가족 열한 사람 모두가 하나같이 땀 흘려 살아왔다. 이 한해야말로 예기치 않았던 코로나바이러스와의 싸움으로 온 지구촌이 소란스럽게 공포와의 싸움 속에서 지내왔다. 하나같이 무사히 오늘에 이르렀다.

한 해를 뒤돌아본다. 우리 가정의 올해 추수의 으뜸은 무엇보다도 지난날 10년 7개월이나 살았던 대치동 아이파크에서 용인의 삼성 노블카운티로 이사하게 된 일이 아닐까. 가장 큰 우리만의 굿 빅뉴스라 하겠다. 우리 내외에 알맞은 세 개의 방과 아침 해돋이 전망도 좋고 회사까지도 그리 멀지 않은 곳으로 옮겼으니 큰 행운이고 감사할 일이다.

이렇게 우리 내외는 어느덧 세월의 무게에 떠밀려 어느덧 망구(望九)를 바라보는 인생의 황혼기에 접어들었다. 자녀손들은 늘 할아버지 할머니 걱정들이다. 그나마 우리 내외도 저들에게 걱정을 끼치지 않으려고 애쓰고 있다. 저 누런 황금 벌처럼 올해도 별 탈 없이 살아왔다. 무엇보다도 3남 2녀의 다섯 손주가 자기들 시간을 아껴가며 제가끔 올 한해도 성큼 잘 성장하여 품격 있게 어른이 되어가고 있는 모습은 풍년가를 부르지 않을 수 없다.

맏손녀는 여성 CEO로서 여성 플라자의 사무실에서 매출은 크지 않으나 여기저기 강의도 하며, 아울러 대안 학교 교사로 투잡을 가지고 활동하느라 늘 잠이 부족하다. 둘째 손녀는 미국 워싱턴 행정부에서 아시아 지역담당 직책으로 10년 가까이 근속하고 있으니 기특하다. 지금은 한국에 들어와 한미관계에 유관한 일을 하고 있다. 남성 못지않은 세계인으로 해외 출장이 잦다. 이렇게 모두가 20대의 젊은 일꾼들이다.

손자 셋도 소위 아이비리그라고 명문대학에서 밤낮없이 연구실에서 밤을 새워가며 연구한다. 그중 한 녀석은 귀국하여 자진 입대하여 통역병으로 군복무를 다하고, 막내 손자는 입대하려고 지금 신검을 받는 중이다. 모두 건전한 가치관을 가졌음이 대견하다. 마지막으로 미국에서 태어난 한 손자는 하버드대학원에서 바이오 메디컬 인공심장 연구를 벌써 5년 넘게 하고 있으며 "할아버지 오래 오래 사세요. 내 논문 볼 때까지."라고 당부하니 뿌듯하다.

이렇게 들판의 오곡백과가 무르익어가듯 자식 농사도 풍년을 이루었다. 한편 CEO인 아범이 경영하는 우리 회사도 벌써 50년도 넘었다. 연초에 세웠던 목표만큼은 크게 이루지 못했으나 평년작은 되는 성싶다. 지난날 IMF 때의 아픈 기억을 회상하며 올해도 큰 난관에 봉착하게 되리라 생각했으나 다행히 큰 고개를 넘기고 있다.

최고령자인 우리 내외도 이렇게 감기 한번 없이 살고 있으며 몇 편의 수필도 여러 잡지에 등재되기도 했다. 그뿐 아니라 내가 창업 멤버로 일했던 한국수입협회도 올해 창립 50주년을 맞이하게 되어 큰 보람을 느낀다. 『창립 50년사』 편찬위원장직을 맡아서 책까지 출판되었다. 나는 무역인의 한사람으로 우리 CEO들의 지난날의 희로애락을 기록으로 남겨보자고 제안하여 『1달러에 영혼을 담아』 산문집도 빛을 보았다. 사회적 거리두기며 비대면 여건 속에서도 올해도 힘겹게나마 살아온 보람이 있는 것만 같다. 이 모든 것이 연합하여 선을 이루듯이 역시 우리 부부가 미수의 나이로서 그나마 고마운 풍년의 한해라고 자위해 본다. 이제 일주일 후면 새로운 삶의 터전 삼성 노블카운티에서 새로운 꿈을 안고 살아가게 될 것이다. 이것이야말로 하늘의 축복이 아닐까.

새집 창가에 앉아 저 푸른 하늘 위로 떠 오르는 하얀 붉은 옥동자 같은 새 해님과 구름을 바라보게 될 것이니 창조주의 오묘한 솜씨를 새삼 느끼게 될 것이다. 이 생명이 땅에서 한 초 한 초 순간을 맞이하는 것이야말로 추수 감사 못지않은 참 축복이 아닐까.

이 모든 것이 진정 이해의 첫새벽 황금 병아리 꿈을 꾼 것 때문일까. 우리는 늘 희망의 꿈을 그리며 하루하루 살아가노라면 풍년가는 진정 우리 모두의 합창곡이 될 것이다.

[2020. 1. 1]

정직으로 일군 옥토밭

어느 날 CTS TV 방송국에서 전화가 걸려왔다. 나에 대해서 취재를 하고 싶다는 것이다. 기자는 〈내가 매일 기쁘게〉라는 프로그램에 한 시간 동안 대담형식으로 방영한다며 이 프로는 대단히 인기가 있다고 덧붙이기까지 하면서 물론 사회적으로 성공한 사람들을 출연한다는 것이다.

당연히 나로서는 아직은 그런 반열에 들어설 자격도 없다며 한마디로 사양했다. 그러나 젊은 여성 방송작가는 이미 이 달 방송 일정표에 내 이름 석 자를 입력해 놓았으니 오히려 자기들 실무자들을 도와달라고 애원이다. 그래서 촬영날짜가 정해졌다.

내 방에 들어선 젊은 그녀는 이미 누군가의 추천으로 나의 지난날에 대해 어렴풋이 예비지식을 가지고 있었다. 더욱이 인터넷에서 내이름 석 자를 클릭하여 더 자세한 정보를 갖고 있었다.

기자는 프로답게 사무적으로 몇 가지 사건에 대해 물어 온다. 회사는 언제 세웠으며 취급 품목은 무엇이며 그동안 40년 동안 어떤 어려움이 있었는지 일사천리로, 끝없이 질문 공세다. 특히 IMF 때 힘들었던 이야기들을 좀 자세히 현장감 있게 해달라며 거의 일방적이다. 이런 숨겨진 이야기들이 시청자들에게는 흥미롭게 들려진다고 한다.(사실 누구도 지난날의 감춰진 일은 다시 회상하고 싶지 않을 것이다.)

TV 대담 녹화장에는 두 분의 남녀 진행자가 나오니 서로 마주 앉아 자연스럽게 이야기하듯 대담형식으로 진행하니 편안하게 말씀하면 된다고 한다. 이 프로를 촬영하기에 앞서 먼저 시나리오를 써야 한다며 그 제목을 '정직으로 일군 옥토 밭'으로 정하고 그 틀을 맞추려 한다고 했다.

그로부터 며칠 후 그녀는 시나리오 초안을 이메일로 보내왔다. 내일 오후 1시에 녹화하는데 시간이 촉박했다. 그것도 대담 내용이 대단히 부풀려져서 마치 크게 성공한 예비 재벌인 양 각색되어 도저히 양심상 그대로 시청자들 앞에서 이야기할 수 없었다. 나는 황급히 사실보다 오히려 축소하여 재수정하여 보냈다. 소기업의 창업자로서의 이야기로 줄여서 하기로 했다.

다음날 정한 시간에 방송국 지하에 있는 분장실에 도착했다. 거울 앞에 앉으니 분장사는 능숙한 손놀림으로 눈썹이며 얼굴에 무언가 열심히 바르고 있었다. 그때부터 내 마음은 조금씩 굳어져 가는 것만 같았다. PD는 녹화실에 올라가 카메라와 조명 모두가 준비됨을 확인하고 사인을 보냈다.

물론 지난날 TV 대담이나 라디오 방송에 나간 적은 있었으나 이번은 자기 자랑을 하는 것만 같아 약간은 불편했고 긴장도 되었다.

"안녕하세요? 〈내가 매일 기쁘게〉 최선규입니다. 안녕하세요? 정애리입니다.”를 시작으로 비교적 차분히 진행되었다.

먼저 영상을 통하여 우리 회사를 약 1분 정도 알리고 대화가 시작되니 편안한 안방에서의 대화처럼 한결 대담 분위기가 진정되어가고 있었다.

최선규 아나운서가 말을 먼저 꺼내면 정애리 여사가 뒤따라 물어온다. ―“성원교역은 일반인인 우리에게는 조금 낯선 회사일 수도 있겠어요. 성원교역은 무슨 일을 하고 있는 회사인가요?”

“네, 성원교역의 일을 요약하면 수입업, 수출업, 제조업 기타 서비스업으로 나누어 말할 수 있습니다.”

“지난 40년 가까이 사업하시는데 어떤 어려움이 있었습니까? 말해 주세요.”

“네, IMF 때가 어느 회사나 제일 힘들었을 것으로 봅니다. 우리 회사는 신용 거래로 외국과의 교역을 오랫동안 해 왔습니다. 다시 말하면 먼저 해외에서 원자재를 외상으로 수입하면 4~5개월 후에 그 물품 대금을 송금하는 식입니다. 이것은 상대방의 신뢰가 없으면 불가능한 일입니다. 그러던 중에 환율이 800원대에서 2000원까지 갑자기 높이 치솟았습니다. 만기일이 되어 해외에 송금하려고 할 때 환율이 오르는 IMF 함정에 빠지게 되었습니다. 막상 달러를 사려고 하니 갑자기 2배 이상의 현금이 필요했습니다. 다급해진 나도 직접 나서서 우리의 거래처에 수금하러 갔습니다. 그런데 그때 구로공단 현장으로 가보니 벌써 공장들은 문을 닫고 회사 간판이 땅에 떨어져 바람에 나뒹굴고 있었습니다. 마치 태풍이 지나간 후 폐허 같았습니다. 매물로 나온 문 닫은 공장들 문전에서 복덕방 노인들만이 흥정한다고 웅성웅성 모여 있었습니다.

나도 어느덧 전쟁고아 같은 심정이 되었습니다. 참으로 현기증 나는 순간이었습니다. 우리가 당연히 받아야 될 돈을 받을 수 없게 되었으니 자연히 연쇄적으로 우리도 해외에 송금할 수 없게 된 것입니다. 그때 그 아픔을 어찌 다 이야기하겠습니까. 이런 고통이 IMF 당시의 현실이었습니다. 결국 해외 채권국가인 미국, 일본 등지에 직접 찾아가 사정을 이야기하고 6개월 연장을 받아 간신히 난국은 극복했습니다. 다시 말하면 그동안 쌓은 회사의 신용이 위기에서 회사를 구해낸 것입니다.

　"월남 후의 피난 생활도 순탄하지만은 않으셨을 터인데 그때 이야기도 전해 주시기 바랍니다." 이번에는 정애리 여사가 낮은 목소리로 물어온다.

　"그때 당시는 나만이 아니라 이 나라의 모든 남녀노소 할 것 없이 공통된 아픔을 겪었지요. 저는 그때 공사판에서 노동을 했는데 힘에 벅차 누군가의 권유로 야채 행상을 시도한 일이 있어요. 그곳이 부산 자갈치 시장 입구였습니다. 리어카에 싱싱한 무를 담아 놓고 '무 사이소 무 사이소' 하고 외칩니다. 처음 이틀 동안은 삽시간에 팔려나갔습니다. 장사의 묘미가 이런 것이구나 하고 다음 날 아침은 가진 밑천을 다 털어서 리어카에 무를 수북이 실어서 어제 그 자리에 겨우겨우 끌어다 놓았습니다. 그런데 1시간도 안 되어 저 뒤에서부터 행상하던 아줌마며 양담배 팔던 아이들 할 것 없이 무엇인가에 쫓기듯 골목길로 미꾸라지모양 들어가 숨는 것이 아니겠습니까. 누군가가 "기마경찰의 교통단속반이 떴다." 하고 외칩니다. 노상에서의 행상이 불법인지를 나만 모르고 있었지요. 나도 황급히 피하려니 리어카가 워낙 무거워서 몇 발짝 움직이지 못하고서 그만 우두커니 서있었습니다. 그때 말발굽도 요란하게 달려온 경찰이 나를 회초리로 내려쳤습니다. 순간 나는 의식을 잃고 길바닥에 쓰러지고 말았습니다. 정신을 들고 눈을 떴을 때는 그 비싼 무는 두 동강이 나서 길바닥에 나뒹굴고 나의 밀짚모자도 찢어졌고 등에서는 붉은 피가 흐르고 있었습니다. 북받쳐 오르는 분노를 참을 수가 없었습니다. 그때 젊은 혈기는 무서운 절망의 나락으로 떨어지고 있었습니다. 눈앞에 저 푸른 바다가 나를 손짓하고 있었습니다. 나는 생과 사의 기로에서 눈물을 삼키며 고뇌했지요."

젊은 날의 애환은 길고도 깊었다. 나는 방송국의 부탁으로 숨은 이야기를 다 하고 보니 낯이 뜨거웠다. 후회스러웠다.

"자녀들은 몇 분이며 교육은 어떻게 시켰습니까?"

분위기를 바꾸려는 듯 다시 질문을 한다.

"두 아들과 다섯 손주가 있습니다. 가훈이라면 '바르고 부지런하고 시간을 아끼자.' 이것이 큰아이가 중학교에 들어갔을 때 학교에 제출한 것입니다. 이어서 '손을 게으르게 놀리는 자는 가난하게 되고 손이 부지런한 자는 부하게 되느니라.' 정애리의 성구 인용에 나는 전적으로 동의했다.

이런 내용의 대담으로 〈내가 매일 기쁘게〉 프로그램을 마칠 수 있었다. 세상에는 성공한 사람들이 많고 많은데 나 같은 사람마저 배려되어 부끄러울 뿐이다.

[2007. 5. 20.]

중문판 에세이집을 받던 날

성하의 짙은 녹음을 병풍 삼아 우뚝 솟은 타이베이의 G호텔, 아시아 각국의 대표가 방금 입장하며 들고 들어온 20여 나라의 국기가 컨벤션 홀 정면에 질서 정연하게 서 있다.

사회자의 개회선언으로 여러 나라 수백 명이 운집한 장내가 갑자기 숙연해진다. 주최측인 대만어와 영어로 동시에 진행된다.

아시아 이사장직을 맡은 나의 개회사가 시작되었다. 준비해간 영어 원고를 읽어 내려가다가 적당히 멈추면 그때마다 대만의 젊은 통역사가 옆에서 대만어로 통역한다. 일본어, 한국어는 뒤에 마련된 통역실에서 통역하면 회원들은 리시버로 듣고 있었다. 통역사는 미국에서 학위를 받고 귀국한 지 얼마되지 않는다고 했다. 나는 이미 연설문 영어 사본을 그에게 전해 주면서 나의 손놀림과 음량을 그대로 흉내 내 달라고까지 주문했다. 7~8분의 나의 인사말은 정한 시간 내에 무사히 마쳤다. 이번 대회는 제16차 대회는 싱가포르, 제17차로 타이베이에서 개최되고 있다.

청중에게 인사하고 단상에서 내려오려는데 대회장이 단상에 올라와 그 자리에 잠시 서 있으라고 한다. 손에는 커다란 책 한 권을 들고 있었다. 순간 나의 에세이집 ≪귀히 쓰이는 질그릇≫의 표지가 보였다. 2년 전 내가 쓴 에세이집을 대만어로 번역하고 이제 이 책의 저자인 나에게 증정하는 의식을 치를 모양이다. 실물 두 배 크기의 에세이 표지에는 손녀 정아가 그린 짙은 색감의 질그릇들이 한눈에 들어온다. 대만에 있는 어느 한국인선교사를 통해 나의 수기를 들어보고는 그 내용이 감동스러워 대만에 있는 전문직업인과 비즈니스맨들을 위해 대만어로 번역하기로 했고, 이렇게 출판하게 되었다면서 머리 숙인다. 순간 단상 단하 여기저기서 카메라 플래시가 번쩍였고, 천장의 커다란 조명도 나를 향해 집중한다. 그때 장내의 수많은 아시아 대표들이 일제히 일어나 기립 박수로 나를 축하해주고 있지 않는가.

예상치 못했던 깜짝 이벤트에 감격하여 목이 메어왔다. 나는 한 권의 큰 책을 증정받으며 그와 손을 잡고 허브로 답례를 했다. 순간 나는 이 부족한 에세이 한 권이 아시아 지역은 물론, 중국 본토인들에게까지 조용히 파고들어 그리스도의 사랑이 전해지기를 기원한다고 말했다. 그는 이어서 자신이 손수 그린 독수리가 비상하는 서예 한 점을 기념으로 건네주었다.

단상에서 내려와 자리에 앉았다. 그때 바로 옆에 앉은 아시아 부이사장인 대만 여사장 '수잔'은 나에게 손을 내밀며 수인사를 청한다. 물론 축하의 의미였다. 그리고 그녀는 의자를 끌어내 옆으로 다가와 앉으며 자기의 커다란 노트를 보여주는 것이 아닌가. 그 노트에는 나의 책을 읽고 감동 받은 내용을 깨알같이 써놓았다. 물론 중국어로 쓰여 있어 알 수는 없으나 이국인 사이에도 그 에세이 속의 현상화는 양국의 교량 역할을 충분히 하고 있었다. 그녀는 이번 중국어판 발행인으로서 다음과 같은 머리말 소감을 피력하여 놓았다.

이 책은 한 권의 감동집이다. 작가 김창송 이사장은 기업경영인이며 전도자이다. 생명으로 주님을 섬기는 모습이 드러나 있다. 김 이사장은 26년 전에 한국 CBMC에 가입하였고, 근 50년의 기업을 경영하면서 전 세계를 다녔다. 그는 스스로 질문하기를 "내가 아침기도회를 열심히 참석하지 않았다면 내가 지금의 이 자리에 서 있을 수 있었을까?" 그는 현재 고령의 나이로 한국 CBMC 중앙회장, CBMC 비전학교장을 역임하고 CBMC 아시아 이사장을 맡으면서 각 지역의 회의에 참석하여 격려하고 축하하고 도와주었다. 어디를 가든지 그들에게 생동감과 신선한 격려와 메시지를 전달했다. 그는 스스로 질문하기를 나는 일생에 어떤 발자국을 남겨야 하는가? 그래서 만나는 사람마다 하는 일마다 탁월한 안목과 마음에서 감동과 찬양이 흘러넘친다. 각 문장마다 독자에게 마치 춘풍에 목욕을 하고 비추는 거울과 같다. 진실한 기업가의 기업경영 이념과 세계관, 그리고 성경적인 진리의 가르침과 격려, 책 내용의 CBMC 사역의 성장과 역사 정신이념, 회원들의 간증, 김 이사장의 기록 승계를 통한 감동으로 우리에게는 같은 사명과 책임감을 느낀다. … 나는 교정을 위해 본서를 읽어 내려가면서 많은 감동 끝에 몇 번이나 눈물을 흘렸다. 다시 한번 하나님의 부르심에 대답하여 일어나 마음을 다지면서 나는 김 이사장을 향해 "당신은 진정으로 하나님이 귀히 쓰시는 그릇입니다."라고 말하고 싶다.

지난날 이 에세이집을 쓰면서 나 스스로 눈시울이 뜨거웠던 제목들을 다시 떠올렸다. 나라가 가난에 허덕이던 60년대 초반 대학 졸업의 학력도 묻어둔 채 앞다투어 서독 탄광으로, 여대생들은 간호사로 그야말로 생존을 위해 정든 집을 떠나야만 했다. 2~3천 미터 암흑 지하 갱 속에서 숨 가쁜 호흡으로 사투를 겪었는가 하면 젊은 여대생들은 간호사라는 이름뿐, 독일병원에서 온갖 궂은 허드렛일을 다하면서 피눈물로 모은 돈을 고향의 노모와 동생의 학비로 충당했다. 애증의 반세기의 세월이 화살같이 흘러간 지금 그들은 이국땅에서 고통을 디딤돌로 사업에 성공하여 입지전적인 인물들이 되었다. 대만 형제들은 이와 같은 대목에서도 분명 감동을 받았으리라 믿는다.

일주일 간의 화려한 대회를 마치고 우리 일행은 서울로 왔다. 사상 처음 한국어 CBMC 에세이집이 중국어로까지 번역된 축복을 앉아서만 바라볼 수 없다며 어느 날 63빌딩에서 오찬과 더불어 축하 모임을 다시 한번 가졌다. 나는 그 자리에서 감사의 인사와 더불어, 대만의 형제들이 이런 대목들에서 감동이 있었으리라 생각한다며 한 사건을 예로 들어 답사로 대신했다.

1·4 후퇴 당시 미 종군기자가 강원도 어느 산골짝을 지나오다가 길 한복판에서 한 젊은 여인의 죽음을 발견했다. 그런데 그녀의 가슴에는 갓난아기가 추위에 떨고 있었는데 여인은 자기 옷을 전부 벗어서 아기를 덮어주고 자기는 꽁꽁 얼어 죽어있었다는 것이다. 이것을 본 기자

는 불쌍히 여겨 인근 땅에 여인을 묻고 아기는 고아원에 맡겼다. 그 후 다시 한국에 나와 그 아기를 입양하여 미국에서 의과대학까지 졸업시켰다. 한국 고아 의사는 어머니 묘소를 찾게 되었는데 비로소 어머니에 대한 오해가 풀리며 불효를 뉘우치며 어머니 무덤 앞에서 엄동설한에 죽은 어머니가 그랬듯이 옷을 모두 벗고 그때 어머니의 추위를 몸으로 느끼며 눈물의 기도를 드렸다는 것이다.

대만과 한국 두 나라의 언어 풍속이 서로 다르지만, 우리의 지난 수 세기 동안의 수난의 세월은 다를 바 없다. 출판에 앞서 교정을 보았다는 젊은 한국인 L선교사는 자기도 몇 번이고 읽어가면서 지난날의 우리의 부모 세대들의 애환을 다시금 몸소 느꼈다고 소감을 쓰고 있다.

CBMC는 21세기 세계선교의 주역이 될 것이다. "주님께서 말씀하시기를 그러므로 너희는 가서 모든 족속으로 내 제자를 삼으라(마 28:19)"라시며 세계선교를 명령하였다. 그러나 시대의 변천을 거치면서 서서히 선교의 장벽과 한계를 부닥쳤는데 무엇인가 새로운 스타일과 돌파구가 필요함을 주장해왔다. 그래서 오늘날 CBMC의 이러한 사역은 활발하게 진행되고 있고 이미 전 세계로 확산되고 있음을 본다.

지난 4년간 아시아 이사장을 역임하면서 주를 위해 열심히 다녔던 각 나라의 제각기 다른 문화와 환경 속에서 보고 느끼고 경험한 이야기들을 진솔하게 기록하였다. 이 글은 CBMC 발전과정의 중요한 자료가 될 뿐만 아니라 하나님께서 역사하신 큰 은혜의 간증이 될 것이다. 금번에 ≪하나님이 귀히 쓰시는 질그릇(神重用的器皿)−將感動帶

進職場)≫이 중문으로 번역되어 나오게 된 것은 하나님의 아름다운 계획이 있음을 믿는다. 이 책을 통하여 대만은 물론이고 중국 대륙과 기타 세계에 CBMC 사역을 통하여 하나님께서 어떻게 복음의 문들을 열고 계시는지 알릴 수 있는 계기가 될 것이다. 그리고 바라기는 CBMC 사역이 더욱 확장되어서 세계 복음화의 사명에 담대하게 앞장서 주님의 마음에 기쁨이 되기를 바란다."

　인간의 시련 속의 애환이나 어버이에 대한 효행, 삶의 깊은 사유들은 이방인들과 서로가 다를지라도 저 좁은 길을 날마다 날마다 걸어가는 가시밭길은 매한가지다. 애증과 연단이 없는 삶은 평탄한 밝은 대로 같을지 모르나 그 요절의 길을 극복하고 저 끝자락에 닿는 그 순간은 인간의 참 삶의 희열을 맛보는 승리의 종착역이 아니던가. 이 작은 한 권의 책이 읽는 모든 아시아 형제들에게 잔잔한 울림을 준다면 이것이 바로 우리는 하나가 되는 길이라고 소원해본다. 모든 독자에게 신의 축복이 있기를 기원해 본다.

[2006. 12. 25.]

영혼이 담긴 가방

어제는 3·1절 기념행사가 광화문 네거리에서 있었다.

1919년, 서대문 형무소 담길 앞에서 태극기를 흔들며 분노한 하얀 치마저고리 백성들의 울부짖음이 하늘을 찔렀다.

오늘의 3·1운동 항일투쟁 정신과는 사연이 좀 다르지만 매해 이 날은 나로서는 잊을 수 없는 날이다. 3월 1일은 우리 회사 창립기념일과 오버랩되기 때문이다.

지난날 10년이란 세월을 내 집같이 출퇴근했던 회사가 갑자기 수출 부진으로 위기에 처하자 문을 닫게 되었다. 늦은 나이에 새 직장 취직은 힘들고 부득이 생전 처음으로 나의 회사를 세워보기로 했다. 신규 창업을 하려고 남대문 세무서에 개업신고서를 들고 가던 날이었다. 창구에 앉은 여직원이 "왜 오늘이 3월 2일인데 어제 날짜 3월 1일로 적었느냐"고 지적하면서 고쳐 써 오라며 신청서를 훌쩍 내던지는 것이 아닌가. 그때 나는 조그마한 창구에 입을 내밀며 이왕이면 항일 정신 같은 투쟁 정신으로 내 사업을 시작해 보고 싶어 3월 1일로 정했다고 대답했다. 순간 그녀는 어이가 없다는 듯 나를 훑어보더니 아무 말

없이 도장을 꽝하고 찍어 주었다.

　변변치 못한 퇴직금과 아무런 마음의 준비도 없이 '성원약품상사'라고 간판을 달았다. '궁하면 통한다.'고 했던가. 그때 문득 생각이 떠올랐다. 전직 회사에서 10년 동안 무역실무 부장으로 근무하면서 많은 신세를 졌던 국내외 사장들이나 실무 담당자들에게 나의 퇴직 사연과 재직 중에 입은 은혜에 감사하다는 편지를 직접 써 보냈다. 그리고 말미에 앞으로도 좋은 유대를 이어가자고 부언했다.

　그러던 어느 날 전혀 생각지 못했던 오사카 도쇼마찌에서 무역회사를 경영하는 대만 국적인 K사장에게서 우리 회사에서 한국 대리점을 할 뜻이 있느냐고 물어왔다. 나는 몇 번의 서신 교환 후에 최종적으로 '성원약품상사(成元藥品商社)'라는 상호를 지었다. 일본 남성무역(南星貿易)의 성(星) 자와 나의 전직 회사(信源貿易)의 원(源) 자를 따라 '성원'이라고 작명했다. 이리하여 드디어 일본과의 거래가 이루어졌다. 그로부터 반년 후에 처음으로 은행에서 수수료 8백 달러가 입금된 입금통장을 받았다. 이렇게 무역 중계로서의 수수료를 받기 시작했다.

　"존경하는 임직원 여러분, 오늘 이 아침 나는 지난 반세기 동안 여러분과 함께 몸담았던 일선 현장에서 물러나려고 합니다. 이제 드디어 차세대 여러분들이 이 회사의 주인공입니다. K.S.군에게 이 자리에서 그 징표로 나와 밤낮으로 그림자같이 동행해오던 나의 영혼이 담긴 낡은 가방을 그에게 넘겨주려고 합니다. 남들처럼 금은보화는 줄 수는 없으나 지구촌을 주야로 44회나 넘나들었고 그때마다 나의 분신처럼 함께 고생한 땀에 젖은 낡은 가방을 전달하고자 합니다. 이제 앞으로 우리 성원교역은 비장한 각오로 새로운 미래 100년을 향하여 도전하시기를 바랍니다. 차기 K.S.군은 올해로 30년 가까이 회사 영업부에서 이론과 실전을 몸으로 익혔다고 봅니다. 우리의 주요 거래처 ENIDIN 미국 본사에서 기술과 마케팅의 수련을 받았습니다. 그후 세계 경제 불확실 속에서 오늘에 이르렀습니다. 특히 IMF의 살벌한 현장에서 비즈니스의 냉혹함도 몸소 터득했으리라 믿습니다.

여러분이 아시다시피 IMF 때 우리 회사는 외화대금 미결재 상품이 부산 보세창고에 산더미같이 쌓여 있었습니다. 그뿐만 아니라 이미 판매한 상품의 미회수대금도 적지 않았습니다. 주로 구로공단에 있는 공장들이 주된 우리 고객임을 여러분이 더 잘 알 것입니다."

IMF로 인해 환율은 매일같이 천정부지로 오르고 있었다. 해외 거래처에서는 빚 독촉이 이만저만이 아니었다. 사무실에는 채권자들이 나를 기다리고 죽치고 있었다. 나는 밤을 하얗게 밝히고 아침에 일찍 미수금을 받으려 구로공단에 있는 채무회사로 출근했다. 예전에는 그렇게 활기차게 내뿜던 공장 굴뚝은 마치 초상집같이 음산하고 지나가는 차 한 대도 눈에 띄지 않았다. 새벽바람에 복덕방 영감네들만이 무슨 살길이라도 만난 듯 분주히 오고 갔다. 그야말로 죽음의 도시였다. 물론 우리 거래공장도 문이 잠기고 '매물'이라는 간판만이 크게 눈에 들어왔다. 죽음의 도시가 따로 없었다.

궁여지책으로 일본에 가는 길뿐이었다. 도쿄에 있는 회사가 제일 큰 채권회사였다. 그해 정초는 서울이나 도쿄는 영하 10도를 오르내리는 엄동설한이었다. 나는 니시긴좌에 있는 단골 호텔에 짐을 풀고 이튿날 아침에 교회로 나갔다. 지난날 자주 다녔던 곳이라 익숙했다. 그날따라 목사님의 설교가 내 가슴을 울렸다.

"마음과 뜻과 정성을 다하여 간구하면 반드시 주님은 이루어 주신다."라는 요지의 말씀이었다. 나는 한결 위로를 받았다. 밖으로 나오니 여전히 행인들로 붐빈다. 전날 밤에 폭설로 신칸센도 운행이 중지되었다. 그 넓은 길에 하얀 눈이 여기저기 산더미같이 쌓여 있는 눈길을 걸으면서 걱정과 시름뿐이었다. 내일 아침에는 새벽같이 거래처를 찾아가 어떻게 우리 회사 사정을 설명할지 암담하기만 하다. 밤길을 정처 없이 걸어도 답은 보이지 않았다. 호텔 방 창가에 앉아 밑을 내려다보니 함박눈이 부슬부슬 내린다. 만일 내일 회사에서 도와주지 않으면 우리는 파산하고 만다. 차라리 지금 저 눈 속에 뛰어내리면 그 고민은 잊을 것이 아닌가. 나는 막다른 길에서 한 치 앞이 보이지 않았다. 아, 어찌하면 좋을까, 막다른 골목에서 신이여!

"긴상 이야기를 듣고 보니 선금받지 않고 무리하게 일방적으로 선적한 우리도 책임이 있다. 내일 아침 긴급 이사회에서 논의한 후에 답을 주겠다."라고 채권회사의 대답이었다.

드디어 그 다음날 아침, 채권회사의 중역이 나에게 다가오며 말한다. "성원은 지난 수십 년간 단 한 번도 송금기일을 위반한 일이 없음을 참작하여 향후 5년 동안 분할로 회수하기로 했습니다. 다만 금리는 가산됩니다."라는 대답을 들을 수 있었다.

저 낡은 가방을 볼 때마다 지난날의 눈물의 흔적을 기억하라, 성원은 그야말로 무에서 유를 찾아 여기까지 왔다.

단 1분

나는 언제부터인가 시간에 관해선 인색한 편이었다. 그리하여 약속 시간이나 젊은이들에게 강의하기로 한 시간에는 단 1분의 오차도 없이 지키려고 노력한다. 그리하여 서점에 이따금 가면 시간에 관한 신간을 한 번씩 훑어보게 되는데 다양한 제목의 책이 즐비하다.

≪5분 관리≫ ≪아침조회 1분≫ ≪서서 회의하기≫ ≪1분 테크닉≫ ≪24시간관리≫ ≪여사원과 시간≫ ≪메모만이 시간관리다≫≪노후 인생시간관리≫ ≪흡혈귀를 퇴치하는 방법≫ 등 헤아릴 수 없도록 많다. 특히 일본서점에는 '최첨단 경영은 시간 경영'이라 하리만큼 경영자와 시간은 불가분의 관계임을 강조한 책들로 가득 차있다.

분명히 그 옛날 농촌에서 우리의 아버지들은 아침에 먼동이 트면 일어나 소를 몰고 밭으로 유유자적하며 나가던 한가롭던 그 시대는 이미 사라진 지 오래다. 오늘날은 흔히들 스피드 시대라고 하며 경영의 대부 '피터 드러커'가 쓴 책이 불티나게 팔리고 있다. 그 연유도 시간 관리를 효율적으로 해야 하는 내용을 강조했기 때문이다. 언젠가 ≪아침형 인간≫이란 제목의 책도 출간되면서 새벽 지하철이 그렇게 붐비기 시작했다고 한다. 지하철 교통카드 이용 건수가 새벽 5시에서 6시 사이가 30%가 높아졌고 다른 시간대(7시~9시)보다 3배 이상 늘었다고 한다. 이것 또한 오늘날 삶이 시간에 구속되어 있음의 징표가 아닐 수 없다.

인생 선배로서 삶의 덕담이라도 한마디해 달라고 나에게 부탁할 때면 나는 으레 딱딱하고 멋없는 '시간'에 관한 이야기를 꺼낸다. 특히 조직에 새로 몸담는 젊은이들에게는 통과의례 필수과목처럼 한마디 잊지 않는다. 이 사회생활의 기본이 되는 시간 관리에 대해서 어느 대학에서도 가르치지 않는다. 그런데 시간은 곧 삶이며 그 관리 여하에 따라 인생의 성공 여부, 삶의 참 의미가 바뀌는 절체절명의 요체이다.

한 여객기가 엔진 고장으로 추락하게 된다. 이때 5분 후면 추락한다는 기내방송이 끝나자 많은 승객이 떨리는 손으로 작은 쪽지에 가족에게 마지막 당부의 말을 쓰기 시작한다. 이것이 훗날 유족들에게 전해지면서 고인의 유서대로 열심히 살아서 자녀들은 유능한 사람들로 성장한다. 단 5분간의 아버지의 마지막 유언이 500시간의 교육보다 귀하다는 비유로 예를 들어 이야기하곤 한다. 그같이 귀한 시간 우리의 5분은 어디에 어떻게 투자되었는가 생각해 볼 문제다.

일본 고베에서는 지진 규모 7.3의 강진이 단 10초 동안 일어났다. 그중에서도 최초의 단 3초가 강진이어서 사망자 6,432명, 부상자 43,792명에 460,357의 가옥이 무너졌다고 한다. 이렇듯 3초라는 짧은 순간에 수많은 생명을 잃은 것이다. 단 1초의 위력이 새삼 확인된 사례다.

예전에는 한 시간 60분이 단위였다면 이제는 1분 단위, 1초 단위가 기준이 되고 있다. 육상선수는 1초, 2초 단축을 위해 1년 365일 뛰고 또 뛴다. ≪단 1분≫이란 제목의 책에서는 성공과 실패는 1분에 달려 있다고 하며 사람의 심장은 단 1분 동안에 60~80회 뛴다고 했다. 컴퓨터 자판을 잘 치면 1분에 400자 이상 치며, 강남역에서 역삼역까지 지하철은 단 1분 걸린다. 1분 동안 책을 소리 내어 읽으면 400~450자 읽는다. "그럼 지금 당신의 1분은~"이라며 흥미 있게 쓰여 있다.

나는 지난달 큰 대회를 주관했다. 세계 100개국 5천여 명의 참가 예상의 대형 집회에서 대회장이라는 막중한 책임을 맡았다. 그러나 이런 크고 작은 집회는 이미 여러 번 경험이 있는 터라 크게 두려움은 없었다. 다만 3박 4일 72시간의 분, 초 관리를 어떻게 틈새 없이 하느냐가 걱정이었다. 늘 겪는 일이지만 단상에서 순서 맡은 이들이 주어진 시간을 어떻게 지켜 주느냐가 염려되는 일이었다. 연사 대개가 약속 시간보다 늘어지기 때문이다. 그때마다 진행요원들은 '시간초과'라고 크게 쓴 표시를 연사의 앞에 가서 남몰래 흔들어 보인다.

대회 날 개막식이 임박했다. 대회 첫날 첫 시간 첫 단상에 등단하는 대회장에 대한 기대는 이만저만이 아니다. 그러나 나에게 주어진 대회사는 단 5분, 이 5분에 대회의 주제와 의미를 설명하고 끝으로 개회 선언을 선포해야 한다. 드디어 개회 시간이 다가왔다. 드라마의 한 장면 장면을 큐! 하듯이 젊은이의 안내를 받으며 단상 아래 어두운 대기장에 서서 신호를 기다린다. 순간 대형 스크린과 음향이 멈추고 그 밝은 조명마저 빛을 잃으니 회의장은 순간 캄캄한 터널 같다. 천지 사방이 암흑 속이다. 이벤트 담당자들이 대회의 무대효과를 극대화하기 위해 꾸민 수순이다. 바로 그때 나의 등을 누군가가 밀다시피 하며 단상으로 걸어 나가라고 한다.

나는 붉은 카페트가 곱게 깔린 계단을 밟으며 천천히 단상에 오른다. 순간 강한 스포트라이트가 나의 안면에 꽂히며 뜨거운 고온의 열기가 온몸을 덮는다. 순간 마치 벼락이라도 발등에 떨어진 것만 같았다. 하마터면 손으로 눈을 가리는 큰 실수를 할 뻔했다. 그러나 스스로 제어하며 태연히 걸어서 중앙 단상에 오르니 아직도 저 넓은 대회장은 정전된 체육관 같았다. 나는 언제나처럼 원고지를 조용히 스피치 대에 올려놓고 먼저 인사를 회중 앞에 드렸다. 박수 소리가 회의장을 메운다. 시간은 째깍째깍 흘러가고 있었다.

"존경하는 회원여러분~" 하고 첫마디를 떼면서 나는 늘 마이크의 볼륨을 탐색한다. 이것은 오랜 나의 습관이다. 그리고 주의사항을 점검한다. 먼저 세계 각국에서 이곳에 온 형제자매들에게 통역하는 통역사들을 배려해 천천히 말하기, 그리고는 주어진 시간 5분을 절대 유념해야 한다. 원고는 가능하면 보지 않고, 결미 부분에서는 숙연하면서도 열정적으로 하되 특히 끝으로 남북 이산의 아픔을 가라앉은 목소리로 호소하여 한국인의 애환을 전하기로 했다. 언제나 후회하는 일이지만 스피치는 나도 모르게 가속이 붙는 문제가 흠이었다. 그래서 원고지에 연필로 연하게 '천천히'라고 군데군데 써놓기도 한다. 그러나 대회사 말미 부분에서는 "동서 길이 155마일에 둘러쳐진 낡은 철조망을 거둬 낫과 호미를 만들어 이 땅을 젖과 꿀이 흐르는 가나안

땅으로 만듭시다.”라는 대목에서 청중들로부터 갑자기 박수가 터져 나온다. 그다음 두 차례 더 박수를 받고 대회사를 마쳤다.

예정 시간보다 길어진 것만 같았다. 결국 3분이 초과되었다. 역시 정한 시간 내에 마치는 일이란 쉬운 일이 아니다. 몇 번이고 반복된 사전연습이 필요하다. 이번에도 물론 예외는 아니다. 더욱이 외국인들에게 신선한 감동을 줘야 했기 때문이다. ‘단 1분’ 그것은 영원한 우리의 동반자다.

저자는 ‘지금 1분, 당신은 무엇을 하고 있는가. 흘려보내면 짧지만 집중하면 모든 것을 얻는다. 진정한 1분의 가치를 발견하라.’라고 오늘도 외치고 있다. 나는 초과된 3분은 그래도 분명 우리의 지난날 민족의 애환을 그린 값진 3분이 아니었나 자위해 본다.

한길에 동전이 떨어지는 소리에는 모두 귀가 솔깃할 것이나 1~2분 무의식중 흘러가는 일에는 아무도 눈여겨 챙기는 사람은 없는 것만 같다. 우리는 항상 사안의 우선순위에 시간도 작게 혹은 많게 배려해야만 하겠다. 언젠가 힘들게 중국 어느 집회에 갔을 때의 일이다. 순서지에 회장 인사가 10분이라고 적혀있었다. 마음속으로 준비하는데 사회자가 다가오더니 5분으로 짧게 부탁한다며 한마디하고 간다. 그저 멀리서 왔으니 할 수 없이 요식 행위로 인사만이라도 하라는 태도였다. 드디어 내 차례가 되어 단상에 오르려는데 어떤 젊은이가 뒤에 다가와 가급적 빨리 끝내 달라고 한다. 결국 그들의 요구라면 3분이면 족할 것이다. 과연 3분에 무슨 이야기를 할 것인가. 이른 새벽 서울에서 여기까지 비행기로 홍콩 경유 택시로 중국 남단 심천까지 들러온 시간을 다하면 12시간은 족히 된다. 그래도 이번 지방대회에 중앙회장에 대한 예우로 보더라도 못해도 10분 정도의 시간은 배려되어야 하는 것이 아닌가.

우리는 이처럼 스피드 시대에 살아가더라도 요건에 따라서는 그 효율을 올리는 데는 일에 한층 시간의 생산성을 염두에 두어야 하겠다. 어느 동시 통역자가 〈죽음의 7초〉란 글에서 7초 이상 통역 부스에서 침묵이 흐르면 모든 비난의 화살이 통역사에게 돌아온다고 했다. 그야말로 초 관리다. 아인슈타인의 상대성 원리는 바로 시간도 압축과 연장이 가능하다는 것이다.

애인을 기다리는 한 시간은 하루만 같다고 했다. 죽은 시간도 살려서 능동적인 시간 관리야말로 현대인들의 당면과제다. 무조건 절약만이 능사가 아니다. 시공(時空)을 잘 요리해야 하겠다. 나는 나만의 사유함이 고요히 다가오는 새벽 시간은 신이 베푼 꿀맛 같은 유일한 축복의 순간이다. 이 고요 속에 나는 오늘도 '단 1분'을 위해 무엇인가를 생각한다.

[2005. 9. 20.]

손녀의 꽃 향

아침 잠자리에서 눈을 뜬다.

순간 기다렸다는 듯 먼저 다가와 나를 반기는 것은 그윽한 꽃향기가 아침 문안을 한다. 그 하얀 난초 향은 손녀의 화혼을 축하하면서 어느 지인이 보내온 화초였다. 형상도 실체도 없는 향이 어찌 이리도 살갑게 다가오는 것일까. 간밤에도 눈 감기에 앞서 손녀의 결혼식 그날 그때 순간을 되새기며 잠들었기 때문일까.

코로나가 기승을 부리는 이즘 마스크로 입을 가린 하객들로 테이블마다 만석이다. 단상 단하 축하꽃 향들이 좌우로 사열이나 하듯 눈부시게 하객들을 향해 분사하니 잔칫집다웠다.

사회자가 '신랑 입장'이란 안내와 함께 투 스타 할아버지의 손자답게 늠름한 모습의 젊은이가 포부도 당당하게 들어선다. 이어서 '신부 입장'이라는 말이 떨어짐과 함께 손녀는 제 아버지의 손을 잡고 웨딩 선율에 사뿐사뿐 발을 맞춘다. 이때 하객들은 자리에서 일어나 기립 박수로 진정 어린 축하를 전한다. 아빠의 손을 잡은 손녀는 눈부신 하얀 드레스 속에서 미소를 지으며 아버지와 눈을 맞추며 앞으로 걸어

나온다. 내 손녀가 과연 저렇게 예뻤었나? 무슨 말로도 그려낼 수 없는 벅찬 순간이다.

단상에서 기다리는 신랑 또한 누구에게도 못지않은 맑은 표정이 너무도 마음 든든하다. 그때 그 순간 지난날 그녀가 태어나던 그 날의 감격이 주마등같이 스쳐 지나간다.

나는 30여 년 전 그날도 일본 북해도에 완구 수출계약으로 출장중에 있었다. "김상, 서울에서 손녀가 태어났다는 축하 전보가 막 도착했습니다. 그 회사의 사장이 전보를 내 앞에 내미는 것이 아닌가. 순간 나는 뜻밖에 기쁜 소식에 감격하며 그에게 머리 숙여 인사했다. 그날 즉시 일정을 앞당겨 내일 첫 비행기를 예약했다.

성직자 주례는 "오늘 신랑 신부가 만나게 된 것은 일찍이 하늘의 섭리이며 그들은 지난 몇 해 동안 교사로 함께 봉사하며 서로가 헌신하는 동안 오늘의 결실을 이루게 되었다."라고 했다.

손녀는 어려서부터 그림 솜씨가 있었다. 미국 고등학교 미술 경시대회에서 자화상 그림으로 골드 메달을 수상하기도 했다. 나는 마침 뉴욕 출장 중이어서 그의 시상식에 참여하여 너무도 자랑스러웠다. 맨해튼에 있는 카네기 홀에 그의 작은 코리안의 손으로 그린 큰 그림이 홀 한복판에 당당히 걸려있던 기쁨은 잊을 수가 없다. 보스턴에 있던 대학 기숙사에서 한밤중에 동료들이 잠든 시간에 홀로 앉아 어두운 복도에 불을 밝히고 침식을 잊고 그림에 몰두하며 그리던 그 열정, 그 집념은 누구도 감내하기 힘든 도전이었다.

귀국 후에는 전공한 추상화를 뒤로하고 뜻밖에도 조선 시대의 민화를 그리기 시작했다. 아무도 가지 않은 낯선 길이었다. 하나둘 학생들

가정을 찾아서 개별지도를 하는가 하면 때로는 한겨울 깊은 밤도 마다 않고 시간과의 싸움을 했다.

어느 날 갑자기 '컬러링미'라는 상호로 창업을 하고 여성 CEO로 인터넷으로 홍보하며 동분서주했다. 나도 한때 그녀의 그림 교실에 등록하고 공부하며 힐링을 했다. 어린이뿐만 아니라 인지 능력 활성화로 시니어들에게 안성맞춤이었다.

'컬러링 북' 교재를 출간하더니 이것이 서점가에서 베스트 셀러가 되며 그 이름이 점차 알려지며 출판계에서도 관심을 가지게 되었다. 더욱이 유학 중 숙련된 어학 실력으로 외국인은행 행원들에게 코리아 아트와 히스토리에 대해서 강의도 하였다. 한편 한국무역협회 추천으로 세계 핸드메이드 전시회에 코리아를 대표하여 뉴욕 박람회에 선발되어 참여하기도 했다. 그 후 어느 날은 방송에도 나가는가 하면 코리아헤럴드 영자 신문에도 사진과 함께 한국 고전 문화 홍보에도 기여한 바 있다. 최근에는 해외 한국 문화원에 그녀의 책이 홍보용으로 선정되는가 하면 미국 대형 북 스토아 아마존에도 입성되기도 했다.

이제 희망찬 새 가정에도 오늘의 꽃 향이 영원한 기쁨으로 안착되기를 기원해 본다. 신랑도 어느 탤런트 못지 않다며 부러운 눈으로 하객들은 아낌없는 박수를 보내고 있었다. 오늘 한 쌍의 신랑 신부는 더 많은 큰 꿈을 지니며 살아갈 것이다.

오늘 밤도 손녀의 꽃 향은 우리의 침실을 보듬어 줄 것이다.

[문학공간 2018.]

손자의 퇴역증(退役證)

　가족과의 회식 자리였다. 오늘은 손자 성민이가 지난 20여 개월의 군대 생활을 무사히 마친 축하의 자리였다. 짧은 머리에 아직도 앳된 모습의 주인공이 한가운데 앉고 우리 내외와 아범 내외, 제 누나가 함께하는 오붓한 자리다.

　먼저 그동안 수고했다며 손자의 손을 잡고 힘껏 흔들었다. 순간 손자가 입영하던 날이 아스라이 떠올랐다. 그날은 무더운 한여름 8월 초하루였다. 몇십 년만의 더위라고 했다. 다른 젊은이들 속에 무리 지어 연병장에 들어가던, 반바지에 짧은 머리, 상기된 붉은 얼굴, 약간은 겁먹은 듯한 웃음을 띠며 손을 흔들던 손자의 모습을 멀리서 바라며 나도 모르게 눈가가 뜨거워졌다. 바람 한 점 없는 논산훈련소의 썰렁한 하늘이 왠지 서럽기만 했다.

　그 후 이따금 들려오는 소식은 생전 처음 듣는 기상나팔 소리, 찜통 같은 병영 생활, 선풍기 바람도 그립다는 소리에 나는 그저 침묵으로 지켜만 보았다. 한밤중의 보초, 중무장한 야간 훈련, 무사히 논산 생활을 마치고 각 부대로 배속되는 날 전역하는 행사를 보러 우리가 논산에 갔다.

육군 이등병 까만 눈썹 같은 계급장이 달린 베레모를 쓰고 푸른 군복에 모자 위에 손을 들어 거수경례하며 달라진 모습, 내 손자가 달나라에서 온 것만 같이 늠름했다.

"네, 그렇습니다. 네, 네, 네."라며 새로운 어법이 절제된 말투가 평소와 달랐다. 군인이 아니라 어느 인간 개조의 공장에서 재생산된 것 같기만 했다. 이렇게 회고하며 지난날의 아픔을 되새겨 본다.

제 위로 두 누나의 사랑을 받으며 자라서일까. 너무도 착하고 욕심 없이 곱게만 커 왔던 손자다. '앞으로 험한 세상 살아가는 데 악착스럽고 모진 데도 있어야 하는데….'라고 할아버지의 노파심이 없었던 것은 아니었다.

그런데 자기도 아버지처럼 군대에 간다기에 내심 얼마나 다행이라 생각하고는 "그래, 잘했다. 너는 온실 같은 곳에서 너무 무난하게 컸다. 세상 경험도 먼 훗날 너의 삶의 밑거름이 될 것이다."라고 격려했다. "젊은 날의 고생은 금을 주고도 못 산다. 눈물을 모르는 자와는 인생을 논하지 마라."면서 또 잔소리로 들릴 말을 해주었다.

통역병을 지원하여 치른 시험에 합격하였다.

어느 날, 미국 장교의 통역을 처음 했는데 상관이 "왜 그렇게 더듬거리느냐"며 호통을 쳐서 자기도 모르게 눈물이 났다. 사전에 원고를 주었으면 공부를 했을 터인데 아닌 밤중에 불쑥 나서서 하라고 하니 너무도 당황하고 떨려서 제대로 아는 말도 못 했다면서 분하다고 했다. 또 기쁜 일도 있었는데 〈국방일보〉에서 독립투사 최재형 선생의 일대기를 연재한 후 독후감 모집이 있었다. 독후감을 투고하여 뜻밖에도 우수상을 받았다. 훗날 글을 읽어 보았다.

나는 깜짝 놀랐다. 그 문장력이며 구성이 여간 세련된 것이 아니었다. 그뿐만 아니라 선조들이 나라를 찾아 안중근 의사처럼 희생한 우리나라 최재형 독립투사를 비로소 알게 되었으며 국방의 의무가 이렇게 중요함도 깨달았다고 했다.

전역증에는 군번, 성명, 전문 자격(영어), 입대 일자, 복무 개월(1년 8개월 25일), 최종 근무 부대, 계급 등 이렇게 진급, 계급 등 사항이 상세히 명기되어 있었다. 육군참모총장의 신분증이 자랑스럽다. 손자는 2년이란 시간을 나라를 위해 바쳤다. 아니 자기의 인생 예행 연습을 했다. 부모의 고마움도 몸으로 터득했을 것이다.

나는 요즈음 멀리 떨어져 있는 손주들에게 주초마다 카톡으로 문자를 주고받는다.

지난주에는 15번째 글을 보냈다. "어려서 고생하면 부귀다남(富貴多男)한다." 나이 젊어서 고생하면 나중에는 훌륭하게 되어 잘살게 된다는 말, "초년고생은 은(銀)을 주고도 산다."라는 말…. 손주 다섯이 제각기 한마디씩 문자가 왔다.

"박수, 박수." 하며 토끼가 재롱을 떠는 그림을 LA 막내가 보냈는가 하면, "항상 좋은 말씀을 보내 주어 고맙습니다."라고 보스턴의 성준이도 어른스럽게 답을 보내오기도 했다. 성민이만은 기다란 댓글이 화면을 꽉 채웠다.

"안녕하세요. 이번 말씀은 저를 포함해서 정성 클럽을 위해 정말 적절한 말씀인 듯합니다. 할아버지께서 젊었을 때 그만큼의 노력을 하셨기 때문에 저희가 오늘 이렇게 즐겁게 하루를 보낼 수 있고, 우리의

성공적인 미래를 위해 지혜를 전해주셔서 감사하고 이번 주 또 큰 자
극을 받고 열심히 살겠습니다."

　명함 크기의 작은 퇴역증을 가슴에 품고 다니는 우리 손자, 성큼 어
른이 된 우리 손자, 다시 이날 아침 되새겨 보며 할아버지는 천하를
얻은 것만 같다.

[≪세월, 시간을 먹다≫ 제 23집 수록(2018.)]

녹슨 철모

오늘은 6월 6일 현충일이다. 나는 이슬비를 맞으며 이곳을 찾았다. 돌비석들 곁에는 향기 짙은 하얀 조화들이 꽃동산을 이루고 있다. 고인들의 위패가 빼곡히 쓰여 있어 그 망자들의 혈연들이 찾아와 놓고 간 애도의 흔적들이다. 나는 독립투사 최재형 선생의 유족은 아니지만, 선생을 흠모하는 한 사람으로 이 아침 이곳에 홀로 찾아왔다. 더욱이 고인은 저 멀리 시베리아 이국땅에서 순국하셨기에 이 땅에는 연고자가 없다.

검은 돌비석에 하얗게 새겨진 부부 최재형, 최엘리나 위패를 살며시 보듬으며 하얀 국화꽃을 올리고 머리 숙여 묵념을 올렸다. 공허한 심정으로 뒤돌아서서 내려오려는데 바로 옆에 무명용사 위령탑이 하늘을 찌르듯 외롭게 서 있다. 이 조국의 오늘이 있기까지 그 소중한 목숨을 나라 수호를 위해 바치신 이름 없는 무명용사들을 기리는 충혼탑이다. 나는 그 탑 앞을 지나칠 수가 없었다. 몇 장의 사진을 담았다. 그리고 지난날을 회고했다.

사촌 형은 해방 직후 이북 땅 평양신학대학을 다니던 학생이었다.

2학년에 올라갔을 때 25살 나이였다. 고향 집으로 내려갈 수도 있었으나 기숙사 보조교사로 학비를 벌고 있었다. UN군이 인민군을 격퇴하고 국군이 평양 시내에 입성했을 때였다. 형은 같은 반 친구들과 함께 국군에 자진 입대하여 전쟁 통에 대한민국 국군 이등병이 되었다. 교복 대신 군복으로 갈아입자 바로 당일 대동강변에서 시가전이 벌어졌다. 총 한 방도 쏴 보지도 못한 채 실전에 투입되었다. 전황이 급히 돌고 있을 때였다. 이어서 국군이 승승장구하여 계속 압록강까지 진격하다가 예상치 않게 중공군이 갑자기 인해전술로 반격해 왔다. 적군에 밀리며 아군은 남쪽으로 후퇴해야만 했다. 형의 부대도 싸움 한 번 제대로 못 하고 후퇴하기 시작하였다. 날이 어두워지면서 적군의 패잔병들이 갑자기 습격해 왔다. 형은 그때 막사 앞에서 보초를 서고 있었는데 뜻밖에 총소리가 나더니 동시에 적군의 수류탄이 형의 발 앞에 떨어지면서 폭발했다. 수류탄의 폭발 소리와 함께 동료들이 비명을 지르며 하나둘씩 쓰러져 죽어 갔다. 형의 눈앞에서 번개 치듯 번쩍이더니 수류탄 파편이 두 눈과 얼굴과 온몸에 박혔다. 아비규환이었다. 야간 교전이 벌어졌다.

형은 그 순간 의식을 잃고 쓰러져 버렸다. 얼마나 많은 시간이 흘렀는지 알 수가 없었다. 그 후 후방 부대로 후송되었다. 당시 형의 기억으로는 두세 군데 낯선 지역으로 후송되고 끝으로 정착된 곳이 부산 영도 육군병원이었다. 얼굴은 물론 가슴 한복판, 심지어 허벅지까지 붕대로 둘둘 말았으니 마치 죽은 송장같이 꼼짝할 수가 없었다. 그러나 살아 있다는 것이 기적이었다. 젊은 날 장차 목회자가 되겠다던 그였기에 그저 병상에서 하나님만 찾았다. "구사일생으로 살려주신 것

감사합니다. 그러나 일가친척이 없는 이 남한 땅에서 홀로 어떻게 살아가야 합니까. 앞길을 열어 주시옵소서."

그러던 어느 날이었다. 고향 마을의 목사님이 병원으로 찾아온 것이다. 그분은 바로 형을 평양신학교에 추천한 우리 고향 마을 어른이셨다. 그는 6·25 발발 전에 월남하여 남한에서 목회하고 계셨다. 어느 날 이북 오도청 사무실을 찾아가 월남한 피란민 중에서 혹시 동향 사람이 있을까 하고 열람을 하던 중 형의 이름을 발견했다고 했다. 그야말로 기도의 응답이라 했다.

이렇게 이 땅의 최남단 부산 육군병원에서 사제지간의 눈물의 상봉이 이루어진 것이다. 그러나 형은 실낱같은 목숨만 붙어있을 뿐 앙상한 뼈에 두 눈 속에 수류탄 파편이 여기저기 박혀 있어서 검은 안경을 쓰고 있었다. 일어설 수도 없는 중환자였다. 목사님은 나의 부친은 물론 우리 집안하고는 각별히 다정한 친척 같은 분이다. 목사님은 부산에 있는 옛 대학 동문 목사들을 찾아다니며 형의 후원을 요청했다. 형은 오랜 병원 생활을 마치고 구사일생으로 드디어 휠체어를 타고 상이군인 신분으로 명예 제대하게 되었다. 다 마치지 못한 신학 공부를 계속해야 하고 또한 가장으로 생계도 유지하려니 얼마나 버거운 삶이었겠는가. 끝내 몇 해 후 철부지 어린 두 딸을 남기고 일찍이 이승을 뜨셨다. 그의 일생은 이렇게 막을 내렸다.

이 아침 동생인 내가 어찌 무명용사 현충탑 앞을 그냥 지나칠 수 있겠는가. 대한민국 육군 이병으로 전사했으나 그 기록이란 아무것도 없다. 군번이나 제대증이라도 있었을 것인데 지금은 그 흔적으로 남은 것이 아무것도 없다. 전쟁 외중에 전사자 통계가 불가능했다. 이

나라 난리 통에 수많은 이 땅의 젊은이들이 사촌 형처럼 죽어 갔다. 현충원 이곳저곳에는 유해 발굴 안내소와 DNA 분석 등 하얀 천막 속에 젊은 군인들이 분주히 무엇인가 찾고 있었다. 바로 우리 형 같은 무명용사를 발굴한다고 했다.

현충원 뜰에는 이슬비가 조용히 내린다. 하늘도 슬퍼하고 있다. 이렇게 실향민 우리 가족은 눈물 마를 날이 없다. 올가을에는 수목장 속에 잠든 형을 다시 찾아가 지난 세월을 다시 한번 새겨 보련다. 먹구름이 몰려온다. 빗방울이 굵어지고 있다. 형, 형! 편히 잠드소서, 이승의 걱정일랑 다 잊으시고.

현충일 아침 이슬비 부슬부슬/ 무명용사 기념탑 외로이 봄비 맞는데/ 조문객은 넘치는데 녹슨 철모는 우산도 없구나.// 젊은 날 우리 형은 사각모 던지고 총칼 들고/ 평양 시가전 싸움터에 몸을 던진 정의의 사나이/ 적의 수류탄이 가슴을 덮쳐 실명된 당신// 분노에 찬 육군 이등병 중환자 트럭에 실려/ 후방 병원으로 남으로 남으로 고향땅 아스라이/ 실오리 생명줄 바람에 날려 그 한목숨 건지셨지.// 영도다리 건너 육군 보훈병원 중환자 집합실/ 군번 없는 목사 지망생 저 하늘 구름만 쫓다가/ 녹슨 철모만 남기고 어느 날 이른 새벽 뜨셨지요.

– 〈녹슨 철모〉 전문

[《찬란히 빛나던 그 계절》 2019. 한국수필가연대 제24집 2019.]

코레아의 딸

밤새 끔찍한 일이 벌어졌다. 나의 손주같은 또래 나이의 꽃다운 젊은이들이 참사를 당했다는 비참한 소식이다. 이 나이 되도록 살아 오는 동안 동서고금 어디에서도 찾아볼 수 없는 천인공노할 충격적인 사건이다.

지난 삼 년 동안 코로나19로 젊은이들이 트라우마에 짓눌려 웃음 한번 크게 소리 내지도 못하던 참이었다. 황급히 두 아들네 집에 손자들의 소재를 확인했다. 그들은 집에 다 있으니 안심하라고 한다. 한숨 돌리며 마루에 앉아 조간신문을 펼치고 있는데 갑자기 전화벨이 요란하게 울린다.

아비로부터 전화다. 둘째딸 그레이스가 뉴욕 컬럼비아 대학원에 합격했다는 뜻밖의 전갈이다. 나는 예상치 못한 낭보에 어찌 몸둘 바를 몰랐다. 연이어서 나의 핸드폰이 울어댄다. "할아버지! 저에요 컬럼비아대학원에서 합격 통지가 지금 막 왔어요. 할아버지 기도 덕분이지요."

사실 둘째 손녀는 자라면서 남다른 데가 있었다.

언젠가는 제 작은 꿈이 이루어지리라 믿었다. 그녀는 아비가 유학을 워싱턴에서 마치고 우리 회사의 미국 거래처에서 경영 수업을 받을 때 태어났다. 따라서 이름도 미국명 그레이스로 출생 신고를 했다. 중학교와 고등학교, 대학도 미국에서 다녔다. 손녀가 다닌 반테빌트 대학은 철도 왕이, 카네기대학은 철광 왕이 지었다는 명문대학에 합격을 한 것이다. 대통령 영부인들을 많이 배출한 전통 있는 학교이다.

손녀는 대학 졸업 후 취직해야 하는데 마침 오바마 행정부에서 뽑는 공무원 시험이 있었다. 말할 것 없이 이곳에 합격하기는 하늘의 별 따기였다. 세계의 젊은이들이라면 누구나 한 번쯤은 도전해 보는 곳이었다. 무조건 도전해보는 모험한 것이다. 필기시험에 합격하고 면접을 보는 데까지 무려 반 년이란 세월이 소요되었다.

이번 뉴욕 컬럼비아대학원 합격도 지난 2월에 필기시험 후 면접시험 받고 합격하기까지 8개월이나 걸렸다고 한다.

손녀는 부전공으로 중국어를 택했다. 어느날 인터넷 광고를 보았다. 중국 베이징 소재 영어교사 하계강습소에서 원어민 영어선생을 초대하여 발음 교정을 받고자 한다는 것이었다. 지체없이 응시하였더니 초청장을 바로 받았다. 베이징 공항에 정시에 도착했으나 마중 나온 사람이 아무도 없었다. 날이 어두워지자 당황하여 제 아비에게 전화했다. 마침 아범도 그곳에 출장 중이어서 위기를 넘겼다. 그런데 알고 보니 그 학교에서도 "두 선생은 꽃다발을 들고 몇 시간이나 대합실에서 기다려도 보이지 않아 못 온 줄로 알고 돌아가고 말았다."고 했다. 키큰 미국인 여성만 찾았다는 것이었다. 차마 한국인 어린 처녀가 원어민 선생으로 오리라고는 꿈에도 생각지 못했다며 백 번 사죄한다고 했다.

미국의 행정부 안에서 공무원 생활을 하면서도 주말이면 직장 동료들과 함께 이웃돕기 운동을 했다. 많은 나라의 친구들을 사귀며 봉사도 한다. 이것이 훗날 큰 재산이 될 것이라고 했다. 내가 관계한 항일독립투사 최재형선생 기념사업회에도 호기심을 가지더니 짬짬이 고려인 대학생들과 어느새 친구가 되어있었다.

컬럼비아대학은 1754년의 역사와 3명의 미국 대통령, 101명의 노벨상 수상자를 배출한 세계적인 뛰어난 수재들로만 모인 곳이다.

이곳 대학 커리큘럼은 대학 글쓰기가 필수이며 문학, 철학, 예술 등 다양한 분야에서 소양을 갖춘 교양인을 양성하는 것을 목표로 한다고 기록되어 있다.

다시 한번 축하한다.
너는 진정 Korea의 딸이라 불러본다.
KOREA의 미래는 너희들의 것이다.

지금은 때가 아니야

어느 분의 수필을 읽다가 한 대목이 내 시선을 끌었다. "영국 왕실은 햄릿의 연기를 잘 소화해 낸 배우 로렌스 올리비에게 작위를 내려 '서(Sir)'라는 경칭이 붙게 하였다."는 바로 그 문장이었다. 그런데 이 '서'라는 낱말을 대하는 순간 나에게는 연상되는 한 일화가 떠올랐다.

지난날 미 대륙에서 흑백 갈등이 기승을 부릴 때의 일이다. 한낮에 거리를 활보하던 백인 젊은이들이 흑인 노인에게 길을 물었다. 노인은 하던 일을 멈추고 자세히 그리고 친절히 가르쳐 주었다. 그러나 이야기를 다 듣고 난 한 젊은이가 느닷없이 노인의 뺨을 때렸다. 미천한 흑인이 백인에게 '서'라는 존칭을 붙이지 않았다는 것이다. 마침 옆에서 이 모습을 지켜보고 있던 아들이 울분을 참을 수 없어 그들에게 대들려고 하니 길에 쓰러져 피를 흘리고 있던 아버지가 아들을 붙잡고 이렇게 말했다.

"안 돼. 지금은 싸울 때가 아니다. 참아라, 참아야 한다."

북받쳐 오르는 억울함을 누를 길이 없는 아들은 그 자리에서 괴롭게 소리를 지르며 미친 듯이 벌판으로 내달렸다. 그는 그날 밤 교회의 십자가 앞에 엎드려 "어찌하여 나를 저주받는 흑인의 아들로 태어나게 했습니까" 하고 창조주에게 원망을 하며 흐느끼고 있었다. 이때 그의 등 뒤에서 낮은 음성이 들려왔다.

"사랑하는 내 아들아, 너는 먼 훗날 반드시 백인보다 나은 흑인이 될 것이다. 그 때가 바로 네가 이기는 때다. 그러나 지금은 그 때가 아니야."

아버지의 부드럽고도 근엄한 타이름과 함께 흑인 부자(父子)는 부둥켜안고 눈물로 밤을 지새웠다. 그 아들이 나중에 세계적인 가수가 된 낫 킹 콜이다. 그는 훗날 카네기홀에서 그리고 링컨센터 같은 훌륭한 음악의 전당에서 수없이 노래를 불렀다. 지난날의 잊지 못할 설움을 한풀이나 하듯이. 그때마다 그는 많은 백인 청중들을 감동시켰고, 그칠 줄 모르는 열광의 박수 소리는 장내를 뒤흔들었다. 아버지가 말씀하신 '그 때'가 그에게 찾아온 것이다.

사람의 한평생은 고해(苦海) 같다고 한다. 그리고 그 일생은 마라톤 같이 힘겨운 달리기에 비유되기도 한다. 그렇다면 어느 누구도 이 가시밭 같은 인생길을 건너뛰어 갈 수는 없는 일이지 않겠는가. 세상살이를 하면서 사람들은 누구나 크고 작은 아픈 사연들을 간직하고 살아가게 마련이다. 어찌 명성 높은 저 유명가수에 비할까마는 나도 예외일 수는 없었다.

그러니까 피난 시절, 너나 할 것 없이 모두 가난과 싸울 때였다. 급한 학비라도 손에 쥐려면 공사판에 나가 하루 품팔이를 하는 것이 그래도 가장 손쉬웠던 시절이었다. 어느 날 이른 아침, 나는 모래를 담은 지게를 지고 흔들리는 사다리를 조심조심 밟으며 옥상으로 올라가고 있었다. 그런데 그때 갑자기 뜨거운 물이 확 하고 얼굴에 와 닿았다. 깜짝 놀라 머리를 들고 올려다보니 다방 창가에서 넥타이를 맨 한 신사가 한 손에 찻잔을 들고 나를 내려다보고 있는 게 아닌가. 참으로 어처구니가 없었다. 나는 떨리는 몸으로 그 사람을 뚫어지게 쳐다보며 분을 삭히느라 애를 썼다. 바로 그때 사다리 위에서 멈칫거리고 있는 나를 올려다보던 험상궂은 현장 감독이 불호령을 내렸다. "젊은 놈이 그까짓 모래 지게가 뭐 그리 무거워 비실대느냐. 그러려면 내일부터는 나오지도 말아라." 위아래에서 한꺼번에 몰아붙이는 비정한 협공(挾攻)에 나는 어찌할 바를 몰랐다.

얼굴에는 구정물인지 분노의 눈물인지 모를 것이 마구 흘러내렸다. 흙이 묻은 손으로 훔치고 또 훔쳐도 그칠 줄을 몰랐다. 젊은 혈기로 충전했던 그 시절에 나는 삶 자체를 얼마나 저주했는지 모른다. 그러나 오늘이 있기까지 나를 지켜온 것은 바로 그날 그때 참음의 가르침을 잊지 않았기 때문은 아닐까 하는 생각이 들 때가 많다.

조용히 낫 킹 콜의 테이프를 틀어 본다. 잔잔히 가라앉은 목소리, 애수에 젖은 듯한 그 호소력, 마치 고통받는 사람들에게 삶의 희망을 심어주는 것 같은 음색이다. 어느 음악평론가는 〈낫 킹 콜의 감춰진 메시지〉라는 글에서 "… 그는 음악이란 도구로써 인종 간의 장벽을 여지없이 허물어 버렸다."고 썼다. 그의 노래 앞에는 백인과 흑인이 따로 없다. 그는 진정으로 노래로써 모든 이의 사랑과 존경을 받는 '서'가 된 것이다.

낫 킹 콜은 오래전에 이승을 뜨고 없지만, "지금은 때가 아니야" 하고 피 흘리며 애원하던 그의 아버지의 정신은 이제 손녀에게까지 전해 내려오는 것 같다. 손녀 나탈리 콜이 두툼한 입술로 부르는 노래는 아버지의 애조 띤 음색과 너무도 닮았다.

그래서인지 요즘 그의 노래가 젊은이들의 사랑을 독차지하고 있다고 한다. 나는 오늘도 낫 킹 콜의 감미로운 노래를 들으며 울분과 설움을 감미로움으로 승화시킨 한 인간의 위대한 정신과 만난다.

[1998. 4.]

어느 실향민의 기도

모처럼 임진각을 찾았다. 녹슨 기관차를 보는 순간 섬뜩한 마음에 발을 뗄 수가 없다. 지나간 긴긴 세월 풍상에 녹슨 검푸른 페인트가 을씨년스럽다. 허리 잘린 임진각 다리 위에는 그날 그때의 마지막 기적소리도 들리고 있는 것만 같다.

"1,020여 개의 총탄 자국과 휘어진 바퀴는 참으로 참혹했다. … 군수 물자를 싣고 개성에서 평양으로 가던 중, 중공군의 개입으로 한포역에서 후진하여 장단역에 도착했을 때 이렇게 파괴되었다…."

구사일생으로 겨우 살아나신 어느 한 증기 기관사의 마지막 말이었다.

포연에 뒤덮인 그 날도 이렇게 바람이 세차게 불었을 것이다. 아내와 함께 찾아간 이 날은 석가탄신일이었다. 그날은 나의 어머니의 생신날이기도 했다. 올해로 어언 60주기가 되는 날이다.

북녘에 고향을 둔 실향민으로 나는 아내와 더불어 성묘는 할 수가 없으나 북녘 하늘이 한 치라도 더 가까운 임진강변 망향대만이라도 찾아가야 자식의 도리라고 여겼다.

두 동강이 난 철교 다리 기둥에는 철새 한 쌍이 우리를 측은히 바라보고 있었다. 다리 난간에는 그때 그날 적탄에 맞았던 총알 자국이 여기저기 가슴을 먹먹하게 한다. 마치 우박 맞은 지붕 같았다. 움푹 파인 그 총알 흔적은 붉은색으로 동그랗게 칠해 놓고 있었다. 전시실 창밖에는 검푸른 임진강물이 말없이 흐르고 있었다. 녹슨 철조망으로 에워싸인 오른쪽 울타리에는 격전의 현장에서 전사한 장병들의 혼백을 기리는 노란 리본들이 바람에 쓸쓸히 흔들리고 있었다.

　　오십 년 끊긴 안부가/ 바람으로 서 있다./ -중략- / 망향의 아픈 구비/ 얼마를 울었을까/ -중략- / 반백 년 침묵 속에/ 한 맺힌 임진강아./ -중략- / 그 언제 사랑하는 사람과/ 고향땅을 밟을까.

　어느 실향민의 애절한 시어였다. 우리는 다리 아래 벤치에 앉아 멍하니 북녘 산을 바라본다. 앙증맞은 작은 연못가에 철쭉꽃들이 아련하다. 어느덧 나의 피난살이도 저 강물같이 흐르고 흘러 이제는 아스라하기만 하다. 긴 탄식이 절로 난다. 어느새 세월의 끝자락에 앉아 있는 백발의 나를 돌아본다. 저 녹슨 기관차가 다시 새로 단장되어 기적 소리도 요란히 옛길을 찾아갈, 그날은 언제쯤일까. 기다리다 지쳐 살아생전에는 그 꿈마저 접어야 할 것만 같다. 두만강변 어느 하늘 아래 잠드신 우리 어머님, 따스한 봄날에 당신은 이 땅에 오셨으나 그 흔한 환갑상도 마다하시고 반백년 전 이런 봄날에 쓸쓸히 이승을 떠나셨다. 자식 여의고 살아가시기가 그렇게도 힘겨웠습니까. 이제는 저 천상에서나 뵐 것 같습니다.

강 건너에서 참새 떼들이 재잘거리더니 이곳으로 무리 지어 날아온다. 훨훨 남북을 오가는 저 철새들마저 부럽기만 하다. 이때 어머니의 영혼인 양 하얀 두루미 한 마리가 너울너울 이곳으로 다가와 앉는다. 기억조차 암울한 너무도 녹슨 세월이었다.

뒤돌아서서 내려오는 길섶에는 어린 뽕나무 한 그루가 아련히 서 있다. "DMZ 안에 방치되어 있던 증기 기관차 위에 뽕나무 한 그루가 살아 있던 것을 이곳으로 옮겨 심게 되었습니다." 어느 실향민의 애절한 글귀가 눈길을 끈다.

지구촌의 형제들이 자유 그 말 한마디를 지키고자 말없이 죽어 간 이곳 임진강 변에서 작은 한 그루의 뽕나무는 외롭기만 하다. 이제 우리 민족은 그 아픔을 뒤로 잿더미 속에서 이 한 그루의 뽕나무처럼 다시 피어날 것이다. 우리는 내일도 모레도 그날을 위해 앞만 보며 열심히 달려가련다.

천상에 계시는 우리 어머님, 못다 한 아들의 이야기가 저 하늘에 닿도록 태산같이 많이 쌓여 있습니다. 구사일생으로 살아난 저 작은 뽕나무같이 끈질긴 기백으로 저도 살아갈 것입니다. 북녘으로 가는 기적 소리를 그 언젠가는 들어볼 것을 그리며 그날까지 자녀손들을 앞세우고 땀 흘리며 살아갈 것입니다. 돌아오는 길 강가의 억새 바람은 유달리 우리를 따라오는 것만 같았다.

[월간 문학공간 통권 362호, 2020. 1.]

한국수입협회에 관한 감회

발기인은 물론 임직원 모두가 감격의 환호를 올렸다.

회장단을 비롯하여 모두가 하나가 되어 새집을 짓기 시작했다.

그 후 어느 해인가 새해 총회 자리에서 "우리 협회에도 연수원을 만들어 교육 프로그램을 진행하면 어떠한가?"라고 제안을 했다. 그때 사회자가 좌중에 물어보니 만장일치로 가결되었다. 그 후 임원회에서 당일 제안자인 내가 그 원장직을 맡는 것이 좋다고 하여 이 또한 가결이 되었다. 그 당시 나는 한국능률협회, 한국생산성본부, 한국무역협회 등에서 실시하는 아침 경영자 조찬회에 다니고 있었다.

우리 협회의 연수원은 선발 연수원보다 더욱 생산적이고 격상된 알찬 내용으로 꾸며 보기 위해 국내는 물론 일본서점에도 찾아가며 열성을 다했다. 드디어 우리 협회 연수원 개원식이 시작되었다.

그날의 뜻깊은 현판식은 오늘에 이르기까지의 내 생애에 큰 길잡이가 되었다. 개원식 강사로는 이한빈 전 스위스 대사를 모셨다. 앞으로 우리 협회의 주 강사로 단상에 서려면 무엇보다도 최고의 인격자가 되어야 한다는 욕심이 있었다.

지난 주말에 나는 그 옛날 추억을 찾아 강원도 낙산비치호텔을 찾았다.

1989년 7월 19일부터 22일까지 3박 4일간의 부부동반 제1회 최고경영자 세미나 기념사진을 찾아보았다. 무게감이 넘치는 회색 유니폼의 우리 젊은 사장님들과 화사한 분홍색 유니폼의 아름다운 사모님들이 함께한 역사의 순간들을 보면서 감회가 깊었다.

산천은 그대로인데 어느덧 세월의 무게는 피할 길이 없어라.

당시의 우리 형제들은 추억 속에 그립기만 하다.

지난 험난한 시간들 묵묵히 지나 오늘 이렇게 창립 50돌 잔치를 맞게 되었다. 역대 회장님들은 물론 우리 회원님들 모두 환희의 송가를 부릅시다.

지구촌은 하나입니다. 우리 모두가 한 가족입니다. 모래사장을 거닐며 북녘 하늘을 바라보니 고인이 되었지만 화사한 웃음을 띤 신대근 회장의 그때 그 모습이 떠오른다.

새벽달이 밝았네

올해는 '코로나바이러스 19'로 세상이 유난히 소란스럽다.

그 옛날 아프리카에 통산 사절단을 인솔하고 모로코, 나이지리아, 라이베리아, 이집트에 갈 때였다. 입국 한 달 전부터 말라리아 예방약을 복용해야 했는데 살인 모기가 전파한다고 했다. 특히 화장실에 앉아 있을 때 조심하라고 했다. 매년 전염병으로 사망자가 일만여 명이나 된다고 해서 단원 모두가 출국에 앞서 걱정이 태산 같았다.

코로나바이러스도 언제 어디서 옮을지 아무도 모른다. 모두가 우울한 하루하루다. 미국이나 유럽이나 한국 어느 나라가 안전하다고 장담할 수가 없다. 무엇보다도 공부하러 유학 간 손주들이 큰 걱정되어 잠이 안 온다.

민이는 펜실베이니아대학 3학년에 재학 중이다. 통역병으로 군 복무를 마치느라 졸업이 늦어졌다. 친구들과 함께 의논하여 잠시 서울 집으로 나오기로 약속되었다고 한다. 공항에 도착한 지 무려 3시간이나 되었는데도 소식이 없다. 필시 검역에서 이상이 있는 게 분명했다. 집에서는 모두가 안절부절못한다. 밤늦게야 손자의 육성 전화를 받고야 잠을 들 수가 있었다. 그다음은 막내손자 빈이는 남가주대학에서 컴퓨터를 전공한다. LA지역도 동부와 같이 코로나로 기숙사 방에서 밖으로 자유롭게 나갈 수가 없다고 한다. 심지어 마스크조차 없어 서울에서 부치는 소동도 벌어졌다. 날이 갈수록 매스컴들은 온통 난리다.

제 아비가 우연히 도쿄대학에 교환교수로 가 있을 때였다. 일본은 조용한데 한국만 유달리 소란스러운 것 같다고 했다. 코로나팬데믹 시대에 가족이 모두 떨어져 있으니 속수무책이었다. 그러나 나로서는 여전히 아이를 불러들이는 것이 옳다고 생각해 전화통에 불이 났다. 드디어 비행기표를 간신히 구하여 무사히 귀국했다. 이리하여 손자 둘은 제 어미 품으로 돌아왔다.

이제 남은 것은 준이를 불러들이는 일뿐이다. 준이는 카네기 메론을 졸업하고 하버드 바이오 메디컬 박사과정에 조교 겸 들어갔다. 자기 나름의 꿈이 실현된 것이다. "할아버지! 오래오래 사세요. 제가 인공 심장을 만들 때까지."라는 이제 겨우 20대 초반의 그의 꿈은 하늘을 찌르듯 투지에 넘쳐있었다.

새벽 4시까지 연구실의 불을 밝히고 있다는 그는 어느 누구에게도 뒤지지 않았다. 어릴 때부터 자립심이 강하고 이론이 강하여 어느 일간지의 수습기자 노릇도 했다. 하버드 연구실은 세계 어느 곳보다도 안전한데 한국에 나오라는 나의 말에 머리를 갸우뚱했다. 그는 저녁을 먹으면서도 "지금 우리 방의 연구팀들은 새로운 학설 창출에 올인하고 있는데…." 나만은 한가롭게 여기에 와 있다며 마음은 보스턴에 가 있었다. 그는 학생들마다 각자가 자기의 전공뿐만이 아니라 지구촌의 미래에 대해서도 사유하는 세계의 평화를 위한 리더를 배출하는 총 본산지라고 서슴없이 이야기한다. 세계적인 석학들의 다양한 분야의 학설들이 하버드의 브랜드로 지구촌 넘어까지 전파를 타고 나간다는 것이다. 이리하여 손주 다섯 중 셋은 구출한 셈이다. 남은 두 손녀는 일찍이 저들보다 한국에 오래전에 돌아와 바쁘게 자기 일에 열중하고 있다.

큰손녀는 미국 고등학교 재학 중 미술경시대회에서 자화상으로 골드메달을 수상한 바 있다. 카네기홀에 걸려있는 손녀의 그림을 보는 순간 눈시울이 뜨거워졌다. 지금은 어엿한 여성 CEO 작가로서 무역협회 주관 뉴욕 전시회에 대표로 다녀온 바도 있다. 뿐만 아니라 교사직까지 맡아 틈틈이 외국은행 등에 한국 민화와 히스토리도 가르치고 있다.

둘째 손녀는 반데빌트대를 졸업 후 오바마 행정부 공무원 시험에 합격했다. 10년 가까이 근무하다 한국에 나와 일하고 있다. 이리하여 다섯 손주 모두 다행히 코로나 피해는 없다.

고통은 행복으로 가는 지름길이라 했던가. 저들의 앞날에 어떤 일이 있을지 알 수가 없다. 하지만 아무리 힘들어도 '희망은 있다. 새벽달이 밝아오고 있다.'라고 말하고 싶다.

[문학공간 2021. 7.]

한 알의 밀알

지난 설 연휴에 잠시 가고시마에 다녀왔다. 빗속에 시내 서점에 찾아갔다. 첫눈에 뜨이는 책 한 권이 있었다. 〈히노하라 선생의 세계〉라는 책이었다. '예방의학' 종말기 의료의 발전에 진력한 히노하라 선생은 2017년 7월 18일 아침 105세로 천국으로 여행을 떠나셨다. 105년 7개월 동안 많은 업적을 남기셨다. 민간병원을 개원한 이래 최초로 "생활습관병으로 불리는 '노화현상의 중요성'을 세상에 널리 알리는 공로가 크신 어른이다."라고 했다. 일본 전국신문지 제1면에 보도되리만큼 큰 비보였다고 유고집 서두에 쓰여 있다.

목사인 아버지 밑에서 7살에 세례를 받고 자라면서 오랜 성가대 생활과 여행길에서도 항상 성서를 애독하는가 하면 철학자며 에세이스트였다.

'내가 진실로 너희에게 이르노니 한 알의 밀알이 땅에 떨어져 죽지 아니하면 한 알 그대로 있고 죽으면 많은 열매를 맺느니라.(요한복음 12장 24절)' 이성구는 선생의 생시의 애독하시던 말씀이다. "100세는 목표가 아니라 인생의 스타트 라인에 있는 시간대이다."라고 했다. 매일같이 새로운 도전정신으로 98세에 시작한 시 창작에서 다가올 자신의 인종 때까지 "배움은 계속될 것이다. 105살이 되어서도 모를 일투성이다." 가시는 그날까지도 책이 들려있었다.

몇 년 전 나는 히노하라 선생이 쓰신 '죽을 때까지 현역(現役)'이라는 지난날 자서전에서 이미 놀라운 감동을 받은 바 있다. 그때 당시 선생은 98세였고 그 고령에도 북미, 남미 등 춥고 더운 여러 나라들을 마다 않고 의료봉사로 다니고 있었다. 한 알의 작은 밀알이 이렇게 전력을 다해 105년이란 긴긴 세월을 사신 그 한 알의 밀알이 자기를 희생함으로써 이 땅에 수많은 사람의 가슴에 사랑을 뿌려놓으신 그 헌신과 이웃을 내 몸과 같이 보듬은 그 천사 같은 발자취는 참으로 훌륭하시다.

귀국 후 며칠이 지난 어느 날 아침이었다. H그룹 창업자 L고문의 사망 소식이 조간신문에 실렸다. 향년 90세 그녀는 늦은 나이에 우리 교회에서 세례를 받았다. 그 후 당신의 그룹 내에 작은 교회를 세울 만큼 믿음이 남달랐다. "나중 된 자가 먼저 된다."라고 했던가. 그 어느 날은 당신이 경영하는 골프장에 내가 초대되어 라운딩을 같이 한 바 있다. 홀마다 잔디가 구석구석에 패인 것을 보듬으면서 운동보다는 주인의식으로 일일이 잡초를 손으로 뽑고 흙을 메워주는 그 자상한 기업가정신, 그 고객 사랑의 어진 마음이 곳곳에서 묻어나고 있었다.

"… 어둔 골짝 지나가며 험한 바다 건너서 천국 문에 이르도록 나와 동행 하소서 …… 나의 갈길 다 가도록 나와 동행 하소서." 하얀 저고리에 말없이 다무신 입술, 영정 속의 당신은 아직도 미완성으로 다 하지 못한 그 많은 남은 일을 아쉬워하는 듯했다. 새벽 찬송 소리가 은은히 들려온다. 선대 이병철 부친의 맏딸로서 호텔신라, 전주제지를 한솔이라는 우리말로 바꾸며 한솔 문화재단을 설립하고 IMF 때는 구조조정으로 위기를 기회로 극복하여 NHK가 경제개혁과 구조조정의 모범사례로 대서특필한 바도 있다.

"… 머릿속에 떠오른 것을 실행에 옮기고야 마는 성격은 그때나 지금이나 변함이 없습니다." 한솔의 고문으로 남기신 유일한 말씀이다.

나는 부활이요 생명이니 "김장환 목사의 목멘 집도 끝에 헌화순서가 이어졌다. 그때 그 은은한 어메이징 그레이스의 찬송은 어쩌면 고인을 저 천국에 편히 인도하는 아침 빛 같았다. 잠시 떴다 사라지는 안개 같은 길, 자녀손들이 흐느끼며 국화 한 송이를 바친다.

여기에 이렇게 한 알의 밀알이 이 땅에 떨어져 그 많은 족적을 남기도록 자기를 희생하신 이 나라 여성 제1호 CEO로서의 발자국을 남기셨다. 검은 리무진 차 속에 안치된 말 없는 영구는 서서히 마지막 돌아오지 못할 길을 떠나고 있다. 조객들은 머리 숙여 작별을 고한다.

가랑비가 점점 굵어진다. 하늘도 서러워서일까 나 같은 죄인 살리신 주 은혜 놀라움을 이제야말로 알 것만 같다.

히노하라, 이인희, 두 밀알이 이 아침 많은 것을 남기고 회한 없이 빗속에서 떠나셨다. 힘든 많은 열매를 뿌려놓았으니 이제 저 편안한 하늘나라에서 천군 천사들의 영접을 받으며 영생을 편히 누리소서.

겨울비가 말없이 내리고 있다.

제3부

어떤 사람으로
기억되고 싶은가

동거와 이혼식

   스웨덴의 말모아(Malmoa) 항구에서 수도 코펜하겐(Copenhagen)으로 가는 길은 자그마한 쾌속선을 타는 것이 좋다. 시간이 단축되는 것은 물론 40여 분 속에 펼쳐지는 자연경관은 마치 꿈나라에 온 것만 같이 경이롭다.

   사계절 무지개 꽃들이 기암절벽 틈새에서 유희하는가 하면 모래사장에서 노니는 어린이인 양 함성을 지르는 하얀 포말을 연신 만들어 우리 이방인들에게 아침 문안을 한다. 선상 카페는 북국의 향을 햇빛 쟁반에 믹스해 서비스걸이 가져온다.

   내가 찾아가는 회사는 30여 년의 우정으로 유명 골프장 한복판에 있다. 우리 회사 담당자는 이곳 명문대학을 졸업한 20대 후반의 미남 총각이다. 마침 점심시간이라 푸른 잔디밭에 나가 밀린 이야기하며 같이 먹게 되었다. 차 한 잔 마시면서 나는 미스터 요한손에게 결혼했느냐고 단도직입적으로 물었다. 그는 서슴없이 아직 NO라고 대답한다. 이어서 좋아하는 여친과 현재 동거 중이라고 한다. 잠시 나는 헷갈렸다. 혼전 동거였다. 눈치 빠른 그는 나를 바라보며 말을 이어간다.

"미스터 김은 동양 사람으로 우리 풍속 문화를 이해하기 어려울 것이다. 남녀가 서로 좋아하면 서로 함께 한집에서 살아갈 수 있다."고 한다. 다만 양측이 신사적인 협정을 먼저 한단다.

혼전 동거 계약은 다음과 같다면서 자세히 설명했다. "첫째로 일정 기간 한방을 쓰면서 사는 동안 모든 비용은 공동부담한다. 둘째, 각자의 의견은 존중하며 직업상 해외 출장이나 자유 외출 등에는 서로 간섭하지 않는다. 끝으로 서로가 몇 달이나 몇 해를 넘겨 살다가도 어느 일방이 헤어지기를 원하면 그날로 미련 없이 이별한다."

귀국 후 그들은 정식으로 결혼식을 올리고 재미있게 살고 있다는 소식이다.

나는 비즈니스로 해외 여러 나라를 쉴 새 없이 다녔다. 어떤 경우에는 이곳저곳 열여섯 나라를 구슬 꿰듯 두 달 가까이 방문한다. 그럴 때는 수출입계약도 많이 한다. 마지막 귀국길에는 일본 도쿄 긴자 호텔에서 며칠 쉰다. 그러면 마치 내 집에 온 것 같은 안도감이 든다.

일본거래처와 밀린 상담도 하고 서점에서 신간 잡지도 산다. 특히 등단 이후에는 이 나라의 에세이집을 여러 권 산다. 그외 일간지며 주간지들을 보며 정보를 스크랩한다. 때로는 가까이에 있는 니시긴자 교회에도 나간다.

어느 주말, 추운 겨울이었다. 100년이 넘은 낡은 교회에서 고령의 목사님께서 설교 후 처음 듣는 특별한 광고를 하였다.

"다음 주일 오후 2시 특별 행사가 있습니다. 결혼식이 아니라 '이혼식'이 있겠습니다."

모두가 서로서로 쳐다보며 귀를 의심하고 있었다.

"일찍이 우리 교회에 나오던 아오모리상이 노력 끝에 자수성가했으나 갑자기 사업이 부진하자 절망하여 사경에서 헤매고 있었습니다. 이때 한 여인이 그리스도 사랑으로 그를 구제하려고 그와 결혼을 하였습니다. 그러나 그 젊은이가 다시 일어설 때까지로 약정을 했답니다."라는 목사의 말씀이 끝나기도 전에 모두가 기립 박수를 치고 있었다.

무역이란 상품교류만이 아니다. 그 나라의 영혼도 수입하는 일석이조의 메신저이기도 하다.

가사조정

서울가정법원의 가사조정을 10여 년간 했다. 원고와 피고, 신청자와 피신청자의 이혼 조정 사건이 조정일 한 달 전에 등기로 집으로 온다. 진술한 사연을 몇 번이고 읽어 보면 양자가 무엇을 주장하는지 대충 느낌이 온다. 이렇게 사연을 읽고 또 역지사지 차원에서 편견 없이 세밀히 느껴보아야 한다. 그다음에야 올바른 판단을 할 수가 있다.

결혼식에서 부부간의 100년 가약으로 일생을 바쳐 사랑하며 살아가겠다고 굳게 서약한다. 그럼에도 불고하고 이제 와서는 마치 원수같이 적대관계가 된다. 참으로 안타까운 일이다.

나는 지난날 한때 봉제 완구 공장을 운영했는데 지방의 어린 여성들이 언니 따라 서울로 올라왔다가 우리 회사에 취직을 많이 했다. 그러다가 나이가 차서 결혼할 때는 사장인 나에게 주례를 부탁하곤 했다. 한때는 주례가 나의 전문적인 일같이 되어 주말이면 주례로 분주했다.

불타는 사랑을 꿈꾸며 천사 같은 하얀 드레스에 신랑의 손을 잡고 웨딩마치를 한다. 그로부터 몇 해 후에는 서로 헤어졌거나 별거하고 있다는 소식이 심심찮게 들렸다. 심지어 신혼여행 다녀온 날로 별거하기도 한다.

가정법원에 가는 날은 왠지 마음이 무겁다. 어느 날은 조정실에 들어서는 순간 복도에서 한 쌍의 부부가 고성으로 다투는 소리가 심상치 않다. 오늘 내가 맡은 사건의 주인공들이다. 벌써 몇 달 별거하다가 복도에서 오랜 만에 만난 것 같았다. 여전히 앙금이 풀리지 않았던지 한바탕 고성이 오고간 것이다. 조정시간이 되자 변호사를 대동하고 우리 앞에 머리 숙이고 앉는다.

신청자인 남편의 소견을 듣는다. "맏며느리로서 시아버지 기일인데도 이 핑계 저 핑계 대며 백화점에 쇼핑하러 간 것이 벌써 몇 번인지도 모릅니다. 이런 무지한 여자와 살 수 있겠습니까? 위원님, 상식적으로 생각해 보세요." 이때 여자 측도 질세라 날카롭게 항변한다. "날이면 날마다, 밤 12시가 되어야 집에 들어옵니다. 그것도 항상 술에 취해 곤드레 만드레가 되어서 말입니다. 명색이 교감이란 사람이 말입니다." 남편은 너무도 교육자답게 덕스러운 인상이었으나 술에 중독되어 있었다. 원고 측 여성도 고등교육을 받은 단정한 사람으로 보여 조금만 서로가 생각을 바꾸면 다시 원점으로 돌아갈 수 있을 것만 같았다.

나는 여러 가지 사례를 들면서 설득해 본다. "이혼은 언제든지 할 수 있습니다. 그러나 이혼 후에 설사 재혼한다 하더라도 자기 자신의 결점을 고치지 않는 한 똑같은 일이 반복될 것입니다. 서로 관대하게 고민하여 용서하며 다시 노력해보세요. 3개월이란 시간을 드립니다. 그동안 여행도 같이하며 어른들의 자문도 받아 보세요. 감정으로 세상을 사는 것은 아니라 선배들이나 옛 스승을 찾아 삶의 지혜도 얻어 보세요.”

조정은 한 시간이 넘도록 이런 식으로 설득한 후 다음 조정기일을 정해준다.

나는 무역업으로 살아오면서 외국의 경우도 많이 보아 왔다. 지난해 스위스 거래처에서 세계 대리점 회의가 있었다. 일주일 세미나 기간 중 마지막 날은 신규상품의 발표와 환송회가 있었다. 동부인하여 구미 각국에서 여러 의상 차림으로 모였다. 나도 코리아 에이전트로 아내와 함께 참석했다. 그러나 동양인은 우리 부부뿐이었다.

“코리아에서 온 미스터 김을 소개합니다. 올해 결혼 30주년 기념의 해라고 합니다. 우리 모두 30주년 기념 축하의 박수를 칩시다.”라면서 사회자의 말에 호주에서 온 대표자는 “30년 동안 한 여자와만 살아온 사람은 한번 손들어 보세요.”라고 한다. 어떻게 지루하게 한 여자와 그렇게 오래 살았느냐며 회중을 웃음바다로 만들었다. 50여 명 중 불과 몇 사람이 되지 않았다. 그들은 이혼을 너무도 당연한 듯 생각하고 있었다.

다음 달 가사조정기일의 안내장이 등기로 왔다. 지난번 사건이었다. 이번에는 좋은 결과가 기대되었다. 하지만 그동안 3개월 제주 여행도 다녀온 두 사람은 어쩐지 변화가 없어 보였다. 피고인 신청자 남편은 앞으로 술은 절대 안 할 것을 각서를 쓰겠으니 이혼만은 안 된다고 진지한 모습으로 참회했다. 그러나 아내는 한마디로 그런 각서는 그동안 수없이 받아 보았다고 하며 물러설 생각이 없었다. 오늘 조정은 불가하다는 예감이 들었다. 부장 판사에게 이번 사건은 원고 측의 주장이 너무 완고하고, 대동한 양쪽 변호사들도 그토록 이런저런 설득을 했으나 합의하기는 힘들다며 오늘의 재판은 양자합의 불성립으로 이혼에 이르렀다.

이런 판결이 있는 날은 나는 심신이 무거워 매사가 손에 잡히지 않는다. 분명히 그 남자는 그날 밤 밤새도록 술에 취해 있을 것만 같았다. 아내 역시 인생을 비관하고 눈물로 한탄했을 것이다.

마지막 유언

사람은 누구나 마지막 순간에는 무슨 말인가 한마디씩을 남긴다고 한다. 유족들은 그 말 한마디를 마지막 유언이라고 오랫동안 기억하려고 한다.

최근에 입주한 삼성 노블카운티 도서실에서 일본의 월간잡지 〈文藝春秋〉를 보게 되었다. 그중에서 눈길을 끄는 것은 '마지막 유언'이란 화두이었다.

일본 사회에서 그나마 명성 있는 문인들, 기업인, 그리고 의료계의 대선배들이 남긴 마지막 유언 한마디씩이 짧게 굵게 쓰여 있다. 모두가 가슴을 먹먹하게 하는 명언들이다. 나는 잡지의 후미에 실린 어느 작가의 유언을 읽게 되었다.

그는 자기 자신의 임종이 임박한 것을 알게 되자 마지막으로 평소에 좋아하던 덴뿌라를 먹고 싶었다. 주치의의 허락을 받고 친한 친구에게 부탁한다. "내가 죽기 전에 덴뿌라를 꼭 한 번만 먹고 싶은데 자네가 알다시피 우리가 늘 같이 다니던 도쿄 긴자백화점 뒷골목에서 늙은 노파가 파는 따끈따끈한 덴뿌라를 너와 함께 마지막으로 먹고 싶구나. 이것을 사 가지고 와 주렴." 이 말을 들은 친구는 황급히 늘 사 먹던 그 가게에 달려가 사연을 이야기하여 덴뿌라를 급히 만들어 택시를 탔다. 덴뿌라는 식으면 맛이 없기 때문에 빨리 가져가자고 택 시 기사에게 재촉했다. 의아해하는 택시 기사에게 사연을 이야기해 주자 택시 기사는 라이트를 켜고 119 엠뷸런스 모양 전속력을 다해 요리조리 큰길 사이사이를 필사적으로 운전해 초속으로 ○○병원까지 갔다. 이 친구는 부리나케 계단을 뛰어서 병실로 올라가는데 뜻밖에 도 자기를 태우고 온 택시 기사도 함께 뒤따라오고 있는 것이 아닌가. "나도 환자가 따뜻한 덴뿌라를 먹는 것을 보며 위로하고 싶습니다. 비 록 택시 기사에 불과하지만 인간의 마지막 운명을 위로하고 싶습니 다." 두 사람은 흰 커튼을 젖히고 중환자실로 들어갔다. 기사님도 위 로의 마음으로 같이 왔다고 전했다.

이 순간 임종을 맞은 환자인 작가는 이 운전기사의 아름다운 마음 씨에 감동을 받고 이 미담을 세상에 글로 남기고 싶은 것이 마지막 유언이라고 했다. "이런 선한 기사의 인간애를 냉랭한 세상에 글로 꼭 알려야 하는데…."라는 한마디 말을 남기고 눈을 감았다고 한다.

이 택시 기사는 분명 교도에 본사를 둔 MK택시회 소속이라고 확신 한다. 내가 감히 단언하며 이 글을 쓰는 이유는 그의 유언을 국내 독 자들에게도 알리고 싶기 때문이다.

나와 MK택시회사의 인연은 반세기가 가까와온다. 무역업을 오늘 까지 하면서 해마다 연초에 진행하는 일본 기업 전국경영자 대회에 참석했다. 일본인 경영자들을 중심으로 그해 신년 경제전망을 발표하 는 세미나 자리다.

이 날은 일본 정치계나 성공한 기업인들이 강사 중 한 사람으로 선정되는데 그 해는 한국인 유봉식 MK 회장이 자기 회사 성공사례를 첫날 첫 시간에 하게 되었다. 훤칠한 키에 단상에서의 첫마디가 "여러분 안녕하십니까."라고 유창한 일본어로 두 번 반복하여 인사한다. 그리고 "내가 오늘이 있기까지 성공의 특별한 키워드나 기법이 있는 것은 아닙니다."라며 첫말을 뗐다. 참석자들은 거의 모두가 하얀 머리의 고령의 회장들로 마치 어느 경로잔치에 온 것만 같다. 8, 90대의 창업자들이 태반이었다. 그들은 데이고구 최고급 호텔에서 첫 시간 강사치고는 어딘지 빈약하다는 듯한 인상을 받는 것 같았다. 특히 재일교포라는 데에 실망감을 감추지 못하는 듯 했다.

MK의 유봉식 대표는 택시 산업의 신화를 일으킨 재일동포 기업인으로 한국 정부로부터도 훈장도 받은 모범경영자이다. 그는 경남 남해에서 태어나 1943년 해방 2년 전에 친형을 따라 현해탄을 건너 교도 변두리에 정착했다. 무일푼으로 어려운 타국에서 고학을 중퇴하고 주유소에서 잡심부름을 하였다. 그 후 굶어가며 돈을 조금씩 모아 택시 2대를 사놓고 MK라는 택시회사 간판을 달았다. 58주년이 되는 지난해까지 무려 천백 대로 성장했다. 차별화된 노약자우대라는 경영목표로 응급차나 소방차, 엠뷸런스 기능도 할 수 있는 특수자격증도 받았다. 3년 전 88세를 일기로 별세하였지만 그의 기업가정신은 지금도 많은 일본인 시민들에게 생생하게 기억되고 있다.

나는 언젠가 도쿄 외곽에서 진행된 무역 전시회에 참여한 일이 있었다. 전시가 끝나고 택시를 타려니 택시를 기다리는 사람들이 뱀 꼬리 모양 길게 늘어 서 있었다. 할 수 없이 나도 그 꼬리 부분에 가방을 들고 서 있었다. 그러나 택시는 가물에 콩 나듯 이따금 한 대씩 나타날 뿐이었다. 모두가 지루하게 기다렸다. 한 대가 오면 한 사람씩 태워 가니 내 차례는 언제쯤 될지 알 수가 없었다.

30여 분 가까이 기다리니 겨우 내 차례가 되어 타려고 하니 이 택시는 "스미마센(미안합니다)"이라고 하고 그냥 사람을 태우지 않고 빈차로 지나가 버린다. 한 참 후 그 택시가 다시 서서히 줄 서 있는 우리 쪽으로 올라오는데 내 뒤 중간쯤에 목발을 한 노인 앞에 가 선다. 그리고 그 환자를 손수 부추겨서 차에 정중히 태우는 것이 아닌가. 그리고 한마디 짧게 말한다. "이 노인 환자가 제일 급한 고객이라 생각하여 먼저 모시니 여러분 양해해 주세요." 분노 대신에 감탄하며 박수가 터져 나온다. 위기 상황에는 노약자 우선이라는 교육으로 인간 존중의 교육을 받고 있으며 문 앞 엘리베이터 문 앞까지 손수 모셔다드린다고 안나.

뉴욕타임즈 지는 '세계 제일의 서비스기업'이라고 대서특필했다. 아름다운 유언은 '사랑스러운 운전기사의 미담을 이 세상에 알리고 죽은 일'이라고 했다. 우리 모두에게 던지는 영원한 교훈이다.

어떤 사람으로 기억되고 싶은가

어느 날 일간지 에세이 코너에 다음과 같은 글이 실렸다. '당신은 어떤 사람으로 기억되고 싶나요?' 무겁지만 한 번쯤 되새겨 볼 만한 주제다.

저자는 '35년간 과학자의 길을 걸어오면서 미국 보건소 암 연구센터 시절 정기 평가에서 받은 질문이었다고 한다. …업적이 많은 과학자가 아니라 존경받은 멘토로 기억되고 싶다고 하면서 인간의 삶에 긍정적인 변화를 가져다주는 것이야말로 가장 보람 있는 일이 아닐까 생각했다. 또 어느 학자는 성공의 조건으로 세 가지를 들었는데, 첫째가 자아실현 즉 자기의 인격 수양을 해야 하고 가족 사랑에 소홀히 하지 않으며 끝으로 제3의 공동체를 위해 얼마나 헌신했는가.'라고 했다.

사람들은 자기의 입신을 위해 일찍이 학문에 전념한다. 최고 학부를 나왔으면 출세했다고 하지 않는가. 그런데 그에 앞서 그의 품격이 그야말로 덕스러운 소금과 같은 필요한 존재가 되어야 한다. 그에 더해서 부모 공양과 가족 직장 사회의 일원으로서 의무와 책임을 다하는 일이 우선일 것이다. 끝으로 제3의 공동체를 위해 얼마나 봉사했는가. 이렇게 세 가지를 성공의 조건으로 말했다. 무엇보다도 현실 속에서 이 모든 일을 완만히 자신 있게 했노라고 나설 사람이 얼마나 있을까.

며칠 전에 세계적인 명성을 올린 우리나라 최고의 재벌가 S그룹의 오너가 70대에 세상을 뜨셨다. 아직도 2~30년은 더 사실 수 있는데 모두가 아쉬워했다. 그는 선친의 사업을 이어받아 세계적인 기업으로 온 세계가 애도의 뜻을 표했다. 그러나 그의 가정은 위의 두 형이 일찍이 세상을 뜨고 나머지 경영은 3남인 그가 대물림받았다. 무려 7년이나 병원에서 식물인간으로 치료받다가 며칠 전에 영원히 이승을 뜨셨다. 대기업을 창업하고 세계의 정상에 올랐으나 가정의 화평은 이루지 못했다. 이렇게 우리 인간의 삶이란 내 뜻대로 되지 못하는 것만 같다. 돈만으로 해결되는 것이 아니다.

나도 어언 한국인의 평균 수명을 훨씬 넘긴 나이가 되었다. 이제 감히 '나는 어떤 사람으로 기억되고 싶을까.' 이따금 되돌아보곤 한다. 성공의 3가지 요소 중 어느 것 하나 자신 있는 것이 없다. 남길 것 하나도 이렇다 할 것 없는 인생이었다.

일찍이 홀로 어린 나이에 집을 떠나 객지에서 떠돌았다. 먹을 것 입을 것은 물론 학교도 제대로 가지 못했다. 겨우겨우 야간대학에서 늦게나마 졸업장을 받았다. 우연한 기회에 회사라고 차려서 50여 년이 넘도록 이어 오고 있었으나 IMF 파동으로 아직도 은행에 목을 매면서 살고 있다. 몇 안 되는 직원들을 제 자식같이 후하게 대접하고 있다고도 할 수 없으니 그들에게는 항상 미안하다.

해마다 정초면 우리 가족 세 가정이 한자리에 모이지만 실향민의 한은 늘 어두운 그림자가 깔려있다. 고향땅을 바라볼 뿐이다.

어제는 최재형 독립투사 순국 100주년이라 현충원 기념관에서 기념식이 진행되었다. 의장대의 세 발의 조총에 추도식은 엄숙히 진행되었으나 아직도 한 세기가 지나도록 그 유해는 시베리아 어느 벌판에 잠들어 있지만 찾지 못한 채 쓸쓸히 분향식을 마쳤다. 망백(望百)의 이 언덕에서 뒤돌아본다. '어떤 사람으로 기억되고 싶은가,' 이렇다 할 흔적을 남길 말이 없이 떠나고 싶다.

나는 그마저 독립투사 최재형 항일투사 이름으로 장학 사업을 해왔으나 뜻대로 되어가지 않는다.

한국 수입협회를 발기하여 우리나라 무역 질서를 정화하며 무역 분야에서 뛰어다녔으나 이 사업도 예상대로 되지 않았다. 그나마 같은 생각을 하는 형제들이 모여 현재까지 100여 명을 대학에 보냈고, 한글학교를 러시아 극동지역 우수리스크에 세워 선생을 세워 조국을 알리는 일로, 국내는 물론 세계 여러 나라를 다녔다. 심지어 감동 받은 일본, 필리핀, 대만, 형제들에게도 적지 않은 도움을 받았다. 그나마 제3의 공동체라고 할 수 있는 이 장학 사업은 나 스스로가 고학생으로 힘들 때 캐나다인 종교단체 장학금으로 겨우 학교를 마쳤던 아픔이 있었기 때문이다.

감히 어떤 사람으로 기억될 것인가에는 부끄러워 할 말이 없다. 이제 시니어들 마을로 가려고 한다. 인생 후반을 사는 사람들은 어떤 모습으로 사는지 더듬어보련다. 평생 반려자인 아내도 몸이 자유롭지 못하고 나 또한 걸음이 부자유하다. 누구나 무덤 앞에서의 한마디는 후회뿐이라고 했다. 나도 예외는 아니다. 젊은 날의 짧은 인생을 터득했더라면 분초의 시간을 더 절약하고 더 빨리 새벽을 깨우고 더 성실히 일했으면 얼마나 좋았을까. 이제는 다리 부러진 장수가 성내에서만 큰소리 지르듯 입만 가지고 있을 뿐이다.

'나는 과연 어떤 사람으로 기억될 것인가.' 두렵기만 하다. 그저 정처 없이 이리저리 방향을 찾다가 쓰러진 사람으로 기억되지나 않을까.

[2020. 10. 31.]

누구세요?

"당신이 누구세요? 당신이 누구세요?" "내가 김창송이요." 이번에는 "김창송이 누구세요?" 하고 되묻는다. 이렇게 기막히고 한심할 수가 있을까. 지난날 기나긴 반세기의 세월, 형제같이 '야, 자' 하면서 친하게 지내던 옛 친구와의 전화 내용이다. 휴대전화에서는 또 들려온다. "당신이 누구인지 자세히 설명해주세요." 한다. 농담이 아니라 진담이다. 나는 듣던 대로 증세가 이 정도의 상황임을 확실히 알게 되었다.

갑자기 서글픈 생각이 울컥 솟아난다. 자세히 그리고 천천히 지난날 함께 지냈던 추억들을 몇 가지 이야기를 했더니 그때서야 "아하, 한양의 김창송" 하고 알겠다며 겨우 제정신에 들어서고 있었다.

세상에서 일컫는 치매 현상이 이렇게 비참한 것이구나, 나로서는 처음 닥쳐보는 일이다. 그런데 어떻게 이런 비참한 경지에까지 왔을까. 풍문에서만 듣던 치매 현상은 그야말로 그 인지능력이 저렇게 완전히 딴사람을 만들어 버릴 수가 있을까. 순간 나는 가슴이 먹먹해 오며 할 말을 잃었다. 젊은 날 그와 함께했던 일이 주마등같이 떠오르며 서글픈 마음으로 멍하니 하늘만 쳐다보았다.

내가 그를 알게 된 것은 40이 가까이 되는 가을 어느 날이었다. 군사정부 시절 구로공단 새마을 교육 현장에서였다. 기업의 대표들로만 선별되어 조직된 새마을 훈련소 '지도자반'에서 엿새 동안 군사훈련을 방불케 하는 교육을 받을 때였다. 그와 나는 내무반 침실 옆자리에서 먹고 자고 했다. TV, 라디오, 신문은 물론 외부와의 면회나 교신이 일체 차단된 살벌한 분위기였다.

이른 새벽 기상나팔이 단잠을 깨우면 푸른색 새마을 훈련복에 푸른색 새마을 모자까지 눌러쓰고 운동장에 집합해야 했다. 싸늘한 아침 공기 속에 애국가 4절까지 부르고 이어서 운동장을 달려야 했다. 그때는 새마을 구호와 함께 〈새벽종이 울리며〉 새마을 노래를 부르며 다섯 바퀴를 돌고 나면 온몸이 땀범벅이 된다. 연이어 훈련소 마당 대청소를 시작해야 하는데 여기저기 흩어져 마당을 쓸기 시작한다. 그런데 4, 50대 명색이 사장들로 궂은일을 손수 하기보다는 사원들에게 시킨 사람들이다. 우리는 빗자루 들고 마당을 건성으로 왔다갔다 하고 있었다. 내 옆 침대에 누워 자던 이름 모를 그 사장이 혼자서 길 건너편 변소 소제를 혼자서 씩씩거리며 하는 것이 아닌가. 우리 모두는 그를 의아하게 바라보았는데 "저 사람 누구냐? 뭐하는 사람이야." 라면서 약간은 비웃는 듯한 사장도 있었다. 소위 지도자반 20명 속에는 지금도 명성 있는 고려당, 서울우유 등 알만한 기업의 대표들이 많았다.

그가 바로 경기도 광주 소재 K여자상업고등학교 설립자이며 이사장이면서 한편 방음벽 제조, 건축 철제 부품 등 제철 제품의 생산 공장의 중견기업 최고경영자 김득연 사장이었다.

6·25 난리 통에 황해도에서 단신 16살 나이로 월남한 그는 어린 나이에 미군 부대에서 잔심부름도 하며 군화도 닦아주며 귀여움을 받으며, 하우스 보이로 미군들의 따뜻한 사랑을 한 몸에 받았다고 한다. 독실한 기독교인였던 부대장이 본국으로 돌아가면서 그에게 경기도 땅에 크리스천 여자상업고등학교를 세우도록 도와주었다. 그는 어버이 같은 그분에게 고마움의 은혜를 상징하기 위해 교정 한복판에 그의 동상을 세웠다. 그의 교육이념은 기독교 정신의 사랑과 희생이었다. 그리하여 김 이사장은 남다른 애착으로 학교육성에 최선을 다한 분이었다.

이를 계기로 그와 나는 단짝이 되었고, 그가 이웃나라 일본의 미션 스쿨을 벤치마킹하려고 도쿄의 명문학교와 교육기관을 찾았고 그때마다 내가 동행하여 통역을 돕기도 했다. 같은 실향민으로서 남다른 친구와 같은 우정도 깊어졌다.

오늘 뜻밖에도 오랫동안 소식 없던 김 형을 광주 CC 한국대회장에서 만났다. 풍문으로만 듣던 장본인을 예기치 않은 장소에서 만나게 되어 어리둥절했다. 검게 탄 얼굴, 약간은 병색이 있는 그의 모습, 누런 중절모자를 눌러쓰고 손에는 지팡이를 잡고 나타난 그는 나를 알아보았다. 소문으로만 듣던 것과는 약간은 다르다. 그의 아내와 아들이 따라 들어오더니 눈으로 한마디 한다. "앞으로 필요시에는 저에게 연락해주세요. 건강이 불안한 상태라며 아들이 자기 명함을 나에게 준다. 해마다 이맘때면 수천 명씩 모이는 CC 대형집회는 그 옛날 그가 대회장으로서 일했던 때가 그리워 이렇게 멀리까지 찾아왔다는 그의 아내의 말이다. 나는 그의 손을 잡고 반갑다고 몇 번이나 흔들었으나 그는 별로 반응이 없었다.

이른 새벽 광주 시내가 한눈에 보이는 호텔 9층, 해 뜨는 창가에서 지난날의 김 회장을 되새겨본다. 지난 시절 어느 CC 정기이사회에서 새로운 토의안건에서 그와 나는 서로 의견이 갈라졌다. 나는 아무리 친구라고 해도 이 사항만은 동의할 수가 없었다. 이것이 화근이 되어 그 뜻대로 결의되어 사업을 진행했으나 오늘까지도 미결상태다. 그도 나도 대의를 위한 큰 목적은 같으나 찾아가는 길은 180도 달랐다. 결국 우리 두 사람을 그 일로 거리가 멀어지게 되었다. 그때 서로 의견을 달리하고 보니 친구 한 사람을 잃은 것만 같았다. 공과 사는 확연히 구별되어야 하는데….

어느새 동녘 아침 해가 아파트 옥상에 떠오르고 있다. 오늘도 40도이 찜통너위에 순종해야 한다. 하늘의 뜻을 따르는 것이 순리이나, 세상사는 시각차가 여럿이 있게 마련이다.

"김 회장, 속히 쾌유하여 우리 다하지 못한 논쟁을 다시 계속해 봅시다. 먼저 건강을 회복하여 속히 예전의 친구로 돌아오세요."

이 아침, 조용히 그의 건강을 하늘에 기원해 본다.

지구촌의 봄날은

아침의 일간지 뉴스에 몰디브의 대통령이 수중(水中)각료 회의를 했다고 한다. "우리는 죽고 싶지 않다. 손자들도 몰디브에서 키우고 싶다." 지상 낙원으로 불리는 몰디브 국민의 생존을 통감한 그는 스쿠버 다이빙복을 입고 6미터 바닷속에서 회의를 마치고 나온 첫마디였다. 매스컴마다 기후 변화야말로 미래에 큰 재앙으로 다가올 것이라고 지구촌 여기저기서 소동이 벌어지고 있다.

올해만 해도 오클라호마에서는 살인적인 토네이도, 호주의 그칠 줄 모르는 산불, 브라질의 대홍수로 수많은 인명피해로 이어졌으니 이것이야말로 글로벌 금융위기보다 더 심각한 문제이다. 하나뿐인 우리의 보금자리를 우리 모두가 힘을 모아 가꾸어 나가야 한다는 데는 의견이 다를 수가 없다. 그러나 개발도상국에서는 앞으로도 계속 성장을 위해서는 어쩔 수 없이 이산화탄소를 계속 배출할 수밖에 없다고 하니 뜻이 하나로 모아지지 못하고 있는 것이 안타깝다. 그러나 인류 공통의 문제로 언젠가는 합의가 이루어질 것이라 여겨진다. 우리나라도 세계 9번째로 온실가스를 배출한다고 하니 이 또한 예사로운 일이 아니다.

　남산 기슭에 있는 H호텔 강연장은 이른 새벽부터 경영자들로 가득 찼다. 단상에 오른 동경대 야마모토 료이치 박사는 흰 머리에 높은 안경테가 이순은 넘어 보이게 했다. 단상에 오르자 여기저기 둘러보고서야 그는 문안 인사와 함께 "나는 지금의 하도야마 일본 신임 총리와는 클래스메이트로서 학창 시절 나는 그보다 공부를 더 잘했는데 그 친구는 총리가 되었다."라며 농을 늘어놓아 장내를 한바탕 웃음바다로 만든다. 노련한 교수다움이 여기저기서 묻어나고 있었다. 이어서 그는 차분히 이야기를 풀어나간다. 어제 수원에서 기후변화 국제회의가 열렸는데 거기에는 앨 고어 미국 전 부통령과 정운찬 신임 총리도 합석했으며 지구온난화 문제야말로 얼마나 긴박한 과제인지를 설명하기 시작했다.

　"이산화탄소 배출을 계속 방치한다면 앞으로 백 년 이내에 해면의 수위가 5m나 상승하며 그때가 되면 뉴욕은 물론 뭄바이, 런던, 도쿄, 베이징, 서울 등의 철로들이 하나같이 물속에 잠기게 된다."는 것이며 더욱이 안타까운 것은 아무리 외쳐도 지구촌 정치인들은 귀담아듣지 않는다며 이야기를 마쳤다.

　이 내용은 2년 전 일본에서의 강연이었다. 그러나 오늘 아침 서울에서의 외침은 더욱 심각했다. "기후 변화의 속도가 예상을 뒤엎고 훨씬 더 빨리 진행돼 앞으로 불과 20년 후면 지구는 지옥 문전에까지 도달하게 될지도 모른다."고 거침없이 경고하는 것이 아닌가. 이때 이어폰으로 듣고 있던 장내의 수백 명의 경영자들은 반신반의하면서도 표정들이 굳어 가고 있었다. 그나마 "한국은 정부가 팔을 걷어붙이며 저탄소 녹색 운동을 크게 펼치고 있으니 다행이기는 하나 그래도 각 기업체와 가정, 그리고 개개인들까지 다 함께 이 시민운동에 앞장서야 합니다."라고 힘주며 주장했다. 일본에서는 최근에 어린 학생들까지도 기후 변화에 대한 의식을 높여주기 위한 교육의 일환으로 학교마다 찬물을 땅에 부어 뜨거워지고 있는 지구를 식히는 퍼포먼스를 행한다고 한다. 주부들도 전기 절약 체험 글쓰기와 쓰레기 줄이기를 위한 지혜를 나누는 모임들이 성행한다고 한다.

언젠가 나는 국제회의 끝에 알래스카 호수를 찾았을 때였다. 드높이 솟은 기암절벽의 빙산이 비명을 울리며 무너져 내리는 모습은 참으로 몸서리치는 두려움으로 다가왔다. 그 파장의 물결은 높은 파도가 되어 우리를 흔들고 있었다. 그뿐이 아니었다. 이번에 세계 정상들이 모여 기후 변화 회의를 했다고 전하는 코펜하겐에도 많은 태곳적 빙산들이 있었다. 마치 눈 덮인 설악산을 방불케 했다. 아직도 영화 속의 한 장면같이 하늘에 닿을 듯 높이 솟아 있었던 것을 잊을 수가 없다. 그러나 억만년의 이 빙산도 기후 변화의 시련으로 힘없이 줄줄이 녹아내리고 있음을 보았을 때 그 처연함이 마치 창조주의 통한의 눈물 같아 보였다.

"여러분, 우리 자손들이 지구를 왜 방치했느냐고 훗날 물으면 무엇으로 대답할 것입니까?" 강사는 상기된 모습으로 우리에게 묻고 있었다. "지금 이 순간도 우리는 지옥의 문을 향해 가고 있습니다. 이렇게!" 반복된 물음을 남기며 그의 강의는 끝을 맺었다.

나는 눌린 가슴을 안고 밖으로 나왔다. 남산 아래 가을 단풍이 새삼 정겨워 보인다. 차가 달리는 언덕길에는 낙엽들이 나비처럼 춤추고 있었다. 인간의 무지로 저 자연을 외면한다면 과연 뒤에 오는 차세대의 원성을 어떻게 들을 것인가. "내일 지구의 종말이 온다 해도 나는 한 그루의 사과나무를 심겠노라." 스피노자의 명언이 새로운 의미로 다가오는 아침이다.

[2010. 1. 2.]

글감 찾아 1만3천 리

　지난여름 한반도 관광지도 한 장만을 달랑 들고 길을 나섰다. 그 옛날 이웃 동네 마실을 떠나듯 생소한 길이었다. 내비게이션이 시키는 대로 가기로 했다. 마치 새벽 낚시꾼이 월척의 꿈을 싣고 먼 바다로 나가듯 마음이 은근히 설레었다.

　경부고속도로에 들어섰다. 참신한 아침 바람을 맞으니 한결 마음이 가벼웠다. 전라도 전주 한옥마을이다. 여성 CEO 함정희 여사를 만나 글감을 찾기로 했다. 이 회사는 국산 콩만으로 건강식품을 만들어 여러 신제품 특허를 받았을 뿐만 아니라 창의적인 기업 성공사례로 TV 방송이나 기업체 등에서 발표하고 있다. 그때 받은 사례비를 모은 거액을 고려인 독립투사의 정신을 기리는 최재형장학회에 전액을 보내주신 남다른 분이시다. 명실공히 숨은 애국자다. 그의 일터에는 각종 특허장과 신지식인 그리고 태극기로 벽을 장식하고 있었다. 함사장님과 점심을 같이 나누고 차를 돌려 대천해수욕장으로 향했다.

　서해 바다로 가는 아스팔트 길이야말로 옛 추억이 아스라이 묻어나는 석양 길이었다. 아이들이 개구쟁이일 때 첫 직장에서 난생 처음으로 여름휴가라는 것을 얻어서 남들 따라 대천해수욕장을 찾았다. 지금도 잊을 수 없는 밤이었다. 별빛이 하얗게 수놓은 한밤중에 개굴개굴 난리 난 듯 개구리들이 요란하게 울어대는 논밭 가운데 자리한 여관에 짐을 풀었다. 모기떼에 물리면서 네 식구가 피난살이모양 한방에서 새우잠을 잤던 기억이 새록새록 났다.

그다음 날은 남서쪽으로 훤히 뚫린 고속도로를 따라 변산반도 길로 들어섰다. 한 시간 넉넉히 달렸을 때였다. 언덕 깊숙한 산 아래에 있는 부안(扶安)의 청자(靑磁)박물관을 들러보고, 보령 석탄기념관을 들러 안내 책자들을 있는 대로 챙겼다. 피사체를 찾으며 메모하는 데 한나절을 보냈다. 그 옛날 지하 땅속에서 석탄을 캐던 광부들, 우리의 솜씨로 곱게 구운 도자기를 이웃 나라에 수출하던 지난날의 흔적들을 오늘의 수출 현장과 오버랩시켜 보기도 했다. 예나 지금이나 우리나라는 수출과 수입이 큰 몫을 하고 있다.

지도에 빨간 줄을 그으며 이번에는 최남단 거제도를 향해 널찍한 고속도로에 들어섰다. 뜻밖에도 길고 짧은 터널들이 환한 등을 밝히며 마치 우리를 손짓하는 것만 같았다. 가는 곳곳마다 정갈한 고속도로 휴게소가 있어서 여행의 지루함이 없어 좋았다. 하얀 타일로 된 화장실의 벽마다 걸려있는 풍경화가 눈길을 끄는가 하면 은은한 멜로디와 꽃 향을 풍기고 있었다.

어느 휴게소 마당에서는 젊은 여인이 기타를 치며 유니세프 어린이 돕기 성금을 모으고 있었다. 뉴욕이나 파리에서 흔히 보던 모습들이다. 우리나라 고속도로 문화도 어느새 선진국 못지않았다. 산뜻하고 해맑은 청정 공기를 마시며 커피 향속에 앉아 있노라니 글 소재들이 줄지어 다가오는 것만 같았다.

차는 다시 달린다. '졸음운전은 모든 것을 잃습니다.' '졸지 말고 쉬어 가이소.' 이런 해학적인 글귀들은 뜻밖에도 글감의 주제로 손색이 없었다. 이렇게 여러 흥미롭고 다양한 시적 글들의 플래카드가 여기저기 눈길을 끈다. 그런가 하면 컬러플한 방음벽들이 도로변 논밭들을 병풍같이 둘러서 있고 투명한 플라스틱 방음벽은 건넛마을 풍광마저 꿰뚫어 볼 수 있어 한결 가슴이 해맑아지는 것만 같다. 특히 하이패스 톨게이트는 전국 어느 곳에서나 막힘없이 일사천리로 달릴 수 있어 이 나라 내륙 관광의 품위를 한층 돋보이게 했다. 아울러 친절한 화살표와 안내도로 해변 길이며 육로 여행은 어려움 없이 4통 8달로 만사형통했다.

언제부터인가 해외로만 나가려는 유행성 관광 여행보다는 이제는 내 나라 내 산천을 찾아가는 전통 테마 알뜰 가족 여행을 권장하고 싶다. 육해공(陸海空)로의 융복합된 정취에 넋을 잃고 달리니 드디어 최남단 거제도에 도착했다. 푸른 산천을 가슴으로 관조하는 것이야말로 또 다른 하나의 고령화 사회의 힐링이라 하겠다. 이보다 나은 명약이 따로 없을 것만 같다.

이곳 거제도 앞바다의 명물 신비의 해금강과 외도는 나에게는 오래 기억될 사연들이 많은 곳이다. 천혜의 해금강은 하늘의 천사들이 유희하는 신선한 곳인가 하면 기암절벽의 외소나무는 모진 풍랑에 시달리며 자수성가한 어느 위인의 상징인 것만 같다.

아침 기름을 넉넉히 먹은 우리 차는 신바람을 가르며 또 달리기 시작했다. 여수 오동도 콘도에 여장을 풀 때는 석양의 하늘이 붉게 타고 있었다. 이곳은 반세기 전 섣달그믐날 밤에 여수 부두에서 500톤 나무 배에 광석을 밤새 실어 오사카에 수출하던 추억이 있는 곳이다.

몇 날 며칠을 발품을 팔아 서해와 남해 두루두루 여러 곳에 발자취를 남겼다. 드디어 차를 돌려 남에서 서울로 향해 돌아오는 귀경길에서 김해(金海)와 사상(砂上)을 둘러보았다. 피란 시절의 아픔이 고스란히 숨어 있는 고장이기 때문이다.

드디어 이번 나들이의 마지막 밤은 대전 유성온천에다 짐을 풀기로 했다. 그 옛날 신혼여행을 이곳으로 왔기에 글감으로는 으뜸이 될 것만 같기 때문이다.

구슬 꿰듯 지나온 곳곳을 이어 보니 마치 거북등 같은 그림 모양새였다. 자그마치 1만3천여 리가 족히 될 것이라고 한다. 그러나 아직도 배는 고프기만 하다.

[에세이21. 2018. 봄]

노래하는 단풍

며칠 전에 일본 요코하마 근교에 있는 '다테야마 구로베 알펜루트'와 구로베 협곡의 국립공원 단풍 구경을 하고 돌아왔다. 20여 명의 일행 중에는 우리 사돈 내외도 끼어 있었는데 짐작했던 대로 우리 두 노부부가 최고령자들이었다.

3박 4일 나들이 일정은 새끼줄마냥 쉼표 없이 촘촘히 이어져 있었다. 젊은이 위주의 나들이에 우리 넷은 그들에게 행여나 걸림돌이 될까 봐 정한 시간표보다 늘 앞서기로 했다. 은연중 언행도 자숙하며 안내자의 해설도 남보다 더 귀담아 경청키로 했다.

'다테야마 구로베 알펜루트'라는 코스는 말 그대로 명품 풍경 일색이었다. 이 대자연의 여정은 단풍잎으로 물들인 케이블카로 1백 킬로 가까이 가야 하는 산악루트였다. 해발 1천 미터에 다양한 원생림이 분포하고 있는 비료타히라 분지를 돌면서 차창 밖으로 바라보는 백여 미터의 일본 최고의 폭포의 낙차와 소묘폭포의 구름 같은 물안개는 우람찬 나이아가라와는 또 다른 이미지였다. 그곳을 지나, 무로도 고원이라 부르는 북알프스 제일의 경관인 천여 미터급 봉우리의 전망,

일본 3대 명산의 하나인 다테야마의 최고 봉우리 대관봉, 어느 것 하나 감탄의 연속이 아닌 것이 없었다.

1963년에 완공된 구로베 댐에 의해 생성된 선녀들의 무도장 같은 구로베 호수, 이어서 이 나라 최고의 아치형 구로베 댐까지의 신비로운 풍광은 신의 우주 창조설을 외면할 자 없을 것만 같다. 기암절벽을 병풍 삼고 계곡 속의 물안개와 검푸른 호수, 햇빛 입은 오색단풍이 그림같이 잔잔히 물드니 그저 하나의 파노라마 산수화 같았다. 수억만 년 전의 저 푸른 하늘과 대지는 이렇게 숨 쉬며 서로를 보듬어 하나 됨은 어찌 과학의 셈만으로 수사할 수 있을까. 저 멀리 아스라이 숨 쉬는 인간들의 작은 사유 속에서 이 광대한 시나리오가 연출되었으니 우주 속의 존재 가치를 다시금 사유하게 된다. 구로베 댐이야말로 끝없는 의문 부호를 던지고 있었다. 무려 하늘을 찌를 듯한 높은 산악들이 첩첩이 에워싼 리듬 속에 유유히 쉼표 없이 흐르는 멜로디의 하모니, 허공 속에 소재들을 퍼즐 맞춤하여 지혜를 더하니 무려 백만의 관광객을 유인했다는 자랑이 결코 과장만은 아닌 것 같았다.

다음은 아득한 그 옛날 광부들의 생명선이었던 뚜껑 없는 토로코 열차를 타고 구로베 협곡(黑部峽谷)을 둘러본 일이었다. 이 가파른 협곡은 크고 작은 40여 개의 터널과 30개 가까운 다리가 있는데 이 작은 차를 타고 다니며 가을 정취를 만끽하는 코스였다. 험준한 절벽 산을 뚫고 길을 내고 두 줄의 레일을 깔아놓은 재주 같은 불가사의한 수수께끼가 한두 개가 아니었다. 그 좁디좁은 산세를 깎아내고 하늘 아래 곡예하듯 미니 정거장을 내고, 쉼터까지 지을 여유를 가졌다니 놀라웠다. 엄동설한에는 이 서커스 같은 난공사를 어떻게 해냈을까.

수많은 노역자의 희생도 있었다며 안내 방송은 자랑하듯 한다.

강 건너 저너머 협곡을 잇는 실오라기 같은 구름다리. 바람이라도 불면 금방이라도 떨어질 것만 같은 아슬아슬한 연결 고리, 숨 가삐 내뿜는 도로코 열차의 빅빅 소리가 지금도 귓전을 맴돈다. 한바탕 소나기가 지나가며 뿌린 상큼한 천연향, 물안개 자욱한 저 아래 솜구름 같은 시공은 하늘의 천사들만이 노니는 무도회장 같기만 했다. 따가닥 따가닥 텐텐 속의 음산한 소리를 토하며 도로코 열차는 뱀허리같이 꼬불꼬불한 철로를 잘도 달린다. 장난감 같은 미니 정거장에 멈추어 토산품도 판다. 이때마다 여인들은 고산지대 단풍을 껴안으며 카메라를 돌리며 함성을 지른다. 해맑은 고산지대 푸른 하늘 아래 더 없는 청정함을 눈으로 모으니 실로 모두가 천상에서 유영하는 선남선녀 같았다. 우리도 잠시 벤치에 노쇠한 몸을 기댄다. 대형 파노라마 속에 걸어 온 지난날 발자취가 가물거린다.

　　나무 그늘에 앉아
　　나뭇잎 사이로 반짝이는 햇살을 바라보면
　　세상은 그 얼마나 아름다운가. (정호승)

요코하마의 명품 관광소가 보란 듯 길게 늠름히 미소 짓는가 하면 저 멀리 바다 건너편 미국 땅에는 마치 지구 덩어리가 반 토막이 난 것만 같은 저 그랜드캐니언, 지금도 태고의 빙산이 죽음을 재촉하듯 녹아내리는 오슬로의 거문 실개천. 언제부터인가 희로애락의 대자연은 마치 인간들의 속성과 다를 바 없어 보였다. 서리 앉은 머리를 맞대고 서로서로 바라보노라니 우리 인생의 가을 단풍도 자연의 옛길 그대로였다.

한 땀 한 땀 엮은 인간 역사(役事)도 궤적을 벗어날 수 없는 것만 같다. 생과 사의 사이에 짓고 허무는 반복의 다람쥐 같은 오늘도 내일도 여백이 없다. 저들 나라의 사자(死者)들은 위업을 남겼으나 현세의 우리들은 무엇으로 답을 주고 갈 것인가. 노래하는 단풍 속에 투영되는 나는 산수(傘壽)의 언덕을 빈손으로 노닐어 온 것만 같다.

서울 오기 전날 밤 온다게산의 예고 없는 화산 분출로 무모한 등산객들이 졸지에 생명을 잃었다는 소식이 TV 화면에 오른다. 또 원난성 중국 땅에서는 대지진으로 또 생명들이 힘없이 매몰됐다. 신비의 장미 꽃에 숨은 가시가 있듯이 인생의 여정 속에서도 아픈 비보도 들려온다. 희로애락의 여정이라 했던가. 봄날의 푸른 잎도 어느덧 한흔 속의 난쑹이 되어 미지의 먼 곳을 가고 있었다.

무릇 만물이 무성하게 자라나나
각각은 그 뿌리로 다시 돌아감이라.
그 뿌리로 돌아감을 고요함(靜)이라 하니

선현의 그 시어가 저 멀리서 들려오는 것만 같다.

[2014. 10. 7.]

영덕으로 가는 고속도로에서

가랑비가 추적추적 길을 적신다. 논산(論山) 집회를 마치고 동해의 대게 산지로 알려진 영덕을 향해 우리는 고속도로를 달린다. 그곳에서 피란 시절의 옛 추억을 찾아보기 위함이다.

푸른 바탕의 이정표는 대전 24km를 가리킨다. 메마른 논밭에 늦은 가랑비가 조용히 내려주니 마음이 놓인다. 비닐하우스 하얀 지붕에 빗방울이 방울방울 떨어지고 있는데 마치 사막의 생명수 같다. 청계산 길섶에 '조정 등을 켜 주시오.'라는 노란색 등이 다가오고, 남세종을 가는 길에서 만난 투명 플라스틱 방음벽이 아침 인사를 건네면서 미소 짓는다. 쉼 없이 보이는 무인 간판 '졸음 쉼터'란 초록색 게시판이 운전자들에게는 어머니의 푸근한 가슴 같기도 하다.

인색하게도 비가 어느새 그치고 저 멀리 하늘 문이 열리고 있다. 느닷없이 '졸음 운전 자살 운전'이라는 끔찍한 현수막도 눈에 들어온다. 길 좌우편으로 펼쳐지는 무성한 아름드리나무 산림 속에서 금방이라도 그 옛날 호랑이라도 뛰쳐나올 것 같다. 붉은 네온사인이 반짝이며 '오늘 같은 빗길은 절대 감속하라'고 당부한다. 고속도로야말로 너무도 후덕한 이웃집 아저씨 같다.

어디부터인지 소리 없이 이슬비가 내리더니 어느새 갑자기 장대비가 되어 억수같이 쏟아진다. 빗속의 질주는 각별히 주의해야만 한다. 또 언제 그랬냐 싶게 하늘이 하얗게 백지장처럼 열리고 있다. 잠시 뭉게구름이 여기저기 바람에 밀린다. 자연의 변덕스런 연출이 무언극처럼 이어지고 있다. 이어서 소리 없이 누군가의 천상의 오묘한 각본인 양 삽시간에 막을 내린다. '단 한 번의 졸음은 모든 것을 잃습니다.' 또다시 섬뜩한 경고가 눈에 들어온다.

자연을 만끽하며 이 나라의 심장부 고속도로를 달리고 있다. 청아한 산림은 우리의 숨어 있는 보물이며 심신이 절로 열리는 것만 같다. 이곳에는 매연과 미세 먼지는 발붙일 곳이 없다. 지난날 〈새마을 노래〉를 부르며 땀 흘려 심어 놓은 푸른 산야의 청량함이 마치 어머니의 품속만 같다. 저 검푸른 심산유곡에서 피어나오는 상큼한 하늘 냄새. '졸음에 목숨 걸겠습니까?'라는 어느 산신령의 근엄한 호령 소리가 들려오고 있다. 그런가 하면 '행복 그리고 자연을 이어 주는 길'은 마치 어느 성자의 부드러운 가르침으로 다가온다.

회인 터널 500m 앞에서 '출구 감속'이라며 손을 흔드는 로봇 경찰 아저씨도 힘 있게 한몫을 한다. 이때 저 동녘 하늘에는 초가을 솜털 구름이 유유자적 흐르고 있다. 키 재기나 하듯 나란히 이어져 있는 저 멀리 형제 산봉우리에는 하얀 민들레 씨앗들이 바람에 흩날리고, '빗길 과속 사고 16%' '졸리면 제발 쉬어 가세요.' '기사님 졸면 모두에게 위험' 이렇게 온 가족이 길섶에 나와 속삭이고 있다. 우리나라의 고속도로야말로 살아 숨 쉬는 교육의 한마당이다.

목적지 영덕 119km를 앞두고 달리는 도로변에서였다. 졸음운전을 경고하는 굉음이 갑자기 확성기를 타고 터널 앞에서 터져 나온다. 난생 처음 들어보는 고속도로상에서의 폭발음이다. 이런 기발한 발상이야말로 핸들 잡은 기사뿐만 아니라 차 속의 승객 모두가 졸음을 깨게 된다. '생과 사는 순간 1초.' 영덕, 상주 분기점에서 만난 짧지만 귀한 경고는 글감의 소재로 손색이 없다.

드디어 목적지 영덕 1km 앞까지 우리는 쉼 없이 달려왔다. 이번에는 상주 터널 입구에서 커다란 터널 벽화가 우리를 맞는다. 기다란 시어보다 짧은 한 폭의 낚싯배 그림이 더욱 마음에 닿는다. 의성 휴게소에서 아침을 먹고 창가에 앉았다. 이곳은 동해와 서해가 만나는 합수지점으로 휴게소 앞에 바다가 너울거린다. 화장실은 마치 안방같이 산수화 그림으로 벽을 두르고 생화들의 은은한 꽃향기가 좋다. 두 젊은이가 연주하는 기타 선율은 이곳 지자체에서 나온 이웃돕기 캠페인이라고 했다. 나들이객들의 가슴을 따뜻이 보듬어 주어 좋았다.

잊을 수 없는 글감은 '무지개 터널'이었다. 이런 오지 속에 뜻밖에 오색 무지개 벽화 터널은 누구에게나 감탄으로 다가올 것이다. 전무후무한 이런 친절한 발상에 처음 느껴보는 고마운 마음이 절로 난다. 지루하고 캄캄한 터널 속에 들어가기에 앞서 초입 양편에 빨강, 노랑, 파랑 무지개무늬들이 어린이들의 때때옷 같기만 하다. 영덕을 찾아오는 외지인들에게 탄성을 자아내게 하는 환희의 개선문이었다.

광활한 동해바다가 손에 잡힐 것만 같은 영덕 블루로드를 따라 아내와 함께 새벽길을 거닌다. 지난날 피란살이의 흔적을 밟으며.

[에세이21. 2019년 봄.]

새벽을 여는 여인네들

꽃샘바람이 소리 내며 스쳐 간다. 그때마다 너울파도는 방파제 바위에 기어오르며 파열음을 낸다. 구슬 같은 하얀 포말이 춤추듯 하늘 허공에 솟구친다. 해돋이 용틀임이 꿈틀대는 새벽 검푸른 바다는 무슨 원수진 양 분노하여 검정 바위들을 사정없이 몰아친다. 하늘의 진노는 무슨 말 못할 아픈 사연이라도 있는 것만 같다. 저 멀리 수평선 상에는 핏빛의 구름 속에서는 아침 해가 장엄하게 솟아오르고 있다. 태양의 자태가 유유히 떠오르기 시작할 때 암흑 같은 지구의 잠자던 바다가 서서히 빛을 받는다. 점점이 멀리 떨어져 있던 고기잡이 조각배들이 하나둘씩 모습을 드러낸다.

내 발아래 납작 엎드린 돗자리 같은 얄팍한 바위들, 할머니 손등 같은 다섯 줄기의 물속 바위들도 서서히 시야에 들어온다. 갈매기 울음소리도 화답하는가 모든 만물이 만천하에 드러난다. 빛이 어둠을 몰아내고 하늘에 솟으니 만물이 일시에 잠을 깨고 아침의 노래를 부른다.

이때 이곳 속초 해맞이 전망대 밑에서 일하는 두 여인이 눈에 들어온다. 그녀들은 하나같이 손에 무슨 쟁기 같은 것을 들고 있었다. 오른쪽 여인은 커다란 가위를 왼쪽 여인은 작은 낫을 들고 바위 위를 서성인다. 이른 새벽에 흉기를 든 젊은 여인들을 보는 순간 무슨 섬뜩한 생각마저 들며 불길하다. 순간 호기심에 그녀들의 손놀림을 유심히 바라보기 위해 다리 위에서 멈춰 섰다.

검은 옷을 입은 한 여인은 파도치는 앞 바위 쪽으로 또 다른 하 여인은 다리 왼쪽으로 걸어가고 있었다. 이 꼭두새벽에 서성이는 두 여인의 정체는 과연 무엇일까? 잠시 후 그녀들은 약속이나 한 듯 허리춤 속에서 그물 망태기를 꺼내서 허리 위에 매여 묶는다. 검정 바지로 갈아입고는 바지 허리를 꼼꼼히 조인다. 그리고 파도를 피하며 바위 위에 조용히 앉는다. 파도는 리듬에 따라 바위와 부딪치자 하얀 포말이 하늘 높이 솟았다가 사라지곤 한다. 이때마다 그녀들은 바위 아래 일렁이는 물속에 낫을 넣어 떠밀려온 미역이나 해초를 재빠르게 낚아채는 것이 아닌가. 물속에서 바다풀을 베고 있었다. 가위 쥔 여인은 바위에 붙어 있는 푸른 내상이나 무슨 조개 같은 것을 긁어모은다. 억센 파도와의 싸움이었다. 사나운 파도가 사납게 몰아쳐 오고 있어도 두 여인은 주저 없이 그때마다 날렵하게 포말 속에서 포말과 사투를 벌이고 있었다. 생존을 위한 여인들의 결사항전이었다.

얼마가 지나서였을까. 해가 커다랗게 보일 때쯤에는 허리에 찬 푸른 망태기에는 거무스름한 해초가 그물 망태기 속에서 두둑해 보였다. 새벽을 낚아채는 용감한 여인들이었다. 그때 마침 앞바다에서 밤을 새우며 물고기 잡은 배들이 퉁퉁거리며 부둣가에 들어온다. 나는 배를 따라 부둣가로 쫓아갔다. 부둣가에는 경매인들이 앞뒤 쪽에 둥글게 둘러서 있다. 먼저 부두에 들어선 한 어부가 배 안에서 가자미를 망태기로 퍼내기 시작한다. 큰 대야에 담아 경매인 앞에 내어놓는다.

이때 부둣가 생선가게 주인아줌마들이 서둘러 우르르 몰려온다. 그녀들의 머리에 쓰고 있는 모자에는 커다란 검정색 번호가 적혀있다. 12, 13, 14, 15, 16, 17번이다. 그리고 바닥에 놓인 4개의 대야에는 싱싱한 살아 있는 가자미들이 크고 작은 것들이 차례로 놓여있다. 큰 다락부터 높은 가격이 매겨진다. 이때 어디선가 체격 좋은 남성들이 새마을 모자 같은 것을 쓰고 가자미 대야 앞에 와 선다. 그중 체격 좋은 한 청년이 한가운데 나서더니 경매가 시작되는 순간이다. 모자에 번호를 쓴 아줌마들이 모두가 하얀 종이를 꺼내 모자 번호를 쓰고 매입희망 가격을 적어 손을 들어 보이면 높은 가격부터 차례로 입찰이 되어 팔려나간다. 그 옛날 손가락을 몰래 가리며 큰소리 외치며 경매하던 방법도 이제는 구식으로 사라져 버렸다. 낚싯배 들어오는 부두 초입에 그녀들은 생선 가게와 도매상을 겸해 하고 있었다. 남성 못잖게 더 억센 새벽을 여는 부둣가의 여인네들이었다. 여기서도 또다시 앞바다를 지키는 극성스러운 새벽 아낙들을 보았다.

파도와 싸우는 억센 속초 앞바다의 여인네들은 오늘도 내일도 꿈을 싣고 이렇게 새벽을 달리고 있을 것이다.

하늘은 스스로 돕는 자를 돕는다고 했던가!

나는 돌아오는 차 속에서 그녀들의 가정을 마음속에 그려 본다. 어린것들이 쿨쿨 자는 시간 그 자식들을 위해 컴컴한 밤에 집을 나서 이곳 성난 파도와 싸우는 그 어머니의 자식 사랑, 이 얼마나 귀한 것인가. 우리 어머니들도 이렇게 나를 키웠을 것이다. 자랑스러운 그녀들을 위해 하늘에 기원해 본다.

[월간 문학공간, 통권 344호, 2018년 7월]

박연폭포

입경 수속을 마치고 개성 땅에 들어선 버스는 기다렸다는 듯 쏜살같이 달린다. 신호등이 없는 네거리에는 지체할 일도 별로 없다.

낙엽 지는 개성 날씨는 서울과 별반 다를 바 없다. 한눈에 들어오는 낮은 산들이 사이좋은 형제들처럼 나란히 차례로 누워 있는 모습이 정겹다. 산마다 푸르름은 어디 가고 앙상히 추위에 움츠린 모습에 마음이 저며 온다. 그래도 외곽 도로변의 옥수수밭은 제법 길게 이어져 그나마 옛 고향 마을에 찾아온 듯 넉넉함이 인다. 어떤 수숫대는 벌써 알곡이 여물었는지 밭의 한두 곳에 수숫잎이 수북이 쌓여 있으나 일꾼들의 그림자는 보이지 않는다. 밭 건너편에는 콩밭이 펼쳐있고 그래도 제법 푸른 잎을 소복이 보듬고 무성히 잘 자라고 있었다. 달리는 차창 너머 푸른 하늘을 바라보노라니 상처뿐인 이 땅의 지난날이 주마등같이 흘러간다.

어린 시절 개울가에서 맨발로 뛰어놀던 옛 고향, 자전거로 20리 길을 통학하던 중학 시절, 해 질 무렵 밭둑에 매어 놓은 어미 소를 이끌고 집으로 돌아오던 어린 추억, 그토록 가보고 싶었던 북녘땅을 밟고 먼 산을 바라보고 있노라니 그 켜켜이 쌓인 애환의 지난날을 어디서 부터 풀어야 할지 뒤엉킨 실타래 같기만 하다.

개성 시내 한복판을 차선 표시 하나 없는 낡은 길을 우리 현대 버스는 보란 듯 줄을 이어 달린다. 버스들은 작은 검정 선도 차를 놓칠세라 바싹 앞차 꽁무니를 따른다. 박연폭포로 이어지는 내리막 길가에 간혹 외롭게 피어 산들거리는 코스모스꽃은 남과 북이 따로 없었다. 순간 친한 옛 벗을 만난 듯 반갑기만 하다. 아니 그 옛날 어머니의 미소 띤 얼굴을 대하는 것만 같다.

이곳 하늘 어디에선가 잠들어 있을 나의 어머니는 어느덧 반백의 세월을 넘어 어언 51주기도 저만치 흘러갔다. 산속 언덕 군데군데에서 짙은 연기가 하늘 높이 솟아오른다. 산불이 아니냐고 황급히 안내원에게 물었으나 그것은 감자, 옥수수, 콩을 구워 먹기 위한 아이들의 불장난이라며 대수롭지 않게 넘긴다. 안내원의 앵무새 같은 말은 뒷전이고 나는 그들의 삶의 내면과 시내 풍광에만 눈 귀가 쏠려 있었다. 남쪽에서 정을 내리고 살아온 지도 어언 갑년(甲年)의 세월이 흘렀다. 넉넉한 거리의 가로수는 수령이 제법 쌓여 푸른 잎을 켜켜이 거느린 가지들이 마치 허리 굽은 촌로의 모습과 같다. 식당 앞 개울가의 버드나무는 휘영청 늘어진 가지가 찾아온 객들에게 더 없는 위안이 된다. 그래서일까, 이곳은 한때 조상들이 풍류를 즐기던 명당이라고 자랑이 끊이지 않는다.

북녘 사람들이란 시중드는 젊은 여성들과 안내원 남성 두 사람뿐이다. 그들과의 대화는 금지되어 있으니 꿀 먹은 벙어리의 잔칫집 같기만 하다. 한때 개성상인으로 명성 높았던 시내 장터는 보이지 않고 오고 가는 차량도 눈에 띄지 않으며, 낡은 자전거와 걸어 다니는 모습이 지난날 해방 직후의 어수선한 모습 그대로다. 남루한 옷을 걸친 중년 부인 몇몇은 등에 무엇인가 둘러메고 총총걸음으로 어디론가 걸어가고 있었다. 그 속에는 어린 것들을 위한 먹을거리가 있을지도 모른다. 길가의 논밭에서는 남녀 학생들이 교복을 입은 채 바지를 걷고 무슨 일인가 하고 있었다. 그래도 간혹 여자아이들이 흰 블라우스에 빨간 마후라를 하고 두세 명이 지나가는 모습이 이곳이 북한임을 실감하게 한다. 집집마다 기와지붕은 낡아 퇴색되고 어떤 집 지붕에는 누런 옥수수와 빨간 고추를 말리고 있었다. 왜 앞마당을 비워 놓고 힘들게 지붕에서일까 궁금했다. 달리는 버스 속에서 간혹 골목길을 훔치듯 엿볼 수가 있었다. 아이들이 조각돌을 가지고 놀고 있었다. 그 속에 장정들도 할릴 없이 모여서 우두커니 서 있었다. 한마디로 생기를 찾을 수가 없었다. 도로변에는 붉은 페인트로 '전기기구 수리' '리발관' '결혼식 사진관' '닭곰 집' 등 한글로 쓴 간판들이 이따금 눈에 띈다. 간판들도 객이 없이 가을 햇빛 속에 졸고 있다.

고려 500년의 역사가 숨 쉬는 곳이라 저들은 자랑하지만 양분된 동포의 생각과 모습은 완전히 이방인으로 낯선 땅과 같았다. 마을과 마을 앞에는 높다란 돌탑이 하나씩 서 있고, 그 앞에는 커다란 ○○○의 사진이나 붉은 글씨의 구호들이 촘촘히 새겨져 있다. 우리는 차 속에서 행인들에게 손을 흔들었으나 그들은 나와는 무관하다는 듯 눈길조차 주지 않는다. 예나 지금이나 다름없는 가을 햇살, 시원한 개울 바람, 그리고 박연폭포의 낙하 유수만이 옛것이라고나 할까. 지금은 모든 것이 동면기에 접어들어 이곳이야말로 정지된 지구촌의 한 모퉁이 같았다.

　이윽고 버스는 남쪽 한계선을 넘고부터는 신나게 달린다. 무거운 침묵 속에서 굳어 버린 듯 아무도 입을 여는 사람이 없다. 과연 우리는 오늘 무엇을 가슴으로 보고 왔는가. 허탈한 하루의 반쪽 관광이 더욱 가슴을 아프게 한다. 얼마나 더 가슴을 조여매야 그 내일이 다가올 것인가.

[2008. 9. 25.]

제4부

따뜻한 숨결

−素原 김창송 회장
시집 ≪새벽달≫ 출판기념회

《새벽달》이 밝았네

– 시인의 머리말

어느덧 미수를 넘어 구순이 된 지도 한해가 넘었다.

해 질 무렵 느티나무 그늘에 앉아 있노라니 흰 구름이 바람에 밀려 서산에 자치를 감추고 있다. 나의 지난 세월이 그리했듯이 허허 롭기만 하다. 그러던 어느 날 환갑에 이른 두 아들이 "이번 아버지 생일은 가족들은 물론 아버지 보고 싶은 지인들을 다 부르세요."라고 하는 것이 아닌가. 사실 코로나로 인해 지난 2년여 세월이 지나도록 보고 싶은 심정이야 어느 누구인들 없으랴.

수필가라는 꼬리표가 붙으면서 자의 반 타의 반 7권이나 겁 없이 상재했다. 그것은 직업이 무역이라 시장개척 명목으로 지구촌을 여기 저기 돌면서 희로애락의 글쓰기 소재가 남달리 많았기 때문이 아닐까 생각된다.

관악캠퍼스에서 시 창작 강의가 오세영 교수 지도하에 있다는 안내문을 보고 즉시 등록한 것이 어느덧 십여 년의 세월이 훌쩍 지났다.

다음의 글 모음은 출판 기념회 축하 자리에 함께 했던 분들의 축사와 서평 그리고 끝으로 가족들의 짧은 글들이다.

새벽달

김창송 작시/ 임긍수 작곡

1 새벽달 쳐다보니 고향생각 절로 난다
　서산에 뉘엿뉘엿 해는 저물어가고
　울 엄마 두만강가 굴을 캐시다가
　발걸음 재촉하며 밥 지으려 오시지
　감자 밥상 둘러앉아 정답게 그 모습
　그리워라 울 엄마 그 모습 잊을 길 없네
　그리워라 울 엄마

2 고무신 신기조차 어렵던 그 때 그 시절
　밑창을 꿰매시던 어머니 보고 싶다
　이제는 구름타고 오시는 어머니
　초승달도 눈물짓는 꿈속의 모자상봉
　어머니 떠나신 지 반세기가 넘었지
　그 모습 잊을 길 없네 그리워라
　울 엄마 그 모습 잊을 길 없네
　그리워라 울 엄마

새벽달

김 창 송 작시
임 긍 수 작곡

음——재촉하며 —밥지으려 —오—시지
달도 —눈물짓는 —꿈속—의 —모자상봉

감자밥 상 —둘러앉 아 정— 답 게먹—었—
어머—니 —떠나신 지 반세 기 가넘—었—

던 그모 습 —잊을길없 네 그리워 라 —올—엄
지 그모 습 —잊을길없 네 그리워 라 —올—엄

포도 씨앗 하나가 땅에 떨어져서
―출판기념회 축사

오세영
서울대학교 명예교수, 대한민국예술원 회원, 시인

제가 대학을 정년하고 서울대에서 서울대학교에서 평생교육원을 맡아 달라고 한 적이 있었습니다. 제가 시를 쓰는 사람이기 때문에 "시를 평생 교육원에서 교육해 보겠다."고 생각했습니다. 학교 이름 때문인지 많은 사람이 몰려왔어요. 한 100여 명이 몰려왔는데 100여 명을 다 가르칠 수가 없어서 A 반 B 반 나눠서 시 창작 지도를 했습니다.

거기에는 많은 분이 오셨는데 제가 좀 놀랐습니다. 왜냐하면 이 나이쯤 되면 이 세상에서 이루실 일들 다 이루시고 일생을 편하고 즐겁게 보내셔야지 하지 않겠습니까? 그래서 대체로 이 시기에 하시는 일이라고 하는 것은 즐거운 일, 기쁜 일, 함께 어울리는 일, 조금 더 가치 있다면 봉사하는 일, 이런 것들로 시간을 보내는 것을 제가 알고 있습니다. 그런데 시 쓰는 일은 그렇게 간단한 일이 아닙니다. 시는 즐거워서 쓰는 것도 아니고 쾌락을 느끼는 것도 아니고 누굴 도와주는 것도 아닙니다. 시 쓰는 것은 고민입니다. 시를 쓰려고 굳이 서울대학교로 가고 그곳이 가까운 곳도 아닙니다. 손수 서울대학교까지 오시는 모습을 보고 제가 좀 놀랐습니다. 두 번째 놀란 것은 저분이 도대체 어떤 분인가 뭘 하시는 분인데 이렇게 시를 배우시나 하고 조금 알아봤더니 기업체 회장님이시더라구요.

명예라고 하는 것은 사실 따지고 보자면 돈도 없고 권력도 없는 사람들이 가져야 될 인생의 가치입니다. 왜 그런 분들은 돈을 추구하지도 않고 권력도 추구하지도 않고 내가 이것을 함으로써 인생의 인간 삶의 얼마나 더 기여를 할 수 있을까 하는 것을 생각하면서 소방관도 명예로운 영웅이 있고 또 미화원도 명예로운 미화원이 있는 것입니다. 정치가 명예는 아닌 것이죠. 기업도 마찬가지라고 생각합니다. 기업도 돈을 많이 벌어 가지고 뭐 하겠습니까. 돈을 버는 것은 하나의 과정인 것이고 그 번 돈을 가지고 우리의 삶과 이 세계와 인간의 가치를 드높이는 그런 삶을 살아야지 훌륭한 명예를 갖는 기업인이 아닐까 저는 그런 생각을 하는 것이죠. 인간은 어떻게 살아야 되는 것일까? 어떻게 살아야 인간답게 사는 것일까?

시라고 하는 것은 인문 과학의 꽃입니다. 입문 과학의 중심은 문학이고 문학의 중심은 시입니다. 왜 문학의 중심은 시인가? 시라는 것은 언어의 예술이기 때문입니다. 왜냐면 인간은 언어를 가진 동물이기 때문에 이 세상 그 어떤 동물도 언어를 하는 동물은 없습니다. 그래서 인간을 가리켜 호모 사피엔스라고 합니다.

포도 씨앗 하나가 땅에 떨어져서 무성하고 큰 포도나무를 풍작해서 그 포도주로 쓰이는 포도로 하나님의 뜻을 따르는 그런 의식의 성스러운 제물이 되리라고 저는 믿습니다.

제가 선생님 시를 여러 번 읽었습니다만, 선생님 시 중에 '하늘 아래'라는 시가 있습니다. 하늘이 뭡니까? 하늘이라는 것은 하나님을 말하는 것이죠. 하늘 아래 모든 사람들은 평등하고 하나님을 경배할 수 있는 하나님 뜻에 그 순리에 순종할 수 있는 그런 자들이라고 저는 생각을 합니다.

저는 김창송 선생님 같은 훌륭한 기업가들이 앞으로도 많이 배출이 되어서 우리 사회를 조금 더 진실하게 조금 더 아름답게 조금 더 인간다운 사회를 만들어갔으면 좋겠습니다. 감사합니다.

어떤 작품을 읽으면 마음이 찡하고, 어떤 작품을 읽으면 가슴이 뭉클하고, 어떤 작품을 읽으면 목이 메고, 또 어떤 작품을 읽으면 눈물이 찔끔 난다. 온갖 세상 풍파를 겪어낸 분이 쓴 시가 어찌 이리 순수할 수 있을까. 노시인의 마음이 어찌 이리도 맑을 수 있을까. 무슨 말이 필요하랴. 무슨 시론(詩論)을 들이대서 그의 순결한 시에 상처를 입히랴. 감동을 주면 그것으로 훌륭한 시인 것을. 지금까지의 생은 전사같이 치열한 무역인의 삶이었다면 앞으로의 생은 이렇게 순수하고 아름다운 감성을 살려 시를 쓰라고 신께서 특별히 선물하신 시간이지 싶다.

김창송 시인은 나와 특별한 교류는 없지만 열여덟 살에 전쟁으로 가족과 생이별을 하고 외롭고 곤궁한 환경에서도 '성원교역주식회사'를 설립하여 국가의 경제 발전에 기여하고 또한 독립투사를 발굴하고 장학재단을 설립하여 그 후손들을 도와주고 경로대학을 설립하여 평생을 문맹으로 살아오신 노인들에게 배움의 길을 열어주어 새로운 삶을 살 수 있도록 해주는 등, 오른손이 하는 일을 왼손이 모르도록 남몰래 노블레스 오블리주를 오랫동안 실천하는 분으로 알고 있다. 그런 그의 삶과 진실이 녹아 있는 시집을 나는 오늘도 감명 깊게 읽는다.

따뜻한 숨결로 쓴 핏줄의 내밀한 기록
−시집 ≪새벽달≫ 해설

신달자

대한민국예술원 회원, 시인

"신을 본 사람은 없다. 그러나 만약 서로 사랑한다면 신은 우리 가슴에 머물 것이다." 톨스토이의 말이다.

김창송 시인의 모든 시에는 진한 사랑이 보인다. 그늘까지도 끌어안아 한 덩어리로 모으는 따뜻한 긍정의 사랑이 만져진다.

김 시인의 시는 오롯한 자신의 힘으로 만든 사랑을 주변과 함께 공유하고 균형 잡을 것을 절박하게 말하고 있다. 그렇게 균형을 이루는 행복 안에는 폭풍과 천둥이 숨어 있었다. 이 시집의 핵심은 바로 폭풍과 천둥을 거쳐 오늘이 존재하는 감사함의 과정을 그린 것이라고 볼 수 있다. 그 사랑의 주인공은 가족들이다. 작두날로도 끊을 수 없는 치유의 줄거리가 시집에 펼쳐져 있다. 이 시집은 따뜻한 숨결로 쓰고 말하는 핏줄의 내밀한 기록이다.

모질고 험한 세상살이가/ 얼마나 버거웠을까만/ 늙은 몸을 목발에 의지한 채/ 눈인사하네.// 지난 세월/ 겹겹이 키운 그늘로 열기를,/ 듬직한 몸으로 삭풍을 막아주면서/ 마을을 지켜준 수호신이여!/ 수백 년 장수의 비결은/ 무욕, 청렴, 나눔이라고/ 몸소 실천하며 가르쳐주는/ 우리의 스승 −「팽나무」 일부 어느새/ 머리가 하얗게 세어버린/ 억새풀/ 언제까지나/ 짱짱할 줄 알았더니/ 금방이라도 주저앉을 듯/ 미풍에도 버석거린다. -「실버타운」 일부

세상에는 '된다'와 '안 된다'가 존재한다. 인간에게는 예외가 없다. 푸르게 짱짱할 줄 알고 살지만, 언젠가는 미풍에도 버석거리는 약한 존재로 변한다는 철칙에서 누구나 벗어날 수 없는 것이다. 그러나 폭우에도 폭설에도 폭풍에도 서로 기댈 수 있는 동반자가 있다는 것, 그것이 어쩌면 인간에게는 가장 큰 행운일 수 있을 것이다.

김창송 시인에게는 이러한 인생의 철칙을 진즉에 알고 그 철칙에 순응하며 고요히 따라간 선량함이 있다.

그에겐 생이별한 어머니와 아버지에 대한 절절한 그리움이 있었고 그 그리움이 생을 지탱할 수 있는 내적 강인함이 되었음을 시에서 보여주고 있다. 그래서일까? 사랑은 아름다운 꽃이지만 그 꽃은 가파른 낭떠러지 끝에 가서야만 딸 수 있으므로 그 꽃을 갖기 위해서는 용기가 필요하다는 말이 시 편 편에 배어있다. 그래서 시는 바로 그 사람이며 그 사람은 또한 시를 빚었다고 하는 것이다.

눈이 채 녹기도 전부터/ 산을 엎어 화전을 일구셨지요./ 새것으로 갈아 끼운 보습이/ 또 두 동강이 나버리자/ 뒤돌아 한숨을 쉬시던 모습이 눈에 선합니다.// 밤마다/ 희미한 등불 아래서 새끼를 꼬시고 이른 새벽부터/ 눈밭 속에서 땔감을 긁어모으셨지요. -「아버지」 일부
어머니!/ 이렇게 불러만 봅니다./ 고등학교 교복을 입고 떠나던 날/

차마 뒤돌아보지도 못한 자식이/ 헤어질 적 어머니보다/ 더 하얘진 머리에/ 지팡이까지 짚은 불효자가 되었습니다./ 오늘은/ 당신이 태어나신 날/ 부처님도 함께 오셨다지요. -「어머니 생신날」일부

　김창송 시인은 삶의 원천이 가족이다. 그 본성과 근원이 핏줄이다. 삶에서 새로운 도전이 필요할 때마다 그는 가족으로 하여 의지가 불타오른다. 그러므로 그의 시의 핵심은 바로 가족이다. 시가 가족으로부터 시작하여 가족으로 마무리된다. 가족이라는 이름이야말로 김 시인 삶의 지지대이며 시로 이끈 튼튼한 지렛대가 되었다. 아버지 어머니, 아내와 자식들, 손주들이 김 시인에게는 이 세상에서 가장 뜨거운 불꽃인 것이다.

　열여덟 살에 혈혈단신으로 남하했다. 그 외로움과 막막함을 무엇에 비길 것인가. 그래도 그는 어머니와의 약속을 지키기 위하여 사각모를 썼고 학교를 쉬다, 가다를 반복하였지만 드디어 경영학 석사가 되었다. 또한 무역회사 '성원교역'을 창립하여 가난하고 힘없는 대한민국을 발로 뛰어 세계에 알리고 우리나라 경제 발전에 기여를 한 기업인이 되었다.

　그의 지난(至難) 한 인생사는 바로 수필이 되고 시가 되었다. 이런 사람을 우리는 '성공한 사람'이라고 부르지 않던가. 글을 쓰다가 이 대목에서 김 시인에게 박수를 보내고 싶어진다.

　사랑이란 돌처럼 한 번 놓인 그 자리에 그대로 있는 게 아니다. 그것은 빵처럼 언제나 새로운 반죽으로 새로 구워내야만 하는 것이 아닐까? 고통의 강렬함이 그 고통을 극복하게 만드는 재료 아닌가. 고

통에는 이미 신의 증거가 담겨 있으며 크나큰 아픔을 견디며 나아갈 때 인간은 구원에 이르러 자신이 하고 싶은 일 앞에 서 있게 될 것이다. 김창송 시인이 그렇다. 다시 말하지만 시련이 없으면 축복도 없다는 것을 우리는 잘 알고 있다. 그의 시는 일상사를 노래하는 것이지만 사실 문학의 핵심을 노래하고 있는 것이다.

열여덟 살에 떠나와/ 다시는 가지 못한 고향/ 부모 산소도 모르고/ 형제들의 생사도 알 수 없는/ 이 망할 놈의 남북 분단/ 휴일 아침/ 망향대에 앉아/ 하염없이 북녘만 바라본다. -「망향」 일부

「망향」은 "이 망할 놈의 남북 분단"이라는 직설적인 표현으로 저릿한 공감을 자아낸다. 남북 분단은 우리 모두의 참담한 불행이며 오욕이다. 그 땅에 핏줄이 남겨져 있어 그리움이 사무쳐도 만나지 못한 채 영원으로 떠나게 되었다면 그 마음 또한 헤아릴 길이 없을 것이다.

두 분 다 돌아가셨다는 소식에/ 부모님 가묘를 만들었다./ 떠나올 때 품속에 넣어주신/ 낡은 족보를 유골함에 담고/ 남몰래 흘린 눈물을 섞어/ 봉분을 얹고/ 열한 명의 남녘 자손이/ 꼭꼭 밟아가며 잔디를 심었다./ 벚꽃과 목련, 진달래,/ 고향집 울타리에 피었던 개나리도 심었다. -「가묘暇墓」 부분

「가묘」의 한 부분이다. 유골 없는 가묘를 만들어놓고 남녘 가족들이 꼭꼭 밟아가며 잔디를 심고 성묘를 하는 모습을 상상해 보시라. 눈물

로 다 표현하지 못할 가슴 저린 아픔이 전해져 오지 않는가. 그 그리움이 생명의 무게로 김 시인에게 버팀목이 되었으리라.

> 고향 풍경을 그려/ 거실에 걸었다./ 밭갈이 끝내고 돌아오던/ 그날을/ 어머니는 채반을 머리에 이고/ 아버지는 나뭇짐을 지고/ 나는 소 끌고/ 실개천을 건너고 있다. -「액자1」일부
> 식탁 위에 걸려 있는 그림 속에는/ 고향집 평상 위에 차려진 감자 밥상에/ 온 식구가 둘러앉아 있다. -「액자2」일부

「액자」 1, 2 두 편 다 저절로 입가에 웃음이 번지는 행복한 추억이다. 때론 추억도 큰 선물이다. 고깃국과 쌀밥을 먹는 모습을 바라보시라고 액자를 걸어놓고 있는 김 시인에게는 생(生)과 사(死)가 없다. 지금도 어머니 아버지가 함께 사시는 것이다. 무엇을 놓치겠는가. 무엇을 숨기겠는가. 마음의 결과 안을, 무게를, 온도를 부모님과 함께 보고 느끼고 있는 이 원탁의 삶이야말로 김 시인이 바라고 소망하는 삶의 현장이 아니고 무엇이겠는가.

> 아내와 함께/ 눈 쌓인 길을 걷다가 뒤돌아보니/ 나란히 찍혀 있는 발자국들/ 비즈니스맨으로/ 해외로만 돌아친 남편 때문에/ 평생을/ 가슴 졸이며 산 아내의 발자국은/ 아직도/ 걱정과 눈물이 들어 있는 듯/ 내 쪽을 향해 기울어져 있다. -「발자국」일부
> 예복 말쑥하게 차려입고/ 피아노 건반에 맞춰 입장하는/ 신부를 맞은 것이 엊그제 같은데/ 빛바랜 사진이 되었다.// 꿈을 꾸었나./ 반세

기 넘게 쉬지 않고 달려오느라/ 턱에 차오르는 숨을/ 채 고르지도 못했는데/ 지팡이 앞세우는 신세가 되었다. -「그만하면 되었다」일부

이것은 분명히 시집이다. 그러나 이 시집을 펴는 순간, 이 시집은 무거운 소설집으로 다가올 것이다. 김 시인의 생애는 힘겨웠지만 한 편의 아름다운 이야기다. 그 이야기가 향기 있는 시(詩)로 새로운 발자국을 찍으니 그 빛이 어둠을 뚫는다. 김 시인에게 수난은 한 알의 종합영양제였으리라. 다시 시인의 말대로 그대들에게 말한다. 그리고 저 하늘의 주인에게 말한다. 그만하면 되었소. 이 시를 읽는 독자들도 모두 합창을 할 것이다. "그래, 그만하면 되었소."

5월 8일 일요일이라고 하셔서 왜 하필이면 오늘이야 라고 물었더니 오늘이 김창송 시인의 어머니의 생신이라고 들었습니다. 맞습니까?

"근데 사실은 제 생일도 오늘입니다. 저는 4월 초 8일 4시 부처님이 태어나신 시간과 날짜가 똑같습니다. 그래서 그 당시는 여자로서 너무 어려운 날에 태어났다고 해서 저희 어머니가 걱정이 많으셨던 그런 생일날입니다."라면서 시를 한 편 한 편 정성 들여 읽었습니다. 대한민국 사람이라면 누구나 공감할 수밖에 없는 사랑과 집착과 원망과 아픔이 뭉쳐있는 그런 단어가 가족이 아닐까 생각합니다. 그래서 오늘 이 자리는 이분의 가족사와 우리 한국이 가지고 있는 역사의 시련과 아픔 이런 것들이 어울려서 모두 축하하는 자리 김창송 시인의 가족 모두 축하하는 자리가 되기를 바랍니다.

(발췌, 요약하였습니다.)

내가 본 김창송 회장

―시집 ≪새벽달≫ 축하글

손광성

수필문학진흥회 전 회장

　김창송 회장을 처음 알게 된 것은 지금으로부터 20여 년 전이라고 생각된다. 행사장에서 본 그는 한마디로 신사의 전형 같았다. 훤칠한 키에 준수한 외모, 약간은 어눌한 편이었지만 오히려 그의 품위를 더 해주는 것 같았다. 게다가 기업인으로서 등단까지 했다니 대단하다는 생각이 들었다. 하지만 우리 사이의 거리는 그 이상 가까워지진 않았다.

　그렇게 한 5년이 지나서였을까 어느 날 김 회장으로부터 연락이 왔다. 한번 보자는 것이었다. 우리는 명동에서 남산 쪽으로 올라가는 길가 중국집에서 만났다. 그때 김회장도 나와 같은 실향민이라는 사실을 알게 되었다. 6·25 전쟁 때 그는 함경북도에서, 나는 함경남도 함흥에서 월남한 것이었다. 고향 사람을 만난 기분이어서 마음이 편했다. 용건은 인간개발연구원 회원들 몇이 글공부를 하고자 하여 '에세이클럽'을 만들었는데 강의를 맡아달라는 부탁이었다.

　그렇게 해서 그 후 6년 동안 한 달에 한 번씩 만났고 그런 시간을 통해서 월남 이후의 그의 삶에 대해서 자연히 알게 되었다. 성원교역이라는 회사를 일으키기까지 참고 견뎌야 했던 온갖 간난과 신고의 세월, 부산 피난 시절에는 야채 장수도 했고 사하촌에서는 호구를 위해 야채 밭에 인분까지 져서 날라야 했다. 때로는 낮에 일하고도 밤에는 건물 수위까지 하면서 주경야독을 했다. 함경도 사람이 모두 그런 것은 아니지만 그는 영락없는 '북청물장수' 정신으로 살았던 것이다.

힘들고 어려운 일이 닥칠수록 그의 정신은 더 강해졌고 의지는 더 뜨겁게 불타올랐던 것은 아닐까 싶다. 그렇게 해서 한 발 한 발 아니, 한 계단 한 계단 성공의 계단을 올라갔던 것이다. 나는 그런 이야기를 들을 때마다 그 인내와 노력에 감탄하고 또 감탄하곤 했다.

뜻한 바를 이루었으니 쉴 만도 한데 그 이후에도 그는 멈추지 않았다. 특히 2010년 동북아평화연대의 주관으로 블라디보스토크를 다녀온 뒤로부터 지금까지와는 정반대의 길을 택하게 된다. 개인을 위한 영리사업이 아니라 이웃을 위한 사회봉사사업에 올인하게 되는 것이다. 다름이 아닌 독립운동 사업가 최재형 정신에 푹 빠진 것이다.

그때까지 나는 들어보지 못한 독립운동가 최재형에 대해서 열을 올려 설명했다. 그러니까 최재형은 1860년에 러시아로 건너가 사업에 성공하여 거부가 되었다는 이야기에서부터 안중근 의사의 의거를 배후에서 지원한 후원자인 동시에 연해주 곳곳에 소학교를 세우고 우수한 젊은이들을 뽑아 사재를 털어 장학금을 준 교육자라는 것과 결국 일제에 의해 목숨까지 빼앗긴 남다른 독립운동가라는 사실을 김 회장을 통해서 알게 되었다. 김좌진이나 홍범도 장군 정도를 알고 있던 나에겐 놀라운 이야기가 아닐 수 없었다.

그런데 김 회장이 안타까워한 것은 그런 분이 우리들의 기억에서 점점 잊혀져 가고 있다는 것과 그 정신마저 희미해지고 있다는 사실이었다. 무슨 일이 있어도 그 고귀한 노블레스 오블리주 정신을 이어 받아야 한다고 역설하곤 했다.

러시아가 1990년대 초 개방된 이후 블라디보스토크를 다녀온 한국 인 기업가는 김 회장만이 아니다. 수천 명에 달하는 기업인들이 다녀 왔지만 그 정신을 이어받아야겠다고 생각한 사람은 아무도 없었다. 겨우 몇몇 학자에 의해 그의 족적이 연구되었으나 어디까지나 상아탑 안에서의 일이었을 뿐이다.

그런 인물을 국민에게 알리는 일에만 멈추지 않고 그의 정신까지 계승하겠다는 사람은 단 한 사람 김창송 회장뿐이었다. 그런데 유독 김 회장만이 최재형이란 인물에 관심을 가진 것은 무엇으로 설명해야 할까? 그건 이미 그이 마음속에서 무언가를 찾고 있었다는 이야기로 밖에 설명할 수 없지 않을까 한다. 다시 말해서 성공한 기업인으로서 사회로부터 받은 혜택을 미래세대를 위해 되돌려주려는 데 여생을 바 치고 싶다는 소망이 그의 노년에 들면서 알게 모르게 마음속에 싹트 고 있었던 것이다.

그는 단순히 이윤만 추구하는 기업인이 아니었다. 그는 독실한 기 독교인인 동시에 인간의 진실성을 탐구하는 문학인이기도 했다. 그러 니까 그의 마음속에 이미 이웃에 대한 사랑을 실천할 기회를 찾고 있 었던 것이다. 그것이 연해주 기행을 통해서 최재형이란 멘토를 만나 게 되었고, 그 정신을 자기가 이어가야겠다고 다짐하게 된 것이다.

2011년 6월 그는 드디어 일은 내고 말았다. 국회 헌정기념관에서 당시 국회의장 김형오, 국회의원 이인제, 이부영 같은 분들의 도움으 로 열망하던 최재형 장학회를 탄생시킨 것이다. 그는 외친다. 많은 것을 내라는 것이 아니다. 한 달에 1만 원씩 지원해 준다면 우수한 고려인 후배들을 훌륭하게 길러낼 수 있다는 것이다. 그것이 기업인으로서 뿐만 아니라 같은 동포로서 우리가 해야 할 당연한 책무라는 것이다. 그렇게 해서 그의 뜻에 동참한 회원 수가 2012년 4월 현재 400명에 달한다고 들었다. 그것으로 2011년 9월부터 장학금을 주기 시작하여 2012년 20여 명의 대학생들에게 월 35만 원의 장학금을 주었다.

김창송 회장은 장학사업에만 머물지 않았다. 최재형 선생을 알리고 그 정신을 계승하는 사업에도 게을리하지 않았다. 2011년 6월 창립총회와 "최재형을 재조명하다"라는 주제로 세미나를 개최하였으며 2012년 4월에는 최재형 선생 순국 92주기 추모식을 거행하였다. 김회장의 이러한 실천을 옆에서 보는 한 사람으로서 가슴 한편이 늘 따뜻해 옴을 느끼곤 했다.

이제 구십, 모든 것을 물려주고 일선에서 물러나 앉은 김 회장, 그러나 그에겐 정년이란 없다. 몸은 옛날 같지 않지만 정신적으로나 정서적으로나 지금도 현역이다.

2022년 봄 첫 시집 〈새벽달〉을 냈다. 90 평생 살아온 삶의 궤적을 복기하면서 삶의 의미를 반추하고 있다. 다음은 그의 〈개미〉라는 제목의 시의 일부이다.

밥알 한 알을 옮기느라 분주한
왕개미 한 마리

앞에서 끌다가

뒤에서 밀다가
끌어안고 구르다가

밥알 하나가 세상 전부인 양
엎어져도 넘어져도
제집을 향해 악착같이 끌고 간다.

　김 회장은 어느 황금연휴 공원에서 밥알 하나를 끌고 가는 개미에
게서 "명절도 연휴도 없이 1달러를 찾아 지구를 마흔 바퀴나 돌았던
젊은 날의 비즈니스맨" 자신을 본다. 마치 1달러가 세상의 전부인 것
처럼 밀고 당기고 안고 뒹구르고 한 삶이었다.
　시쳇말로 지금은 백세 시대. 몸은 여의치 않지만 그의 중단 없는 삶
은 계속되리라 본다. 김 회장님은 아침 산책기에서도 그냥 걸어가지
않는다. 그의 머릿속에는 시상이 넘치고 있다. 조만간 두 번째 시집을
보게 될 날이 올지도 모른다.

추천의 말씀
−수필집 《비즈니스 기행》 추천사

최승웅

사단법인 한국무역대리점협회 회장

본 협회의 자문위원이신 김창송 성원교역 주식회사 회장의 수상록인 《비지니스 기행》의 재판간행에 즈음하여 추천의 글을 쓰게 된 데 대해 매우 기쁘게 생각하는 바입니다.

김창송 회장은 약 40년 가까운 세월 동안 오직 무역 한 분야에만 종사해 온 분으로 본 협회 창립 당시부터 특히 무역대리점업의 정착과 발전을 염원하여 발기인의 한 사람으로 동분서주한 끝에 한국수출입 오퍼협회의 창립과 사단법인 인가 취득에 큰 몫을 담당했으며, 협회 발족 후에는 이사, 운영위원, 부회장 등의 직책을 수행하면서 협회 발전을 위해 헌신적인 노력을 아끼지 않으신 평소부터 존경하는 선배의 한 분입니다.

뿐만 아니라 김창송 회장은 우리나라 무역업의 국제화, 세계화의 긴요성을 일찍부터 인식하여 첨단정보의 전달과 공유는 물론 미래지향의 인재 양성을 위하여 본 협회 산하에 무역연수원의 개설을 주창한 끝에 초대 연수원장직을 맡아 후배 양성에도 남다른 열의를 보여 매우 큰 성과를 거둔 바 있습니다.

더욱이 본 협회의 가장 중요한 사업인 무역진흥사업의 일환으로 해마다 파견하는 통상사절단에 여러 번 단장의 중책을 맡아 협회에 대한 홍보는 물론 민간경제외교에 일익을 담당, 우리나라 무역 발전에 공헌해 온 바도 빠뜨릴 수 없는 공적이라고 생각됩니다. 또한 TV 토론에도 출연하여 무역대리점협회의 위상을 높이는데 크게 기여한 바도 있다.

그런 다망한 가운데도 그동안 수출입 시장 활동을 위하여 방문한 50여 개국의 흥미 있는 이야기와 일화들을 한 권의 책으로 엮어 지난 93년에 펴낸 바, 절찬리에 판매되었으며, 특히 방송, 신문 등 보도기관에서 앞다투어 이 책을 소개하고 KBS, MBC, SBS 등에서는 대담과 내용 등을 방송하여 무역에 뜻을 둔 젊은이들에게 한때 크게 어필했던 사실은 지금도 기억에 새롭습니다.

이번에 초판의 내용을 일부 수정하고 보완하여 재판을 펴내게 된 것을 진심으로 축하하면서 이 나라의 무역을 걸머지고 나아갈 젊은 무역 지망생들에게 일독을 권해 마지않는 바입니다. 비즈니스를 위해 세계를 무대로 뛸 사람들이나 뛰고 있는 분들에게 좋은 안내서가 될 것을 믿어 의심치 않습니다.

[1995]

때를 기다릴 줄 안 찐苦의 아름다움
−수필집 ≪지금은 때가 아니야≫ 서문

李正林
수필평론가, 〈에세이21〉 발행인 겸 편집인

소원(素原) 김창송 선생이 한국일보 문화센터로 나를 찾아온 것은 1996년 1월이었다. 나중에 들어보니, 수필교실의 문을 두드린 것은 문장을 배워 사사(社史)를 쓰고자 하는 목적에서였다고 한다.

그러나 선생은 처음의 가벼운 발걸음과는 달리 날로 마음의 갈등을 겪는 것처럼 보였다. 한 시간 투자하면 한 시간의 성과가 있어야 한다는 사업가적 생각만 해왔을 선생이 끝이 보일 것 같지 않은 글공부에 회의를 느꼈음은 당연한 일이었을는지도 모른다.

그런 마음의 갈등을 홍역처럼 치르고 난 후, 선생은 일주일에 한 번 모든 스트레스를 잊고 문학의 향기에 젖는 즐거움을 알게 되었다. 그러나 그 즐거움 속에도 스트레스는 숨어 있었는데, 그것은 글을 읽는 재미에만 그치지 말고 써야 한다는 아주 새로운 스트레스였다.

선생이 아버님께 물려받은 교훈은 정직·근면·절약이었다. 그래서였을까, 선생은 글공부에도 남달리 근면하였다. 누구보다도 바빴지만 누구보다도 열심히 수업 준비를 하고 온 것도 다 그런 정신 때문이 아니었을까 싶다. 그리고 선생은 또한 정직하였다. 힘든 나머지 편법

(便法)의 길을 찾을 만도 한데, 교실 맨 끝 작은 걸상에 앉아 문학을 정공법(正攻法)으로 접근하려 하는 진지한 모습은 매우 인상적이었다. 그런 성실한 자세는 선생을 낯설게만 여겼던 문학으로 가까이 다가서게 했을 뿐 아니라, 마침내는 권위 있는 수필전문지 〈에세이문학〉을 통하여 추천(1999)을 받는 영광까지 안겨주게 되었다.

선생은 이제 그 어떤 소재를 가지고도 수필화할 수 있는 작가적 기량을 갖추고 있다. 그것은 기적 같은 발전이 아니라 성실과 끈기의 대가였다. 선생에게 사업과 문학은 최선을 다하면 성과를 거둘 수 있다는 점에서 그 공통성이 있음을 증명해 보였다고나 할까.

선생의 수필세계에는 네 가지 커다란 원류(源流)가 흐른다. 자수성가한 사업가로서의 치열한 삶의 모습, 고향을 북에 둔 실향민으로서의 목이 타는 그리움, 하나님의 종으로서 충실하고자 하는 사랑의 실천, 그리고 손자들에게 쏟는 다함없는 인자함.

선생의 대표작인 ≪점 하나≫와 ≪지금은 때가 아니야≫를 읽어 보면, 이 작가가 살아온 삶의 철학을 확연히 알게 된다. 때가 올 때까지 몸을 낮춰 묵묵히 실력을 쌓아가는 모습과 인생의 점 하나하나를 성실하게 찍어나가는 선생의 모습은 아름답고도 감동적이다. 이 수필집에는 그런 감동이 곳곳에 숨어 있다. 그 감동 속에는 눈물이 있고 승리가 있으며 교훈이 있다. 선생 자신이 한 편의 감동적인 수필임을 독자들은 그의 글들을 통하여 알게 될 것이다.

[2000. 3. 5]

그 집념, 그 정열에 감탄
–수필집 ≪비바람이 불어도≫ 서문

금진호
전 상공부 장관

김창송 회장은 수입업협회 창립 과정과 초창기 터를 닦는데 공이 많은 분으로 상공부 시절부터 교분이 있었으나 후일 CBMC 운동에도 함께 참여하여 친교를 두터이 한 처지이다. 나는 자신의 의지와 노력으로 자수성가(自手成家)한 분을 존경해 마지않는다. 김회장은 오늘의 성원(成元)을 땀으로 키워 온 성실 근면의 표상이 되는 기업인이시다. 따로 문학을 전공한 처지도 아닌데 이미 다섯 권의 주옥같은 수필집을 엮어낸 것도 모자라 이번에 팔순을 기념하여 여섯 번째 수필집을 선보이니 그 집념, 그 정열에 감탄하게 된다. 수필은 소설과 달리 저자의 인간적 모습이 진솔하게 그려지는데 매 편마다 아름답게 흘러가는 그의 인생 모습이 독자에게 큰 감동을 주고 있다.

[2011. 6. 24]

광야(曠野)에 길을 낸 그 인생길에
– 수필집 ≪비바람이 불어도≫ 축하글

김후란

시인, 문학의집서울 이사장

김창송 회장의 자전회고록이 수필집으로 나온다고 했을 때 문득 독일 시인 프리드리히 실러의 〈환희의 송가(頌歌)〉한 구절이 떠올랐다. "그대의 고요한 나래가 머무는 곳/ 모든 인간은 형제가 되노라/ 위대한 하늘의 선물을 받은 자여/ 여인의 따뜻한 사랑을 얻은 자여/ 다함께 환희의 노래 부르자…."

이 시는 모든 인류의 사랑과 단결, 그리고 베토벤의 불굴 의지를 담아서 실러가 쓴 시이다. 그리고 베토벤은 교향곡 제9번 D단조 〈합창〉 중 〈환희의 송가〉를 넣었다. 이 교향곡이 처음으로 연주되었을 때 이미 귀가 멀어 가만히 앉아 있던 베토벤을 옆사람이 일으켜 돌려 세워 열광하는 청중들의 박수치는 모습을 보게 했다는 일화가 남아 있다.

김 회장이 혈혈단신으로 월남하여 온갖 역경을 이겨내면서 학업과 창업을 위한 고독한 싸움에서 끝내 이겨내어 자수성가한 삶의 자취는 자신의 세계를 확고히 구축한 신념의 모델을 보여 준다. 또한 가정적으로도 다복하고 팔순에 접어든 지금까지도 젊음을 잃지 않은 심신의 건강함 속에 아직도 의욕이 넘치는 생활 자세는 믿음직하다. 이제 '환희의 송가'를 마음 놓고 감상하면서 노후를 즐겨도 좋으리라.

≪비바람이 불어도≫라는 제호에서도 짐작되듯이 이 책에서 주목되는 건 세계를 누비면서 활로를 찾고 어떤 어려움도 지혜와 끈기로 헤쳐나가면서 사업을 성공시킨 체험담이 후진들에게 생생한 길잡이 역할을 하리란 점이다. 경쟁 사회에서 이기는 길은 교과서 안에 있는 게 아니라 예상치 못했던 길에서 복병처럼 불쑥 나타나는 난제들을 어떻게 대처하고 해결하느냐 하는 지혜로움과 결단력에 성공의 열쇠가 있다. 과장이나 미화가 없이 후진들에게 친절한 안내역을 해주는 일이야말로 사회에 기여하는 일이기도 하겠다.

비즈니스란 인간과 인간이 주고받는 관계이다. 그리고 그 관계가 오래도록 지속되면서 서로의 힘이 되는 것은 '신뢰'일 것이다. 김회장은 '무역의 초행길'이라는 글에서 이렇게 술회하고 있다.

"나는 애초부터 가진 것이 없이 빈손으로 출발했기에 성실과 신용만은 생명보다 더 귀하게 여겨 왔다. 오늘이 있기까지는 그 신념이 밑거름이 된 것이 아닐까. 무역의 초행길은 마치 광야에 길을 내는 것같이 힘들었다…." 김 회장의 인생을 짐작해 볼 수 있는 건 그분이 쓴 글을 통해서였다. 글은 인격의 표출이라고 할 때 진솔한 고백적 내용과 세련된 문체가 읽는 이를 끌어가는 힘이 있었다.

이미 수필가로 활동하면서 여러 권의 저서도 있으니 기업인으로서의 길과 함께 문학인의 길을 삶의 지표로 삼은 차원 높은 인생이 믿음직하기도 하다. 이 책을 통해서 그를 만나고 그의 삶을 함께 돌아보는 것은 매우 유익한 간접경험이 될 듯하다.

[2011. 6. 24]

무역지망생들의 좋은 안내서
-기업경영 현장 에세이 ≪CEO와 수필≫ 추천사

신태용

(사) 한국수입협회 회장, 한신ITC 대표이사 회장

본 협회의 자문위원이신 김창송 성원교역주식회사 회장의 수상록
인 ≪비즈니스 기행≫의 증편 간행에 즈음하여 추천의 글을 쓰게 된
데 대해 매우 기쁘게 생각한다.

김창송 회장은 약 60년 가까운 세월동안 오직 무역 한 분야에만
종사해 온 분으로 본 협회 창립 당시부터 특히 무역업의 정착과 발전
을 염원하여 발기인의 한 사람으로 동분서주한 끝에 한국수입협회의
창립과 사단법인체 허가 취득에 큰 몫을 담당했으며, 협회 발족 후에
는 이사, 운영위원, CEO 아카데미 연수원장, 부회장, 고문 사회봉사위
원장 등의 직책을 두루 수행하면서 협회 발전을 위해 헌신적인 노력
을 아끼지 않으셨고 평소 존경하는 선배의 한 분이다. 뿐만 아니라
김창송 회장은 우리나라 무역업의 국제화, 세계화의 긴요성을 일찍부
터 인식하여 첨단정보의 전달과 공유는 물론 미래지향의 인재양성을
위하여 본 협회 산하에 무역연수원의 개설을 주창한 끝에 초대 연수
원장직을 맡아 후배 양성에도 남다른 열의를 보여 매우 큰 성과를
거둔바 있다.

더욱이 본 협회의 가장 중요한 사업인 무역진흥사업의 일환으로 해마다 파견하는 통상사절단에 여러 번 단장의 중책을 맡아 협회에 대한 홍보는 물론 민간경제외교에 일익을 담당했을 뿐만 아니라, 우리나라 무역발전에 크게 공헌해 온 바도 빠뜨릴 수 없는 족적이라고 생각된다. 또한 TV 토론에도 출연하여 협회의 위상을 높이는데도 크게 기여한 바 있다. 또한 상공부와 한국무역협회가 주관한 아프리카 통상 사절단 단장으로(1983년) 모로코, 나이지리아, 몬로비아, 라이베리아를 최초로 시장개척을 목적으로 다녀온 보고서는 참으로 흥미로웠다.

그런 다망한 가운데도 그동안 수출입 시장 활동을 위하여 방문한 80여 개국의 흥미 있는 이야기와 일화들을 ≪비즈니스 기행≫이란 한 권의 책으로 엮어 지난 93년에 펴낸 바, 절찬리에 판매되었으며 특히 방송, 신문 등 보도기관에서 앞 다투어 이 책을 소개하고 KBS, MBC, SBS 등에서는 대담과 내용 등을 방송하여 무역에 뜻을 둔 젊은이들에게 한때 크게 어필했던 사실은 지금도 기억에 새롭다.

이번에 그때 내용을 일부 수정하고 보완하여 재판을 펴내게 된 것을 진심으로 축하하면서 이 나라의 무역을 걸머지고 나아갈 젊은 무역 지망생들에게 일독을 권해 마지않는 바이다. 비즈니스를 위해 내수시장이나 세계를 무대로 뛸 사람들이나 뛰고 있는 모든 분들에게 좋은 안내서가 될 것을 믿어 의심치 않는다. 더욱이 2010년부터 <독립투사 최재형 장학회>를 조직하고 연해주 고려인 젊은 대학생들을 돕고 있는 일은 또 한 번 CEO들의 본이 되는 일이라 생각한다.

[2015. 9. 28]

진정한 애국자, 김창송 회장님
−수필집 ≪아, 최재형이여≫ 축하글

이선우

수필가, 선우미디어 대표

2000년에 수필집 ≪지금은 때가 아니야≫를 출간하면서 김창송 회장님을 처음 뵈었습니다. 그 후 2, 3년에 한 권씩 저서를 출간하셨고 우리 출판사에서만도 여섯(7) 종입니다. 수필은 자신의 삶이 소재여서 회장님의 유년 시절에서부터 부산 피난 시절의 청년, 지금의 회장님까지 외적인 면과 내면까지 제가 가장 많이 알고 있다고 자부합니다. 회장님의 두 번째 작품집부터 표지화를 그려준 초등학생이었던 큰손녀 정아 양이 이제는 컬러링미 CEO로 맹활약중이라니 감회가 깊습니다.

7권의 작품집에 담긴 무한 스토리는 회장님의 시난고난 여정이기도 하지만 우리나라의 근 현대사의 역사이기도 할 만큼 깊고도 넓습니다. 육이오 때 단신으로 월남한 청년이 이루어낸 스토리는 무에서 유를 창조하는 나라의 산업화와 그 궤를 같이 합니다.

부산 국제시장에서 리어카에 무 장사를 하던 소년, 무역회사를 창업하여 남대문 근처 이 층 회사의 삐걱거리는 계단을 오르내리던 청년, 무역 통상사절단장로서 한국의 수출 창대에 앞장서는 산업역군,

성원기업을 굴지의 회사로 성장시킨 성공적인 기업인, CBMC 아시아 이사장과 세계대회장을 맡아 세계 복음화에 열정적인 크리스천의 모습이 담겨 있습니다.

그런데 10여 년 전 블라디보스토그 여행 중에 우연히 사진으로 만난 한 독립투사의 헌신이 회장님의 가슴을 뜨겁게 뛰게 했습니다. 노비와 기생의 아들로 태어나 갖은 고생 끝에 거부가 된 최재형 선생, 안락한 삶보다는 독립투사들에게 독립자금과 은신처를 제공하고 학교를 세운 시베리아 고려인의 대부 페치카로 불렸습니다. 하얼빈 안중근 의사 거사를 도운 최측근 배후로 선생의 권총을 제공하고 사격 연습도 시켰습니다. 결국 일제에 의해 체포된 최재형 선생도 총살 당하고 유해조차 찾을 수 없습니다.

우리는 그때까지 안중근 의사는 알아도 그 배후였던 최재형 선생은 몰랐습니다. 블라디보스토크 여행 후 회장님은 사재를 털어 장학회와 최재형기념사업회 초대이사장이 되어 민족사랑과 독립을 위해 목숨을 바친 최재형 선생 알리기에 경주했고 그 덕에 우리가 독립투사 최재형 선생이 알게 되었습니다.

이번의 에세이집 ≪아, 최재형 님이시여≫ 역시도 독립투사 최재형 선생께 바치는 헌사이며, 지금도 유해 봉송을 위해 불철주야 뛰고 계십니다. 청년의 기백으로 끊임없이 독립투사 최재형 선생 생각만 하시는 회장님, 진정한 애국자이십니다.

내빈들의 축하글

얼마 전에 김창송 회장님께서 몇 사람하고 점심 식사를 같이하자고 하셔서 대뜸 좋습니다 했지요. 근데 시집을 보내주면서 오늘 보자고 하시는 거예요. 교회 갔다 오면서 전화로 장소가 어디죠 해서 물어보니 오늘이 시집 출판회라고 말씀하셔서 알게 되었습니다. 축하드립니다.

오늘 참 좋은 날인 거 같습니다. 부처님 오신 날이죠, 어버이날이죠, 또 일요일이며 주일이죠, 거기다가 출판기념회까지 하고 구순 잔치까지, 두 아드님과 손자들까지 모두 참석했습니다. 결론적으로 말씀드리면 증손자가 큰손주 나이 될 때까지 오래오래 건강하게 사시길 바랍니다.

뭐니 뭐니 해도 김창송 회장님과 가깝게 하게 된 것은 최재형선생님기념사업회 관련해서 가깝게 되었습니다.

이렇게 훌륭한 독립운동을 하신 분에 대해서 우리 후손들이 부끄럽게도 아무런 역할도 정부에서도 하지 않는데 이걸 김창송 회장님을 중심으로 김수필 전상백 박춘봉 네 분들이 자발적으로 모여 가지고 그것도 제가 알기로는 항일독립투사를 우연히 알게 된 후 도저히 그냥 있을 수 없다 해서 만드신 건데 오늘까지 이렇게 잘 운영이 되고 며칠 전에 또 용산에서 최재형 선생님 글과 독립운동가와 같이하는 기념전시회까지 같이했습니다. 참 고맙고 고마운 일이지요. 이것을 위해서 일하시는 최재형선생님기념사업회 여러분께 거듭 제가 감사를 드립니다.

— **김형오** 전 국회의장. 최재형기념사업회 명예고문. 수필가

존경하는 김창송 장로님!

어제 오랜만에 장로님을 뵈옵고 좋은 시간을 갖게 되어 감사했습니다. 귀한 별식 특식의 식사도 좋았는데 여러 가지 과일을 듬뿍 선물로 주셔서 감사했습니다.

집에 와서 최재형기념사업회의 업적을 수록한 사진기록을 보니, 장로님께서 정말 많은 일을 하셨군요. 깊은 감명을 받았고 귀한 사역에 더 큰 존경과 감사를 드립니다.

하나님의 은혜 가운데 건승하시기를 기도합니다. 다시 한번 감사 말씀드립니다.

— **박준서** 연세대학교 전 부총장. 프린스턴 신학교 신학박사. 연세대학교 신학. 서울대학교 법학. 경인여자대학 총장. 교육부 교육정책심의회 위원장. 피터스 목사 기념사업회 회장

생신 축하드리고 앞으로 만수무강하시기를 바랍니다.

《새벽달》을 제가 표제작으로 낭송을 해드린다고 했는데 좀 전에 들으니까 어머님의 생신이라고 하셔서 더 의미 있다고 생각이 듭니다.

2011년에 장학회를 만드셔서 그야말로 한국에 최재형이라는 인물을 처음으로 알리시고 또 노블레스 오블리주를 실천하시고 계시는 분

이신데 저는 또 우연찮게 제가 글을 쓰는 사람으로 2011년에 우수리스크에 가서 역시나 최재형 선생님의 존재를 확인하고 그분의 삶이 너무 감동적이어서 그때 장학회가 있다는 사실도 모르고 독립운동가 최재형이라는 소설을 냄으로써 우리 회장님의 뒤를 이어서 다 발판을 닦아주신 최재형기념사업회를 이렇게나마 3대 이사장으로 이끌고 있습니다. 오늘 너무 영광스럽고 회장님, 사모님 두 분 모두 건강하시길 바라겠습니다.

해가 뉘엿뉘엿 넘어갈 때면/ 석양을 등에 진 채/ 물동이를 이고 오시던 어머니/ 시베리아 두만강 가에서/ 굴 딱지를 캐시다가 달려와/ 부리나케 감자밥을/ 해주셨지요. 새벽닭이 울 때까지/ 해진 옷이나 고무신 밑창을/ 꿰매시던 그 거친 손/ 부처님 따라 구름 타고 오셨나요./ 아들아! 아들아!/ 대문 두드리는 소리에 퍼뜩! 꿈에서나마/ 당신의 품 안에 안겨봅니다./ 당신이 가신 지 어언 60년/ 새벽달 속에 어머니/ 얼굴을 그려봅니다. (김창송 작시 「새벽달」)

    — **문영숙** 최재형기념사업회 이사장, 작가

회장님 다시 존경합니다.

가족 사랑이 이렇게 돈독한 모습이 거듭 존경합니다.

연해주지역 산업 시찰후 김회장님 사무실에서 김수필 회장(SK고문, 전상백, 박춘봉, 김창송) 네 사람을 공동대표로 최재형장학회를 설립했다. 초기에 재정적으로 힘들 때, IBK은행 조준희 회장이 고액으로 후원함에 힘을 얻었다. 이것은 내가 IBK은행 홍보대사였기 때문이라 고들 한다. 지금은 장학생 100여 명이 되었다. 초지를 관철한 셈이다.

  – **박춘봉** 최재형기념사회회 공동대표

성공자가 되기도 쉽지는 않지만 인격자가 되기에는 더더욱 쉽지 않습니다. 김창송 회장님 인격자로서 아주 존경합니다.

  – **김광로 윤은희** 초대 LG그룹 인도지점장, 동양화가, 최재형기념사업회 감사

존경하는 김 회장님께

제가 제일 좋아하고 존경하는 분의 내일 시집 발간모임 초대에 꼭 가 리라고 약속해 놓았는데, 피치 못 할 일이 생겨서 제가 꼭 가야 할 일이 있어서 결석하게 됐습니다. 저는 김 회장님을 우리 협회 선배님 중에서 가장 존경합니다. 사모님도 뵙고 싶었는데…. 너무 죄송합니다.

  – **신태용** 한국수입협회 전임 회장. 기독 무역인 회장

"구순에 핀 애국 시인의 꽃"

연구원 최고 고령의 회원이신 김창송 시인, 온갖 고생 끝에 수출 대 국을 일구시고, 인간개발연구원 일원으로 우수리스크를 돌아보며 국 내에는 전혀 알려진 바 없으시던, 애국지사 최재형 의사를 발굴하여 최재형 기념사업회로 우뚝 한국의 거목으로 키우시고, 수많은 수필집

에 이어 구순에 "새벽달" 시집을 출간하시니 "구순에 피어난 꽃 시집"

3대 가족을 화목하게 키운 것은 오직 하나님의 은혜라고, 고난과 질고 속에서 피어난 연꽃 마냥 깨끗한 인격, 인품, 품격이 이 모든 것을 창조해 낸 동인이 아닐까…. 구순 생신에 시집 출간한 기념식에 참석한 후…. 김 회장님 존경합니다.

HDI 미래 100년의 지속 성장을 응원해 주심에 감사드립니다.

– 한영섭 인간개발연구원 원장

생신과 출판기념을 축하드립니다. 저하고 김창송 회장님과는 1970년인가 1971년인가 그때 중앙대학교 경영대학원에서 처음 뵈었습니다.

그때 어떻게 보면 형 같기도 하고 아버님 같기도 한 그런 관계를 가졌었는데 그때 만해도 제가 사업도 하고 뒤늦게 무역을 하면서 한국수입협회에 들어와서 보니까 또 연수원장 등, 아주 큰 역할을 하고 계시더라구요. 그렇게 맺어온 인연이 벌써 43년이라는 세월이 흘렀습니다. 그런가 하면 우리 사모님께서는 저희 협회가 해외에 통상사절단으로 나갈 때나 행사가 있을 때마다 저희 집사람을 또 아껴주시고 사랑해주셔서 항시 옆에서 동행하며 우정을 나누신 사모님이십니다. 정말로 고맙습니다. 다른 말도 많습니다만 오늘은 출판기념일이기 때문에 〈어머니〉라는 시를 낭송하겠습니다.

하나의 태양이 빛을 발할 때/ 천지가 개벽하듯/ 김창송 회장님의 존재가 하늘을 열고 땅을 열었습니다./ 님의 그 거룩한 사상과 철학/

우리들의 귀감이며/ 우리들의 역사입니다./ 부디 강건하시옵소서!

당신을 사랑하는 후배들이/ 영원한 기억으로 남을 것입니다.

– **정찬우** 중대 MBA동문, 에세이작가, 강사

제 생애에 회장님을 뵙게 되어 영광스럽습니다. 좋은 말씀에 항상 많은 것을 배웠습니다. 언제까지나 가슴에 새기겠습니다.

건강하시고 건필하시기를 두손 모아 기도합니다.

– **한경옥** 시인, 한국가톨릭문학상 신인상 수상

金昌松님

詩集 出刊을 祝賀드립니다.

靈肉간에 强健하시기를 기원합니다.

– **許重松** 한양 CBMC, 한국은행 런던지점장.

존경하는 김창송 회장님!

오늘 시집 '새벽달' 시집 출판기념회 겸 구순 기념 가족 모임에 초대해 주셔서 크나큰 영광입니다. 시 '새벽달'의 낭송을 들으며 어머님을 그리는 사모곡을 참으로 가슴 아리게 느끼며 감동했습니다.

회장님 부디 건강하시어 만수무강하소서!

– **이태호** 한국수입협회. CEO아카데미 원장

김창송 회장님!

자랑스럽습니다. 부럽습니다.

더욱 건강하시어 백 년 해로하시고 하늘의 축복 받으시길 바랍니다. 제 삶의 모델이 되시는 김창송 회장님을 칭송하며~~~~

－ **한영상** KOIMA 고문, 영락교회 장로

김창송 회장님!

시집 '새벽달' 출간을 축하드리고 늘 강건하시고 댁내 평안과 행복이 넘치길 기원합니다. 인자하신 모습과 모든 사장님의 발전을 조언하는 모습이 감동입니다.

－ **임헌식** KOIMA 문화탐방회 총무간사, 그린켐

시집 출판을 진심으로 축하드립니다.

항상 따뜻하고 인자하신 모습

언제나 저희 후배들의 크나큰 귀감입니다.

부디 건강과 함께 행복 가꾸시길 기원드립니다.

－ **김학상** KOIMA 문화 탐방회 CEO

회장님! 축하드립니다.

시집 출간과 90세 생신 진심으로 축하드립니다.

나그네 인생길, 야곱이 고백한 것처럼 험난한 세월을 보내셨으니 참 수고 많으셨습니다. 이제 수고와 슬픔뿐인 인생사지만 생명의 주인 되신 하나님을 알고 계시니, 영혼 소망 찾으셔서 평안을 누리시길 기도합니다.

(요5:24) 내가 진실로 진실로 너희에게 이르노니 내 말을 듣고 또 나 보내신 이를 믿는 자는 영생을 얻었고 심판에 이르지 아니하나니 사망에서 생명으로 옮겼느니라.

영원한 생명 주신 예수 그리스도를 믿음으로 진리 안에서 참 자유를 누리시길 기도합니다.

－ **김용규** 성원교역(주) 부장

김창송 전 CBMC 중앙회장의 시집 '새벽달'을 읽고, 감히 서평을 할 수 없는 위치에 있지만 시인의 열정은 우리 젊은 세대에 귀감이 되어 주심에 감사하여 서평을 하게 되어 큰 영광으로 생각한다.

지금은 연로하여 지팡이를 앞세우지만 지치지 않으시고 열정적인 사고는 어느 젊은이 못지않으시다. 우리는 이러한 시인이자 회장님의 깨어있는 생각과 사고를 배워간다. 시인은 비즈니스 현장에서 복음을 전하는 CBMC의 중앙회장을 역임하셨고, 비즈스맨으로 비즈니스 리더의 삶이었다.

젊은 날 피난 시절, 쉼 없이 돌아가는 비즈니스 현장, 언제나 잊지 못하는 부모님의 모습…. 북에 두고 온 부모님을 그리워하고 한시도 잊지 못하는 모습은 시를 읽는 내내 마음이 짠하고 슬픔이 가시질 않았다. 손자들을 통해 미래를 보고, 감사하는 시인의 모습을 보니 위로를 갖게 된다.

'새벽달' 시집은 감성을 담은 시인의 일대기를 보여주었다. 시인의 힘들었던 시절을 함께 했고, 아름다운 가족을 통한 행복한 모습을 볼 수 있었고, 험난한 비즈니스 현장에서의 남다른 성공을 보았고, 존경받고 열정 넘친 어르신의 모습을 보았다. 시적 언어를 통해 가슴으로 바라본 시인의 이야기는 어느 성공 자서전보다 오랜 여운을 남겨준다.

– 김영구 CBMC 중앙회장

존경하는 김창송 회장님의 삶의 애환이 담긴 '새벽달' 시집의 서평을 하게 되어 감사한 마음이다. 감히 어느 누가 회장님의 발자취가 담긴 시를 서평할 수 있겠는가. 큰 영광이고 축복이다.

튀르키예·루마니아 구매사절단 단장으로서의 소임을 마치고 돌아오는 비행기 안 적막함 속에서 '새벽달'을 내 마음에 새겨본다.

희로애락이 스며든 글귀 하나하나 너무 감동적이어서 말로는 표현할 수 없을 정도이다.

열여덟 살, 전쟁으로 가족과 생이별을 하고 한평생 아버지와 어머니, 형제자매를 목 놓아 부른 셋째 아들 김 회장님을 생각하니 눈시울이 뜨거워진다. 1달러를 찾아 지구를 마흔네 바퀴나 돈 열정의 비즈니스맨 김 회장님을 생각하니 가슴이 벅차오른다. 일의 거목이 되기 위해 세계가 좁은 듯 동분서주하는 손자들을 자랑스러워하는 김 회장님을 생각하니 마음이 따뜻하다.

'새벽달'은 김 회장님께서 숨차게 달려온 삶의 여정이 고스란히 스며들어 있어 우리 후배들에게도 큰 귀감이 된다. 아름다운 가족애를 느끼게 해주셨고, 삶에 대한 열정과 희망을 심어주셨다. '새벽달'을 접한 후배 누구든 지금 현재 내가 열심히 살고 있노라고 감히 말할 수 있겠는가. 내 삶을 반성하게 되고, 더 나은 미래를 꿈꾸게 된다.

한 편의 아름다운 인생사를 선보여 주신 김 회장님께 충심으로 감사의 인사를 올린다. 앞으로도 김 회장님께서 좋은 글로 밝은 나날들을 전해주시기를 간절히 기원해본다.

— **김병관** 한국수입협회 회장

가족, 친지들의 축하글

존경하고 사랑하는 아버지!

늘 시간을 아껴서 더 생산적인 일을 해 오셨고

수필에 이어서 시집까지 출판하시게 됨을 축하드립니다.

그 간의 90년의 삶이 그 어떤 분보다 의미 있고

소중하고, 또 남을 위한 헌신의 시간이었음을 잘 알고 있습니다. 끊임없이 가르쳐 주시고 모범적인 삶을 보여주심에 감사드립니다. 이제 그 어떤 도전도 가능하실 아버님, 더욱더 건강하게 그리고 재미있는 나날을 보내셨으면 좋겠습니다. 사랑합니다.

 − 큰아들 건수 올림

저희들의 소중하신 아버님께

수필에 이어 시에 새로운 도전하신

아버님의 시집 출간을 진심으로

축하드리며 90세 생신도 함께하는

행사를 하게 되어 더욱 뜻깊은 날이 되었네요.

오래오래 건강하게 저희들 곁을 지켜주세요.

 − 큰자부 소연 올림

아버님의 시집 출간과 구순을 진심으로 축하드립니다.

지난 60여 년간 저희의 든든한 버팀목으로 손주들의 자랑스런 롤모델로 인도해주심을 또한 진심으로 감사드립니다.

앞으로도 어머님과 함께 항상 건강하고 행복하게 저희 곁에 오래오래 건강하고 행복하게 함께 해주시길 기도하겠습니다.

– 둘째 아들 응수 올림

아버님! 출판과 구순 생신 축하드립니다.

어느 누구보다 열정적으로 책임감 있게 성실히 살아오신 아버님 존경합니다.

그동안 자식들에게 베푸신 아버님 어머님의 희생과 사랑 감사드리며 이제는 허허허 웃으시며 두 분 즐겁고 건강하게 사시기를 바라겠습니다.

– 둘째 며느리 올림

아버님, 어머님

저희 가족에게 베푸신

두 분의 희생과 사랑

감사드립니다.

행복한 어버이날 되세요.

– 성준네 (차남 김응수 교수, 자부 이경은 교수, 손자 김성준 유학중, 손자
　 김성빈 유학중)

이렇게 끝없이 도전하시는 모습과
열정을 보여주시는 할아버지께
감사와 존경을 표하고 싶습니다.
사랑합니다.
– 맏손녀 김정아 올림(컬러링미 대표)

사랑하는 할아버지께
만복의 근원이신 하나님!
우리 할아버님과 평생 함께 하셔서
복의 근원이 되시게 하시니 감사합니다.
아브라함과 같이 자손들이 하늘의
별과 같이 빛나고 번성하게 해주시니 감사합니다.
만수무강하시고 행복하세요.
– 민정규 (할아버지의 손녀사위)

존경스러운 작은 아버지
건강하셔서 감사합니다.
항상 의욕이 넘치고
모범이 되 주심을 감사드립니다.
항상 행복하세요.
–조카 김경숙(은행장 비서실)

끊임없는 열정과 강건하심에
최고의 찬사를 드립니다.
더욱 건강하시어
함께 해주시길 빕니다.
−조카 경숙 남편 정일균 올림(CEO)

To 작은 아버님!
세월은 이리 흘러서
작은 아버님의 구순을 맞이하셨습니다.
"人死留 虎死留皮"라는 고사성어가 있습니다.
어려운 환경에서 태어나 자라시고 모진 역경을
헤쳐 나오셔서 이 문구가 어울린다고 생각됩니다.
−조카(CEO) 金仁哲 金熙秀 올림

김창송 할아버지께
  안녕하세요! 김창기 할아버지 장 손주이며, 조카 김인철 큰아들 김
덕현입니다. 영국으로 유학 갈 때, 그리고 다녀와서 찾아뵌 게 마지막
으로 뵈었던 때인 것 같습니다. 작은 할아버지께서 오신 길을 존경하
며 항상 따라가고자 노력해보지만, 아직도 갈 길이 많이 남았습니다.
  항상 건강하시고, 오래오래 만수무강하세요. 구순 축하드려요.
  −조카 손주 김덕현 올림(UK대학)

큰 매형!

김창송 장로님! 그리고 성원교역(주) 창업자이신 회장님!

우리 가정에 막내였던 저를 제일 많이 돌보아 주셨던 큰누님!

김홍순 누님을 사랑해주셨던 『님』의 90회 생신을 축하드립니다.

오늘까지 늘 뒷바라지한 어머니 같은 분이십니다.

64년도에 서울에 방 하나를 얻어 대학교 4년, 군대 3년, 월남 1년을 그곳에서 지냈어요. 그리고 매형 밑에 들어가서 일한 지 20년 되었습니다. 반도체가 무르익던 1980년도에 영국의 에드워드 지역 성원교역 한국 대리점에서 83년도부터 일하기 시작했습니다. 그러고 보니 누님의 둘째 김응수 군이 태어났던 해 저는 대학을 입학했습니다. 사실 오늘 쭉 이 출판행사를 지켜보면서 참 매형의 그 자취가 귀감되기도 하고, 오늘 이렇게 자녀들로부터 효도를 받는 모습이 참 감격스럽기만 합니다. 축하드립니다.

　－김중조(김창송 회장 처남) 성원에드워드합작회자 대표, 제주대학 교수

존경하는 고모부님!

구순 생신을 진심으로 축하드립니다.

늘 끊임없이 노력하시고, 앞서 생각하고, 행동하시는 모습에 다음 세대인 저희들은 많은 깨달음을 얻습니다.

시집 '새벽달' 출간을 축하드리며 문학의 정수인 시 집필을 통해 앞으로도 훌륭한 작품 많이 남겨주시기를 바랍니다.

　－재윤 올림 (김중조 회장 첫째 아들 CEO)

고모 할아버지께

As a teen, it's inspiring that you can achieve something so great at an advanced age.

I am happy for you and it's very impressive to me.

Happy go's birthday and I hope you live much much longer.

-조카 손주 김시형 드림(김중조 손자)

고모부님! 구순, 아흔 번째 생신 축하드립니다.

항상 좋은 말씀과 온화한 미소로 선한 영향력 주심 감사합니다.

오래오래 건강히 축복 가득한 삶 영위하시며, 집안의 큰 어른으로 있어 주시기를 기도합니다.

좋은 날, 아흔 생신 맞이하심 축하드리며, 항상 건강하세요.

90년의 세월, 열정과 전심과 신실하게 살아오심, 존경하며 저희도 본받아 이 세상 살아가도록 하겠습니다.

-시형 가족 드림 (처남 김중조 손주네)

고모부님!

생신 축하드립니다. 새벽달 출간을 축하드려요.

언제나 하나님 앞에서 신실한 믿음으로 가정을 일구시고

세우신 고모부님 축복합니다.

고모부님께서 걸어가신 귀한 믿음의 길, 저희도 본받겠습니다.

-재민 처 이승연 올림

존경하는 멋진 이모부!

생신 진심으로 축하드립니다.

긴 세월 한결같이 걸어오신 길 말로 다 표현할 수 없지만 정말 애쓰셨고 존경하는 마음입니다. 외가 식구들과 가족의 일원이라는 게 든든했고 항상 감사하고 있습니다.

이모부님과 가족들 모두 지금처럼 평온하고 건강하시길 기도드립니다. 감사합니다. 이모부!!

가족의 일원이라는게 늘 자랑스러웠습니다.

가족 모두의 든든한 버팀목으로 지켜주시고

진심으로 감사드리고 건강하세요.

－상숙 올림(재택근무 원조, 시인, 도예가)

고모부님 축하드립니다.

대한민국에 존경할 만한 어른들이 보이지 않는데

고모부님께서 신앙과 생활에서 존경스럽고

본이 되어주셔서 감사드립니다.

사랑합니다. 건강하시고 축하드립니다.

－김재민 올림 (황근희 권사 둘째)

고모부 할아버지!

생신 진심으로 축하드립니다.

할아버지 지금처럼 오래오래 건강하세요.

－김지한 올림 (새벽달같이 부지런히 노력하세요.)

손주들의 축하 메시지

작품 낭송 -김정아

[맏손녀. 컬러링미 CEO]

[손주들아]

하늘의 솜씨 참으로 장하구나. / 손녀 둘에 손자 셋 어디서 왔느냐/
하늘 문이 열릴 때마다/ 할아버지 할머니는 만세 삼창을 불렀단다. /
집집마다 웃음꽃이 피어나고/ 집집마다 속 썩인다 아우성치더니만/
어느새 부모 품 떠나 책과 씨름하더니/ 의젓한 젊은이로 자랐구나. /
내일의 거목이 되기 위해/ 세계가 좁은 듯 새벽별을 좇으며 동분서주
하는 너희들을 볼 때마다/ 할아버지 할머니는 만세 삼창을 부른단다.

영상 메시지 -김정미(GRACE KIM)

[둘째 손녀. 미국무성 동남아 정책실 근무, 콜롬비아대학교 대학원 재학중]

어렸을 때부터 할아버지 책을 보면서 많은 영감을 얻고 많이 배우
고 여러 가지에 대해서 감사하게 되었던 것 같아요.

할아버지께서 저에게 아낌없는 사랑과 지원을 베풀어주셔서 덕분
에 저희도 많이 배우고 보고 자랐던 것 같습니다.

할아버지 너무너무 축하드리고 곧 한국에서 만나 뵙겠습니다.

영상 메시지 -김성준

[손자, 하버드대학교, 대학원에서 생명공학 박사과정 졸업예정]

구순 진심으로 축하드리고 이렇게 좋은 날 멀리 있어서 함께 축하드리지 못해 너무도 아쉽고 죄송합니다. 할아버지 이해하실 거에요.

최근에 시집을 출판하셨다고 들었는데 너무 축하드리고 앞으로도 축하할 일 많도록 멀리서 계속 응원할게요.

항상 열심히 사시는 할아버지를 보면 저도 되게 자극을 많이 받고 공부하고 타지에서 혼자 생활하는 게 아무리 힘들더라도 열심히 노력하고 앞으로도 쭉 좋은 소식 전해드릴게요. 저번에 학술 논문에 잠깐 뉴스에 나온 것처럼 앞으로도 뉴스에 나오는 큰 인물이 될 테니까 앞으로도 90년만 더 좋은 말씀 해주시면 감사하겠습니다. 건강하게 지내주세요. 제가 인공심장 만들 때까지요.

구순 다시 한번 축하드리고 조만간 졸업 잘하고 겨울에 한국에서 손자 김 박사로 다시 인사드리겠습니다.

메시지 -김성민

[손자, 펜실베니아대학 영상영화과, 영화감독]

안녕하세요! 손자 김성민이에요.

한국에서 지난 몇 년간 시간을 보내면서

할아버지와 직접 시간을 자주 보낼 수 있어서

너무 좋았고 의미 깊었던 순간들이 많아서
감사했던 것 같아요. 이번 시집 출판 축하드리고
이번 기회에 할아버지의 시집을 통해
작가, 혹은 아티스트로서 이해할 수 있게 될
기념과 기회가 될 수 있어서 저도 너무 기쁘네요.
할아버지의 구순 생신 다시 한번 진심으로 축하드리고
나머지 한 해도 건강하고 행복하게 보내실 수 있길 바래요.
기념으로 할아버지 자화상 그려 보았습니다. 마음에 드시는지요?

영상 메시지 -김성빈

[손자, 남가주대학 졸업. 컴퓨터 전공, 국제시장개발팀 연구원]

구순 너무 축하드려요. 이렇게 좋은 날 같이 못 있어서 너무 아쉽지
만 이렇게 영상으로라도 메시지를 남겨요
할아버지 덕분에 부족함 없이 자랐고 저희한테 삶을 어떻게 살아가
야 할지 좋은 예시가 돼주셔서 너무 감사드립니다.

앞으로 저희가 받았던 것을 보답할 수 있게 오래오래 행복하게 건
강하게 사셨으면 좋겠어요.
다시 한번 [새벽달] 출판과 구순 축하드리며 곧 뵙겠습니다.

기도문

한영상 회장

한국수입협회고문, 영락교회 수석장로

인간을 창조하시고 인간으로 하여금 만물의 영장이 되어 이 세상을 정복하고 다스리라 하신 창조의 하나님께 존귀와 영광을 돌립니다.

오늘 주님의 날 저희에게 새 생명 주시고 복된 날을 허락하심 감사드립니다.

사랑의 주님!

지금 이 자리에 인간승리의 표상이 되시고 저희들이 평소 존경하고 사랑하는 김창송 회장님의 시집 ≪새벽달≫ 출판기념회를 개최할 수 있게 하심을 감사드립니다.

하나님 아버지!

회장님께서는 일찍이 1970년대 초 무역회사를 창립하시고 우리나라 무역계의 선두기업으로서 (사)한국수입협회 창립에 크게 기여하였으며 문학에 뜻을 두어 젊은 시절 문학도로서 수필과 시 창작에 몰두할 수 있게 여건을 주셨음을 감사드립니다.

더욱 감사한 것은 CBMC 아시아 이사장, 최재형 선생 기념사업회 창립 초대 이사장 등 은혜롭게 그 사역을 잘 감당하게 하심도 감사드립니다.

사랑의 하나님!

문학을 사랑하는 사람들이 모여 ≪새벽달≫ 출판을 축하하고 기념하는 이 자리에 하나님께서 함께 하시어 저희들에게도 똑같은 은혜로 축복 내려 주시옵소서.

가정의 주인 되시는 주여!

오늘 5월 8일은 어버이날이고 5월은 가정의 달입니다. 회장님 가정에도 주님의 한량없는 복을 내려주옵소서.

하나님께서 회장님께 주신 가정의 축복과 사업가로서 또 문학가 시인으로서의 축복에 다시 한번 감사드리며, 이번에 출판된 [새벽달]이 회장님의 또 다른 인생 3막의 시작이 되어 오래오래 수를 누리면서 좋은 작품을 집필할 수 있게 영육 간에 강건함을 주시옵소서.

여기 모인 우리 모두 회장님을 본받아 세상 성공과 하나님으로 부터의 축복받는 삶을 살도록 인도하여 주시옵소서.

하나님 아버지!

오늘 출판기념회가 성령 충만한 가운데 은혜롭게 잘 마칠 수 있도록 함께 하여 주시옵소서.

사랑의 주님!

이제 준비된 오찬을 누리고자 합니다. 때를 따라 일용할 양식을 공급하심을 감사드리며 주님께서 주인이 되시어 이 식탁의 자리가 사랑이 오가는 교제의 장이 되게 하여 주시옵소서.

음식을 정성껏 준비한 손길에도 축복 내려 주옵소서.

이 모든 말씀 우리를 죄에서 구원하신 예수님 이름 받들어 기도드리옵나이다.

아멘!

김 창 송 에 세 이

아, 최재형
님이시여

성원교역 주식회사 회장님, 독립운동가최재형기념사업회 명예이사장님,
수입협회 연수원장님, CBMC 11대 회장님, 수필가에 이어 시인까지 되신

사랑하는 할아버지의 구순잔치

할아버지의 끊임없는 도전을 응원하며 건강하게 생신을 맞이하시게
된 것을 축하드립니다. 사랑하고 존경합니다.

- 손주 일동

표지 그림 : **김정아** (저자의 큰손녀)

Tufts University with SMFA, 순수미술 전공
색연필 민화 '컬러링미' 대표
기업체, 공공기관, 문화센터 등에서 색연필로 쉽게 그리는 민화를 강의하고 있으며, 보스턴 미술관, 캐나다 한국문화원, 남산골 한옥마을 등에서 외국인을 대상으로 민화 강의도 진행하였다.
색연필 민화 디자인으로 고유의 상품을 제작하여 민화아트페어, 서울 일러스트레이션페어, 핸드메이드페어 등에 다수 참가하였고, 한국무역협회에서 한국을 대표하는 디자인으로 뽑혀 뉴욕에서 열린 국제문구전에도 참여하였다. 저서로 ≪우리 민화 봄 컬러링북≫ ≪우리 민화 여름 컬러링북≫ ≪우리 민화 겨울 컬러링북≫ ≪더 쉬운 우리 민화 겨울 컬러링북 하나≫ ≪더 쉬운 우리 민화 컬러링북 둘≫이 있다.

인스타그램 coloringme_official
유튜브 컬러링미 coloringme
이메일 coloring_me@naver.com